Princesse du manoir

Rebecca Hagan Lee

Princesse du manoir

Traduit de l'américain
par Élisabeth Luc

Titre original :

EVER A PRINCESS
A Jove Book, published by The Berkley Publishing Group,
a division of Penguin Putnam Inc., New York

Copyright © 2002 by Rebecca Hagan Lee
Excerpt from *Almost a Gentleman* © 2002 by Rebecca Hagan Lee

Pour la traduction française :
© Éditions J'ai lu, 2003

Pour Maria Isabel Marrero.
Ce roman est ton histoire, Mari.
Bonne lecture!

Codicille au testament de Georges Ramsey, quinzième marquis de Templeston

Mon désir le plus cher est de vivre encore de longues années entouré de l'affection de mes enfants et petits-enfants. Malheureusement, un simple mortel ne choisit pas le moment de gagner sa dernière demeure. C'est pourquoi, en ce troisième jour du mois d'août de l'an de grâce 1818, je confie à Andrew Ramsey, comte de Ramsey, vicomte de Birmingham et baron Selby, mon fils légitime et digne héritier, le soin de veiller sur mes maîtresses bien-aimées et tous les enfants vivants nés de leurs entrailles dans les neuf mois suivant ma mort.

La discrétion étant l'apanage d'un vrai gentilhomme, je ne citerai pas les noms de ces dames merveilleuses qui m'ont apporté plaisir et attention depuis le décès de ma chère épouse. Mon fils légitime et digne héritier aura la tâche de verser une rente annuelle de vingt mille livres à toute mère ou enfant lui présentant, à lui ou à son fils légitime ou tout autre représentant légal, un médaillon en or et diamant gravé de mon sceau, renfermant mon portrait. Le bijou porte le sceau de mon joaillier et est en tout point semblable au médaillon joint au présent document.

Chacune de ces dames a en effet reçu ce présent en gage de ma gratitude. Il symbolise la promesse que je leur ai faite qu'elles n'auraient jamais à souffrir de m'avoir apporté réconfort et attention. Tout enfant possédant ce bijou sera reconnu comme fille ou fils naturel du marquis de Templeston et aura droit à la part de sa mère, tout comme ses héritiers, conformément à mes dernières volontés exprimées dans le présent testament.

*Georges Ramsey,
quinzième marquis de Templeston.*

Prologue

Le premier devoir d'une princesse de sang royal est de servir la maison des Saxe-Wallerstein-Karolya.

Article premier du protocole et de l'étiquette en vigueur à la cour de Saxe-Wallerstein-Karolya, par décret de Son Altesse Sérénissime le prince Karol Ier, 1432.

Avril 1874. Palais de Laken, principauté de Saxe-Wallerstein-Karolya, pays Baltes.

— Réveillez-vous, Votre Altesse !

Reconnaissant la voix qui murmurait à son oreille, la princesse Georgiana Victoria Elizabeth May posa la main sur la douce fourrure de Wagner, l'énorme lévrier irlandais qui partageait son lit. L'animal cessa aussitôt de grogner. La jeune femme ouvrit les yeux et découvrit à son chevet Lord Maximilian Gudrun, le secrétaire particulier de son père.

— Dieu soit loué ! déclara-t-il avec respect. Je suis arrivé à temps.

Alarmée par la réaction du vieil homme, la princesse Giana se dressa sur son séant et s'appuya contre les oreillers moelleux qui s'empilaient à la tête de son lit à baldaquin.

— Que se passe-t-il, Max ? Que faites-vous ici à cette heure indue ? Je vous croyais à Christianberg avec mes parents.

Quelques larmes de chagrin coulèrent sur les joues émaciées de Lord Gudrun. Le fidèle conseiller du prince posa la main sur son cœur et tomba à genoux près du lit, la tête inclinée en avant.

— Une catastrophe vient d'avoir lieu au palais, Votre Altesse.

Un frisson de terreur parcourut Giana.

— Max ?

Lord Gudrun prit la main de la princesse dans la sienne. Puis, d'un geste maladroit, il lui glissa au doigt la chevalière en or portant le sceau royal de sa dynastie. Une traînée de sang macula les draps de lin blanc. Pétrifiée d'effroi, Giana retint son souffle.

— Son Altesse Sérénissime le prince Christian Frederick Randolph Georges de Saxe-Wallerstein-Karolya m'a prié de vous remettre ceci, Votre Altesse.

— Non ! Non, ce n'est pas possible... souffla la jeune fille, soudain prise de tremblements.

Les yeux agrandis d'horreur, elle fixait le sceau royal qu'avaient porté tour à tour tous les souverains de Saxe-Wallerstein-Karolya depuis la naissance de la principauté, en 1448. La chevalière était tachée de sang.

— Mon père... ? Ne me dites pas qu'il est... il n'est pas...

La jeune femme leva les yeux vers Lord Gudrun qui se mordit les lèvres avant de hocher tristement la tête.

— Je le crains, Votre Altesse.

Giana n'ignorait pas le sens de ce geste hautement symbolique. Max venait de lui transmettre solennellement le sceau royal. Elle avait toujours su que ce jour funeste viendrait, mais elle ne parvenait pas à prononcer un mot, de peur de se voir confirmer en paroles ce qu'elle redoutait, ce que son esprit et son cœur ne pouvaient accepter : la mort de son père bien-aimé. Désormais, elle était la souveraine de la principauté.

Les yeux embués de larmes brûlantes, elle repoussa drap et couvertures et se leva. Le chien bondit sur le sol.

— Il faut partir pour le palais de Christianberg sur-le-champ. Ma mère va...

Sa mère saurait que faire. Elle mettrait de côté son propre chagrin pour aider Giana à supporter cette épreuve, à accomplir son devoir envers son pays.

Lord Gudrun se redressa péniblement, puis il reprit la main de la princesse dans la sienne et la serra très fort.

— Je suis désolé, Votre Altesse, mais la princesse, votre chère mère...

Au bord de la panique, Giana dégagea vivement sa main et secoua la tête.

— Non, Max, je vous en supplie ! Pas ma mère...
— Je suis désolé, Votre Altesse.
— Comment est-ce arrivé ?

Giana était prête à accepter qu'un cinquantenaire soit emporté brutalement, mais elle ne pouvait supporter que son épouse connaisse le même sort. À moins...

— Il s'agit d'un complot, Votre Altesse. Vos parents ont été poignardés dans la soirée par deux hommes.

— Poignardés ? Mais... pourquoi ? balbutia Giana, abasourdie. Et par qui ?

— Le prince Victor a réussi à influencer les jeunes gens de la classe dominante, dénonçant le soutien affiché de votre père à la rédaction d'une constitution et d'une déclaration des droits du peuple. Victor a promis d'octroyer des terres, des titres et des fonds à de jeunes imbéciles ambitieux issus de familles aristocratiques. Il a réussi à convaincre ces traîtres que le but de votre père était de récompenser les pauvres en leur distribuant les terres des riches.

— Victor ? répéta la jeune femme, essayant de donner un sens aux paroles de Max. Mon propre cousin a fait assassiner mes parents ?

— En effet, Votre Altesse, confirma le vieil homme. Vos parents ont été poignardés dans leurs appartements à l'issue du grand dîner célébrant l'ouverture du Parlement. Le palais a été pris d'assaut, les plus fidèles serviteurs de vos parents massacrés. À présent, les hommes de Victor sont à votre recherche.

— Comment avez-vous réussi à vous échapper ? s'enquit-elle, redoutant la réponse de Max.

— En portant la valise officielle dans la chambre de votre père, j'ai entendu le prince Christian mettre votre mère en garde. Je suis entré dans la chambre de celle-ci en passant par la porte sud et j'ai caché la valise dans un carton à chapeau. Puis j'ai dégainé mon épée et j'ai gagné la chambre de votre père.

Bouleversé par l'évocation de ces souvenirs récents, Lord Gudrun s'interrompit un instant avant de reprendre d'une voix altérée :

— J'ai découvert le prince Christian allongé sur le sol, dans une mare de sang, transpercé de plusieurs coups de couteau. Votre mère gisait à ses côtés, morte. L'un des traîtres tentait de dérober la chevalière du prince. En m'entendant surgir dans la pièce, il s'est retourné et m'a tiré dessus.

Giana se rendit alors compte que Max saignait. Le sang qui maculait la chevalière n'était pas seulement celui de son père, mais le sien.

— Êtes-vous grièvement blessé ?

— Oh, ce n'est rien ! répondit-il en haussant les épaules. La balle m'a simplement éraflé une côte.

Il découvrit la plaie pour la montrer à la jeune fille. En voyant la tache de sang qui ne cessait de s'élargir sur sa chemise, Giana blêmit. Une brusque nausée lui souleva l'estomac et elle dut faire appel à toute sa volonté pour ne pas s'évanouir. Elle saisit un oreiller dont elle arracha vivement la taie de lin blanc avant de l'appuyer sur la blessure pour arrêter l'hémorragie. Ce simple geste lui permit de se ressaisir.

— Il va falloir recoudre cette plaie au plus vite, déclara-t-elle en se mordant la lèvre. Pour l'heure, je vais vous faire un pansement de fortune.

— Bien, Votre Altesse.

Malgré ses efforts pour dissimuler sa souffrance, le regard de Max était voilé par la douleur. La jeune fille essuya ses mains ensanglantées sur le drap et respira profondément. Elle s'empara d'un autre oreiller, déchira la taie pour en faire un bandage. Puis elle aida Max à ôter sa jaquette et son gilet, déboutonna sa chemise rouge sang et entreprit d'enrouler la bande de tissu autour de son torse. Tout en s'activant, elle parlait d'un ton ferme, comme le faisait son père, du moins l'espérait-elle. Elle tentait par ses questions d'aider Max à oublier la douleur.

— Et le traître qui vous a tiré dessus ?

— Je l'ai exécuté, Votre Altesse.

Giana fit un nœud et examina son travail.

— Mon père a-t-il souffert ?

Elle connaissait déjà la réponse. Son père avait certainement souffert le martyre avant de trépasser, mais elle ne pouvait s'empêcher d'interroger Max.

— Non, princesse, répondit-il doucement, d'un ton plus familier. Votre mère non plus. Elle est morte sur le coup. Votre père a pourtant essayé de la sauver, en vain. Il m'a chargé de vous confier le sceau royal, de vous mettre à l'abri et de vous protéger contre vos ennemis au prix de ma propre vie. Ce furent ses dernières volontés.

Avant de mourir, le prince Christian lui avait également fait une ultime recommandation, mais Max n'avait pas le courage d'en faire part à la jeune fille. Le souverain souhaitait que Giana suive les élans de son cœur en toutes circonstances ; il avait fait promettre à son secrétaire particulier de l'y aider. Retenant un sanglot, celui-ci ajouta :

— Sachez que je tiendrai parole jusqu'à mon dernier souffle, Votre Altesse. Je me montrerai digne de la confiance du prince Christian.

Les doigts tremblants, Max reboutonna sa chemise et enfila péniblement son gilet de brocart et sa jaquette de laine. Puis il dévisagea la princesse. Elle lui apparaissait encore comme une petite fille avec ses pieds nus, sa chemise de nuit blanche si sage, ses longs cheveux blonds noués en une longue tresse soyeuse. Elle était trop jeune pour régner sur une riche principauté. Comment ses frêles épaules allaient-elle supporter le poids de telles responsabilités ? Ses yeux bleus étaient inondés de larmes qu'elle refusait de laisser couler. Et cependant, elle se tenait droite et soutenait son regard, acceptant son rôle de souveraine et ses devoirs envers son peuple. Elle venait d'hériter du trône de façon légitime et il ne doutait pas qu'elle ferait preuve de force, de courage et de compassion.

Elle était désormais Son Altesse Sérénissime la princesse Georgiana Victoria Elizabeth May de Saxe-Wallerstein-Karolya.

Max s'agenouilla devant elle et baisa en signe d'allégeance la chevalière ornée du sceau royal qui avait appartenu à son père. Ses propres ancêtres servaient les souverains de la principauté depuis quatre siècles.

Giana enfouit les doigts dans la fourrure de son chien. S'agripper ainsi à Wagner l'aidait à ne pas sombrer dans l'angoisse qui menaçait de la submerger. Elle se sentait terriblement seule. Elle avait envie de se jeter dans les bras de Max et de pleurer à chaudes larmes, comme elle le faisait si souvent quand elle était enfant. Toutefois, elle réprima cette impulsion. Une souveraine ne pouvait laisser libre cours à ses émotions. Pas question pour elle de se comporter comme une orpheline accablée de chagrin. C'était une princesse, une souveraine. Elle devait agir comme son père l'aurait voulu, se montrer digne de lui. Aussi accepta-t-elle son sort et aida-t-elle Max à se relever.

— Allez vite réveiller les autres, lui ordonna-t-elle. Il faut préparer notre départ pour Christianberg.

— Votre Altesse, vous ne pouvez regagner la capitale, s'écria-t-il. Votre cousin, le prince Victor, vous tuera s'il vous retrouve.

— S'il me retrouve ? répéta Giana. Mais tout le monde sait que je séjourne actuellement à Laken. Mes moindres déplacements sont rendus publics chaque mois. Le prince Victor sait pertinemment où je suis.

— Non, Votre Altesse. Il l'ignore. Votre programme officiel a été modifié juste avant sa publication.

— Par qui ? s'enquit la jeune femme.
— Par votre défunt père.
— Dans quel dessein ?
— Le prince Christian avait eu vent des troubles qui couvaient parmi les jeunes aristocrates de la capitale et soupçonnait votre cousin de tirer les ficelles. Il avait d'ailleurs obtenu confirmation du complot fomenté contre lui par ce dernier peu après lui avoir refusé votre main.

— Victor a demandé ma main à mon père ?
— Le prince Christian n'ignorait pas qu'il cherchait à le renverser. Il lui a refusé votre main parce qu'il redoutait qu'il ne se serve de vous pour accéder au trône. Ce refus n'a fait qu'attiser la colère de Victor. Le prince Christian a donc suggéré ce séjour

à Laken pour vous éloigner de la capitale et de tout danger potentiel.

Giana écarquilla les yeux.

— Père m'a éloignée du palais volontairement ?

— Oui, Votre Altesse. Il craignait que le prince Victor ne profite de l'ouverture des débats au Parlement pour déclencher quelque rébellion.

— Il m'a éloignée. Mais il a permis à ma mère...

Bouleversée, Giana ne put terminer sa phrase.

— Vous étiez son héritière, Votre Altesse, lui rappela Lord Gudrun.

— Mais...

— Le prince Christian a essayé d'éloigner votre mère. Il l'a même suppliée de vous accompagner, mais la princesse May a refusé de le quitter. Elle ne voulait pas le laisser affronter seul les traîtres.

— Pauvre maman, souffla Giana en s'efforçant de contenir son chagrin.

Une larme solitaire roula sur sa joue. Sa mère avait toujours été le ciment de la famille. Le prince Christian incarnait la force, la justice, la bonté, la droiture, tandis que la princesse May était l'âme de la principauté. Garante de siècles de traditions, elle prenait toujours la défense de son peuple bien-aimé. Giana allait être perdue sans les conseils avisés de sa mère. Elle se sentit soudain terrifiée face à l'ampleur de la tâche qui l'attendait. Elle n'était pas prête à diriger un État. Elle ne comprenait rien aux affaires du pays, aux subtilités de la diplomatie, au commerce international. Elle avait toujours vécu dans l'idée que son père s'occupait de tout. Certes, elle n'ignorait pas qu'elle devrait un jour prendre le relais. Mais ce jour lui avait toujours paru si lointain. À vrai dire, elle ne s'était jamais imaginée accédant au trône. Elle se voyait plutôt jouant ce rôle d'héritière temporairement – jusqu'à la naissance d'un frère éventuel. Elle ne se sentait pas de taille à succéder à son père. Max était le conseiller et le confident du souverain depuis plus de vingt ans. Il saurait certainement quoi faire. Lui seul détenait les réponses à toutes ses questions.

— Combien de personnes avons-nous à notre disposition ? l'interrogea-t-elle.

— À part nous deux, il y a le personnel demeurant à Laken.

Giana fronça les sourcils. Le personnel était réduit au minimum. Les seuls domestiques présents étaient Langstrom, le majordome, et sa femme Isobel, la gouvernante, Josef, le maître d'écurie et Brenna, la femme de chambre de Giana. Tous les autres habitaient au village et venaient travailler chaque jour au palais.

— Cela fait six au total, déclara Giana. Enfin sept, en comptant Wagner, ajouta-t-elle en caressant son chien. Sept contre les traîtres à la solde de Victor.

— De nombreux propriétaires terriens, des membres du gouvernement et des militaires resteront fidèles à votre père, assura Max.

— Dans ce cas, il faut retourner à Christianberg pour les rejoindre.

— C'est impossible, Votre Altesse. J'ai donné ma parole d'honneur à votre père que je vous mettrais à l'abri. Le palais est désormais trop dangereux, de même que la capitale.

— Mais nous ne pouvons accorder une victoire aussi facile à Victor ! protesta Giana. Il n'est pas question que je reste assise sans rien faire pendant que mon infâme cousin essaie de s'emparer du trône de mon père. Je vous garantis que ses crimes odieux ne resteront pas impunis.

— Pour l'heure, nous n'avons pas le choix, Votre Altesse, insista Lord Gudrun. Le soulèvement est encore au sommet de la vague. Victor ne tentera pas de s'emparer du trône. De plus, votre vie serait en danger. Nous avons le devoir de protéger l'unique héritière de la couronne.

— La couronne, répéta Giana dans un souffle. Si Victor souhaite la porter un jour, il devra respecter l'ordre de succession établi par la Charte de la principauté. Pour cela, il lui faudra se montrer patient. Il ne peut en effet se marier durant la période de deuil, et ne pourra être couronné tant qu'il ne sera pas marié. Durant l'année à venir, Victor pourra gouverner en tant que régent mais pas être reconnu officiellement comme souverain.

En dépit de sa souffrance, Max parvint à esquisser un sourire un peu triste.

— Puisque vous êtes l'héritière légitime du prince Christian, le Parlement imposera au prince Victor d'épouser une princesse de sang originaire de Karolya.

— Or je ne connais aucune princesse à marier. Je suis la seule. À moins que Victor n'épouse l'une de ses sœurs...

— Aucune famille royale européenne ne tolérerait une telle union, commenta Max en secouant la tête. Non, décidément, le seul moyen pour Victor de régner sur la principauté serait de vous épouser.

— Ou d'apporter la preuve de ma mort en présentant ma dépouille au Parlement, lui rappela Giana. Ainsi que le sceau royal de mon père.

— Dans ce cas, il n'y a pas de temps à perdre, conclut Max. Il nous reste un an.

— Il faut quitter le pays avant que Victor ne ferme les frontières. Ensuite, il faudra nous cacher en lieu sûr, et attendre notre heure.

Lord Gudrun étudia la jeune fille, émerveillé par sa force de caractère et sa détermination. Il savait que tant que cette année de deuil national ne serait pas écoulée, la vie de Giana ne tiendrait qu'à un fil. La princesse était condamnée si, par malheur,

Victor la retrouvait. Jamais elle n'accepterait d'épouser l'assassin de ses parents. Le prince Victor allait passer la principauté au peigne fin et envoyer des espions dans tous les pays d'Europe pour lui mettre la main dessus.

— Où trouverons-nous refuge ? demanda-t-il.
— Je l'ignore, répondit la jeune fille, les lèvres pincées. Mais il doit bien exister un endroit en ce bas monde où nul n'aurait l'idée d'aller chercher une princesse.

1

Le Baron Vengeur ne refuse jamais de porter secours à une femme en détresse.

Premier volume des aventures du Baron Vengeur, défenseur des beautés blondes en détresse, par John J. Bookman, 1874.

18 juin 1874, à bord du Yankee Belle, *entre New York et Londres.*
— Carte !
Adam McKendrick prit le temps d'étudier son jeu avant d'étaler ses cartes sur la table.
— Full ! annonça-t-il tranquillement.
Ignorant les grommellements mécontents et les plaisanteries de ses compagnons, il sortit sa montre en or de son gilet et l'ouvrit. Un nuage de fumée bleutée enveloppait les joueurs, et il dut plisser les yeux pour parvenir à lire l'heure. Bientôt 4 heures du matin. Dans deux heures, les premières lueurs de l'aube teinteraient l'horizon, mais aucun des élégants messieurs rassemblés dans ce salon transformé en cercle de jeu ne verrait le soleil se lever sur l'océan.
L'homme qui se trouvait en face d'Adam ramassa les cartes.
— Encore une partie ?

— Non, je me retire, déclara Adam en retournant son chapeau pour y déposer ses gains de la soirée.

Il se leva, s'étira longuement pour soulager sa nuque douloureuse après une nuit passée à la table de jeu. La fumée de cigare lui piquait les yeux et l'abus de whisky lui avait donné la migraine.

— Il se fait tard, messieurs, reprit-il. Je vous laisse continuer sans moi.

— Et toi ? fit un autre à l'adresse de Murphy O'Brien, le compagnon de voyage d'Adam, qui était également son meilleur ami.

Murphy se tourna vers Adam et lui adressa un clin d'œil.

— J'ai besoin de me refaire, expliqua-t-il. Encore une ou deux parties et j'irai me coucher.

— Comme tu voudras, mon vieux, répondit Adam en enfilant sa veste.

Il se rendit à la caisse tandis que les autres entamaient une nouvelle partie de poker.

Pendant que le caissier changeait ses jetons en billets, Adam prit un cigare de qualité dans l'humidificateur. Il en huma l'extrémité avec délices, le trancha net et gratta une allumette. L'employé compta les billets sous ses yeux. Adam en prit un et le lui tendit, puis il recompta ses gains et les empocha.

Quittant le salon, il se dirigea vers le bureau du commissaire de bord où il déposa son argent dans le coffre-fort. Son reçu en main, il monta ensuite sur le pont et en fit deux fois le tour d'un pas nonchalant. Il s'appuya au bastingage pour respirer l'air frais chargé de sel et admirer le ciel étoilé tout en savourant son cigare.

Une demi-heure plus tard, Adam quitta le pont pour regagner sa cabine de luxe.

Devant sa porte, un steward lui adressa un large sourire et lui ouvrit.

— Je vous souhaite une bonne nuit, monsieur McKendrick.

— Merci, répondit-il en entrant.

— Voulez-vous que j'allume une lampe, monsieur ?

— Ce ne sera pas nécessaire, j'y arriverai.

Adam referma la porte et chercha une allumette. Dès qu'il l'eut grattée, une odeur fugace de soufre lui envahit les narines. Il souleva délicatement le verre de la lampe et effleura la mèche qui s'enflamma aussitôt.

— Ah non ! Encore !

Une jeune femme blonde et pulpeuse était allongée sur sa couchette, nue sous le drap blanc.

— Bonsoir, beau brun, susurra-t-elle d'une voix rauque. Je vous attendais.

— Nom de Dieu ! jura Adam en traversant la cabine en quelques enjambées. C'est la troisième fois cette semaine. Comment diable êtes-vous entrée ?

— J'ai soudoyé le steward.

— Je comprends à présent son sourire énigmatique, répliqua-t-il. Si cette comédie continue, il va devenir très riche.

La jeune femme s'étira langoureusement, laissant à dessein le drap glisser sur ses seins nus.

— Rhabillez-vous et sortez de ma cabine !

— Je croyais que vous veniez en aide aux femmes dans le besoin, minauda-t-elle.

— Vous n'êtes pas dans le besoin, riposta-t-il. Ou vous n'auriez pas les moyens de soudoyer les stewards.

— Une femme peut être dans le besoin sans pour autant manquer d'argent, insista-t-elle avec un sourire entendu. C'est une autre forme d'aide que je recherche…

Adam la regarda droit dans les yeux.

— Vous vous êtes trompée de porte.

— Mais vous êtes Adam McKendrick! ronronna-t-elle.

— Très bien, je vais être plus direct : sachez, madame, que je ne suis pas intéressé.

— Helena, corrigea-t-elle. Helena Compton.

— La femme de Samuel Compton ?

— Lui-même, fit-elle en s'humectant les lèvres avec sensualité. Vous savez, Adam, je pourrais être très gentille avec vous.

Compton. Adam se passa la main dans les cheveux. Il venait de passer la nuit à jouer au poker avec Samuel Compton, un magnat des chemins de fer originaire de Chicago, qui avait au moins le double de l'âge de son épouse.

— Je ne veux pas de votre gentillesse, madame Compton. Je ne veux rien avoir affaire avec vous. Et je ne veux plus jamais vous trouver dans ma cabine. C'est compris ?

— Non, répliqua-t-elle avec une moue faussement boudeuse.

— Tant pis, dit Adam en balayant la pièce du regard. Je veux bien dépouiller un homme de son argent autour d'une table de jeu, mais il n'est pas question que je partage le lit de sa femme. Où sont vos vêtements ?

— Je n'en porte pas.

Adam arqua les sourcils.

— Comment diable êtes-vous venue jusqu'ici ?

— J'avais une complice. Elle m'a accompagnée et a attendu que je me déshabille, puis elle a emporté mes vêtements.

— C'est la femme qui était là l'autre soir ? devina Adam.

— Ma cousine, expliqua Helena en haussant les épaules. Nous nous sommes dit que l'une d'entre nous finirait par avoir de la chance. Et nous acceptons de partager.

— Moi pas.

Il sonna le steward, puis se pencha pour soulever la jeune femme enveloppée dans le drap.

— Donnez-moi au moins un espoir, implora-t-elle en enroulant les bras autour de son cou.

— Non.

Presque aussitôt, le steward frappa à la porte. Adam lui dit d'entrer.

— Cette dame s'est trompée de cabine, déclara-t-il en déposant Helena dans ses bras. Veillez à ce qu'elle regagne ses appartements.

— Je suis désolé, monsieur, madame m'avait assuré que vous étiez...

— Veuillez m'apporter un drap propre, coupa Adam en transférant un billet de cinquante dollars de sa poche à celle du jeune homme. Comme vous le constatez, cette dame a pris ma cabine pour la sienne. Je suis certain qu'elle pourra compter sur votre discrétion. Quant à son mari, il apprécierait certainement que telle mésaventure ne se reproduise pas.

Sur ces mots, Adam les fit sortir et referma vivement sa porte.

Bon sang, comment oserait-il regarder Samuel Compton en face, désormais ? Et si celui-ci apprenait que sa femme s'était couchée, entièrement nue, sur la couchette d'un autre ? Adam se déshabilla et s'assit au bord du lit. Ce succès inopportun commençait à lui peser.

Il poussa un long soupir et se massa les tempes. Parfois, il rêvait de trouver un endroit où nul ne le connaîtrait, où personne ne se soucierait de lui.

2

Le Baron Vengeur défend les faibles femmes et vient en aide aux nécessiteux.

Premier volume des aventures du Baron Vengeur, défenseur des beautés blondes en détresse, par John J. Bookman, 1874.

Plus tard dans la matinée, à bord du Yankee Belle, *entre New York et Londres.*

Adam sursauta. Un livre venait de voler au-dessus de son épaule pour retomber sur la table, faisant tressauter sa tasse sur sa soucoupe. Il leva les yeux de son journal et fronça les sourcils.

— Qu'est-ce que c'est que ça ?

— Tu es célèbre, mon vieux, fit O'Brien en prenant place en face de lui. On peut même dire que ta réputation te précède.

Assis à sa table habituelle, devant une tasse de café brûlant, Adam luttait contre les effets indésirables de l'alcool qu'il avait absorbé la veille. Il jeta un coup d'œil à la file des passagers qui venaient prendre leur petit-déjeuner. Puis il plia son journal, le posa près de lui et saisit le petit ouvrage bon marché pour l'examiner de plus près.

— *Les aventures du Baron Vengeur, défenseur des beautés blondes en détresse*, lut-il en couverture.

— Alors ? Qu'est-ce que tu dis de ça ? s'enquit Murphy d'un ton ironique.

Seigneur ! Un de plus ! Adam ouvrit le livre, le feuilleta, puis émit un ricanement moqueur. Le Baron Vengeur et ses bonnes actions, parlons-en ! En vérité, il n'avait sans doute jamais accompli le moindre acte totalement désintéressé de sa vie – y compris ce geste héroïque qui lui attirait aujourd'hui tant d'ennuis. Il en voulait terriblement à son beau-frère, le mari de sa sœur Kirstin. Ce salaud avait battu sa femme parce qu'elle s'était ralliée aux suffragettes. Adam se passa la main dans les cheveux. Il était si furieux qu'il avait eu envie de tuer son beau-frère. À la place il s'était défoulé sur un jeune cow-boy qu'il avait surpris en train de malmener une fille de saloon. Il avait accompli une bonne action en volant au secours de cette fille maltraitée, et voilà le résultat ! Il feuilleta à nouveau l'ouvrage. Dans le premier roman, les illustrations faisaient de lui un gentleman défendant une fille de joie au grand cœur contre un odieux malfrat. Ce second volume dépeignait des femmes de tous les horizons, des plus misérables aux plus fortunées, qui fuyaient la tyrannie domestique, la négligence, pour chercher secours auprès de lui.

Ce nouveau roman faisait de lui une sorte d'ange gardien, de justicier défendant les faibles femmes, en particulier les jolies blondes. Eh bien, voilà du moins qui expliquait l'intrusion de la peu farouche Helena Compton dans sa cabine. Elle avait lu le roman, et avait voulu partager la couche du Baron Vengeur.

— Je trouve ça écœurant.

Murphy se mit à rire et saisit la cafetière.

— Tu veux ma tasse ? proposa Adam, ironique.

— Non merci, répondit Murphy. J'ai la mienne. Je me suis dit que si le Baron Vengeur fournissait le café, je pouvais au moins apporter ma tasse.

— Très drôle ! marmonna Adam, contrarié. Où as-tu trouvé ça ?

— C'est l'un des types qui jouaient au poker, hier soir, qui me l'a donné.

— Lequel ?

— Celui qui avait un accent et un gilet brodé.

Adam plissa les yeux.

— Ne cherche pas, il est arrivé avec trois compagnons de voyage, tous des étrangers, après ton départ.

— J'ai quitté la table peu avant 4 heures, dit Adam. Je croyais que tu me suivais.

— Je n'ai pas pu résister, avoua O'Brien. Je me suis un peu attardé, histoire d'accumuler d'autres gains. Tu étais parti et je ne supportais pas l'idée qu'un autre empoche les billets que ces maudits étrangers dépensaient sans compter.

Il sourit à son ami.

— Puis l'un d'eux nous a montré ceci.

Murphy prit le livre et fixa pensivement la couverture.

— Il voulait savoir si quelqu'un connaissait cet homme. Ma curiosité a pris le dessus.

Il reposa le livre et regarda Adam. Ce dernier massait ses tempes douloureuses.

— Quelqu'un a répondu ?

— Par chance, fit Murphy, aucun autre joueur n'avait entendu parler de ce livre. L'étranger t'a appelé le Baron sans citer ton nom. Toutefois, tu es à bord du bateau et ton vrai nom est cité dans l'ouvrage. Tes admirateurs éventuels ne mettront guère de temps à te dénicher.

— Seigneur ! Combien existe-t-il d'exemplaires de ce torchon ? J'ai acheté le plus grand nombre possible du premier volume. Je ne vais tout de même pas devoir racheter la maison d'édition pour que cesse ce cauchemar ! Pourquoi diable ce maudit...

Adam s'interrompit une seconde pour lancer un coup d'œil à la couverture.

— ... John J. Bookman a-t-il cité mon nom alors que lui-même utilise un pseudonyme ?

Il jura dans sa barbe.

— C'était déjà assez pénible qu'il y ait un volume. Mais s'il y en a deux !

Avant même la parution du premier volume des aventures du Baron Vengeur, sa réputation de preux chevalier sauveur de femmes désespérées s'était répandue comme une traînée de poudre dans toutes les cités minières de Virginie, jusqu'à Sacramento et San Francisco. Le premier ouvrage comportait au moins une part de vérité. En revanche, le deuxième était pure fiction.

— Rends-toi utile, dit-il à O'Brien. Trouve qui est à l'origine de cette farce.

Il prit le livre et le reposa brutalement sur la table.

— C'est presque aussi désagréable que de traîner une réputation de gâchette facile, enchaîna-t-il. Partout où je vais, je croise quelqu'un qui a lu mes prétendues aventures...

— C'est terrible, commenta Murphy, feignant la compassion. Toutes ces blondes superbes qui se jettent à ton cou pour que tu leur viennes en aide... Tu ne connais pas ta chance.

— La chance et la beauté n'ont rien à voir là-dedans, protesta Adam. Je vais être harcelé par des femmes de tous âges et de toutes conditions. Ma vie ressemblera à un enfer quand je rentrerai à la maison !

Adam McKendrick vivait à Queen City, dans le territoire du Nevada, une ville bâtie grâce aux richesses tirées de l'exploitation de filons d'argent à Comstock Lode. Adam possédait le plus grand hôtel de la ville et le *Queen City Opera*, un nom bien pompeux pour désigner un saloon doublé d'un tripot. Le conseil municipal prétendait que ce nom attirait les visiteurs, mais selon Adam, les nouveaux filons que les prospecteurs découvraient sans cesse suffisaient à eux seuls à faire affluer les foules. De plus, Queen City était la dernière grande étape de la diligence qui reliait Virginia City à San Francisco. Les élus avaient cependant raison sur un point : les affaires étaient florissantes.

— Si jamais tu rentres, observa Murphy en avalant une gorgée de café.

— Comment ça, si je rentre ? s'écria Adam, interloqué.

Murphy haussa les épaules.

— Tu te rends dans les Highlands, en Écosse, pour visiter ce pavillon de chasse dont tu as hérité. Qui sait ? Peut-être décideras-tu de rester là-bas pour vivre comme un seigneur.

— D'abord, je n'ai pas hérité de ce pavillon de chasse. Je l'ai gagné au poker. Et pourquoi voudrais-je m'installer au fin fond de l'Écosse alors que mes affaires tournent parfaitement en Amérique ?

— C'est une région sauvage, désolée, mais superbe, dit-on. Et McKendrick est un nom écossais, si je ne m'abuse. Tu vas peut-être t'attacher à la terre de tes ancêtres.

— Je me moque éperdument de la beauté du paysage ! Je suis américain. Et la seule chose qui m'intéresse sur la terre de mes ancêtres, c'est l'argent qu'elle pourra me rapporter.

— Alors pas d'inquiétude, commenta Murphy en riant. Tu ne risques pas de t'attacher à la terre écossaise. Elle est superbe, mais peuplée de paysans pauvres, de vaches et de moutons faméliques, et couverte de bruyère à perte de vue. S'il existait un moyen de transformer cette misère en richesse, cela se saurait.

— Les autres n'ont peut-être pas cherché au bon endroit, répliqua Adam.

Il donna une tape amicale sur l'épaule de Murphy.

— Le monde change, mon vieux. L'argent n'est plus entre les seules mains de l'aristocratie. De nos jours, les hommes ambitieux font fortune grâce aux mines, aux chemins de fer ou à l'acier. Une toute nouvelle classe de millionnaires qui cherchent d'autres moyens de s'enrichir, et d'autres façons de dépenser leur fortune est en train d'émerger. Moi, j'ai grappillé mes premiers dollars en me brisant le dos à chercher de l'argent dans les mines de Comstock. Je peux te garantir que celui que j'empoche à l'hôtel et au saloon est bien plus facile à gagner. C'est pourquoi j'ai décidé d'aller voir sur place si ce pavillon de chasse offrait des possibilités.

— Quelles possibilités ?

— Des possibilités commerciales, un moyen de développer les loisirs dans la région. Des loisirs typiquement masculins, liés à la chasse, à la pêche, aux cartes autour d'un verre de whisky, au polo et au golf.

— Au golf ? répéta Murphy en levant les sourcils d'un air interloqué. La chasse, la pêche, les cartes, le whisky, je connais. Et j'ai entendu parler du polo. Mais le golf… qu'est-ce que c'est ?

— Un sport auquel les Écossais aiment s'adonner, paraît-il.

— Comment as-tu découvert ce sport ?

— Grâce à un vieil Écossais qui creusait près de moi dans la mine d'argent. Il parlait sans cesse de retourner dans son pays pour fonder un club où les messieurs viendraient jouer au golf.

— Cela se pratique à l'intérieur ou en plein air ?

— En plein air.

O'Brien rejeta la tête en arrière et éclata de rire.

— Le climat écossais est si rude qu'il faudrait être fou pour payer pour se livrer à ce genre d'activité.
— McTavish m'a assuré que ses compatriotes étaient très enthousiastes.

O'Brien rit de plus belle, les larmes aux yeux.

— Tu es certain que ce vieil homme avait toute sa tête ?
— Absolument, assura Adam.
— Je demande à voir.
— C'est la raison pour laquelle je t'ai proposé de m'accompagner.

O'Brien se servit une autre tasse de café.

— Tu ne m'as pas simplement proposé de t'accompagner. Tu m'as payé parce que tu tenais à avoir quelqu'un d'autre que ta sœur avec qui bavarder pendant la traversée.

Adam fit la grimace.

— C'est vrai, avoua-t-il. J'adore ma sœur, mais elle me tape sur les nerfs.

Adam était très attaché à sa mère et à ses quatre sœurs aînées, mais elles auraient été capables d'avoir raison de la patience d'un saint. Et il n'avait rien d'un saint. Il avait grandi dans un univers féminin, et savait à quoi s'attendre. Discuter avec les trois autres était une épreuve, car elles étaient entêtées, mais il était pratiquement impossible d'avoir une conversation sérieuse avec Kirstin. Sa mère et ses trois autres sœurs, toutes des suffragettes en puissance, n'avaient pas réussi à convertir Kirstin. Celle-ci ne comprenait rien à toutes ces histoires politiques. Elle était aussi jolie que sa mère et ses sœurs, mais ne possédait pas leurs facultés intellectuelles. Sans être stupide, elle avait tout de même eu du mal à apprendre à lire et à écrire. Leur mère défendait l'idée qu'il fallait exploiter les qualités qu'on possédait. Pour réussir dans la vie, Kirstin avait donc compté uniquement sur ses charmes.

Ainsi, elle qui avait toujours rêvé d'épouser un lord anglais avait réussi à mettre le grappin sur un vicomte.

Kirstin ne prétendait pas à l'égalité entre les sexes et n'entendait donc pas y convertir les dames de la bonne société londonienne. Elle se moquait des droits de la femme. Ce qui comptait, à ses yeux, c'était le prestige que seul un mari aristocratc pouvait lui apporter. Ses principaux sujets de conversation étaient la mode et les derniers potins. Aux yeux d'Adam, c'était à la fois un avantage et un inconvénient. Mais même le plus indulgent des frères finissait par se lasser des histoires de chiffons. Et à moins que son pavillon de chasse ne possède un potentiel intéressant sur le plan commercial, les ragots de la société londonienne l'indifféraient. Au cours de cette traversée, il parvenait à éviter la compagnie de Kirstin pendant la journée, mais le savoir-vivre lui imposait d'être à ses côtés le soir venu.

Adam poussa un long soupir. Ces soupers interminables à se débattre avec une demi-douzaine de couverts différents lui étaient une telle corvée qu'il jouait avec Murphy au poker l'honneur très relatif d'escorter Kirstin pour la soirée. Jusqu'à présent, Adam ayant gagné le plus souvent, c'était Murphy qui endurait la conversation assommante de la jeune femme. Toutefois, Adam se sentait redevable envers son ami. Pour le remercier de lui retirer cette épine du pied, il lui offrait d'autres menus plaisirs tels que des cigares ou de l'alcool. En vérité, il appréciait Murphy O'Brien et serait certainement mort d'ennui si ce dernier n'avait accepté sa proposition de l'accompagner en Écosse. Adam but une gorgée de café tout en observant O'Brien.

— Cela me rappelle que c'est ton tour de tenir compagnie à ma sœur, ce soir, lui lança-t-il.

— Si c'est une pareille épreuve, pourquoi avoir accepté de la ramener à son mari ?

— Comme dit le proverbe, une bonne action ne reste jamais impunie, rétorqua Adam en croisant le regard de Murphy.

— Qu'est-ce qui t'est arrivé ?

— Tout a commencé lors de la fête organisée par Astrid, ma sœur aînée, pour les soixante ans de notre mère. Nous sommes tous allés chez Astrid, y compris Kirstin et son mari, le fameux lord anglais...

— Telle mère, telle fille, railla O'Brien.

— Pas tout à fait, répliqua Adam d'un air fâché. Il y a même une grande différence entre les deux : ma sœur voulait absolument épouser un lord. Même un lord désargenté en quête d'une riche héritière. Malheureusement, il n'en a jamais assez. Mon père était tout le contraire. Il était très riche. S'il ne s'est pas attardé longtemps après avoir épousé ma mère, c'est parce qu'elle l'a encouragé à partir. Elle affirme avoir su très vite que ce mariage était une erreur parce qu'ils étaient trop différents pour vivre ensemble. Pour ma part, j'ai toujours été persuadé qu'il s'était éclipsé avant ma naissance parce qu'il redoutait que ma mère ait de nouveau des jumelles ou une fille.

Adam se mit à rire. Sa famille était décidément hors du commun. Ses quatre sœurs étaient jumelles, et toutes se ressemblaient. Comme leur mère, elles étaient blondes aux yeux bleus. Adam, le petit dernier, le seul garçon, était aussi le seul brun de la fratrie. D'après ce qu'il savait, son père avait préféré retourner à Londres, jugeant que son mariage avec une veuve ayant déjà quatre fillettes était une erreur.

— Bref, Kirstin et son mari ont effectué le voyage à Denver pour célébrer l'anniversaire de ma mère.

— Charmante réunion de famille, commenta Murphy.

— Un véritable enfer, oui ! répliqua Adam. Ma mère est plus têtue et indépendante que jamais. Elle dirige toujours sa ferme du Kansas d'une main de fer, s'inquiète du prix du maïs, du temps qu'il va faire, et milite activement avec les suffragettes.

L'idée de sa mère en train de brandir une pancarte le fit sourire.

— J'ai toujours été fier de sa force de caractère et je suis en faveur du vote des femmes, mais parfois, je regrette qu'elle...

Il faillit ajouter qu'il regrettait sa nature farouchement indépendante, et aussi qu'elle n'ait pas renoncé à la fortune de son premier mari pour l'amour du second. Mais il chassa vite ces pensées. C'était sa mère et il l'aimait telle qu'elle était.

— On ne peut pas dire qu'elle soit très démonstrative. Dans la vie, elle a toujours préféré l'action et le travail à l'oisiveté, et se soucie avant tout de la réussite de ses enfants. D'ailleurs, elle a atteint son but. Ma sœur Astrid, qui aide son mari à faire de son cabinet médical un hôpital, attend son septième enfant. Erika a engagé trois nouvelles institutrices, toutes des suffragettes, dans son école. Son mari est ingénieur dans les chemins de fer. Il voyage beaucoup. En son absence, elle consacre toute son énergie à son école. Greta et son époux ont acheté la ferme voisine de celle de maman. Greta a démissionné du journal où elle travaillait, mais elle publie une chronique hebdomadaire destinée aux agricultrices. Ma mère, Astrid, Erika et Greta ont constitué une ligue des droits de la femme avec d'autres suffragettes de la région. Mes beaux-frères ne semblent pas trouver leurs propositions politiques très menaçantes, hormis ce cher lord...

Adam secoua la tête et lâcha un juron entre ses dents.

— Ce satané lord est une véritable ordure. Il a violemment frappé Kirstin parce qu'elle avait osé accompagner ma mère et mes sœurs à une réunion. À mon arrivée, Kirstin avait un œil au beurre noir. Tout cela parce que sa seigneurie redoute qu'elle ne répande les idées des suffragettes en Angleterre et qu'elle ne convertisse les femmes et les filles de ses pairs de la Chambre des lords. Le pire, c'est que Kirstin n'est allée à cette réunion que parce que toutes les autres femmes de la ville s'y rendaient aussi. Elle se moque éperdument du mouvement féministe. Elle a simplement voulu faire comme les autres. Et ce maudit lord l'a tabassée pour cela.

— Seigneur! s'exclama Murphy en imaginant le superbe visage de Kirstin Marshfield couvert d'hématomes. Je déteste ces lords anglais. Une bande d'arrogants prétentieux, tous autant qu'ils sont. Enfin, à une exception près, ajouta-t-il en regardant Adam.

— Inutile de me ménager, répondit son ami. Je partage ton opinion.

— Mais tu es un...

Adam secoua négativement la tête.

— Mon père est le fils cadet d'un lord anglais. Il devait hériter d'un patrimoine à défaut d'un titre, mais il n'a jamais revendiqué cet héritage. Selon ma mère, il n'en a pas besoin. Elle affirme que tout ce qu'il touche se transforme en or, et qu'il a un charme fou. Quand elle l'a rencontré, il ne rêvait que d'aventure et n'avait que faire des biens matériels. Il voulait parcourir le monde. Ma mère l'aimait sincèrement, mais elle a refusé d'abandonner la ferme que lui avait léguée son premier mari pour le suivre. Ils se sont donc séparés. De retour en Angleterre, mon père a fini par obtenir l'annulation du mariage. D'un point de vue légal, je suis devenu un enfant illégitime le jour où mon père a fait annuler leur mariage pour épouser une autre femme. Ma mère n'a rien gagné dans cette union, à part moi. Mais c'était son choix. Quand elle lui a écrit pour lui annoncer ma naissance, mon père lui a fait parvenir de quoi acheter des billets de bateau pour toute la famille ainsi qu'un vieux médaillon en or qu'elle devait me remettre.

Adam sortit sa chaîne de montre pour montrer à Murphy le médaillon qu'il portait tel un objet fétiche.

— Ma mère a gardé le bijou, mais lui a renvoyé les billets. Voici donc mon héritage. Après l'annulation du mariage, je n'avais plus le droit de porter le nom de McKendrick, mais ma mère a insisté pour que je le garde. Selon elle, c'est mon nom de naissance, et ni la loi ni l'Église n'y changeront rien.

Adam rangea sa montre et reprit son récit :

— Le mari de Kirstin est un vrai lord anglais. J'ai tenté de la convaincre de le quitter, mais elle refuse même d'y songer. Je ne pouvais rien faire pour elle à part promettre à ce salaud que je le tuerais s'il osait lever de nouveau la main sur elle. Et je l'ai averti que je le surveillais de près, dorénavant.

— Il t'a pris au sérieux ? s'enquit O'Brien.

— En tout cas, il a jugé bon de laisser Kirstin chez ma mère pour prendre le premier bateau pour l'Angleterre. Il a fui sans demander son reste, comme ce client qui malmenait une fille du saloon, au *Gold Nugget*, plus tard dans la soirée.

— D'où la publication du premier volume des aventures du Baron Vengeur…

— Un journaliste devait se trouver au saloon, à ce moment-là, déclara Adam en hochant la tête. Cet homme m'a entendu proposer un emploi et un toit décent à cette pauvre fille. Elle a refusé, mais a accepté un billet de train pour retourner chez ses parents, dans l'Indiana.

— Elle a peut-être vendu son histoire à un éditeur de romans populaires.

— C'est possible, admit Adam en se resservant du café. À moins que Kirstin n'ait trouvé là le moyen de gagner un peu d'argent. Quoi qu'il en soit, cette histoire est une vraie plaie.

— À propos, fit O'Brien, où est donc ta lady de sœur ?

— Elle prend son petit-déjeuner dans ses appartements. Selon elle, une vicomtesse ne peut se montrer qu'après 14 heures.

— Que fait-elle donc de ses matinées ? Elle ne passe quand même pas son temps à se pomponner. Elle est déjà belle comme le jour.

— Je l'ignore et je ne veux pas le savoir. Du moment que je n'ai pas à supporter la description des nouvelles toilettes qu'elle a commandées à Paris pour la saison…

Adam attendit que le serveur ait déposé une cafetière pleine sur la table. Il s'en servit une tasse et en but une gorgée.

— Dieu merci, nous arrivons à destination dans quelques jours. Ce sera au tour de son cher mari d'endurer ses babillages incessants. Ne te méprends pas sur mes paroles un peu dures, Murphy. Je déteste ce type. Kirstin a commis une grossière erreur en l'épousant et je crois qu'elle ne devrait pas retourner auprès de lui. Mais c'est sa vie, pas la mienne. Et même si je m'inquiète pour elle, je ne peux rien faire pour la protéger tant qu'elle ne sera pas lasse de jouer les vicomtesses. En tout cas, si elle change d'avis, je serai là pour l'aider à commencer une nouvelle vie.

Murphy l'approuva. Il avait passé suffisamment de temps en compagnie de Kirstin pour savoir qu'elle ne renoncerait pas de sitôt au prestige de son rang et aux mondanités londoniennes, et ce malgré les violences conjugales. Il comprenait aussi qu'Adam se sente tenu de protéger sa sœur – y compris contre sa propre ambition.

— Il y a au moins un avantage à ce voyage en Écosse : là-bas, personne ne connaît le Baron Vengeur, déclara-t-il en brandissant le roman.

Adam leva sa tasse de café en guise de salut.

— Je n'aurai pas à croiser les admiratrices de ce personnage à tous les coins de rue.

— Ou à chercher à être à la hauteur de ta réputation, railla Murphy.

Adam lui répondit d'un sourire.

— C'est sûr. J'en ai plus qu'assez des beautés blondes aux yeux bleus. S'il y en a en Écosse, je ne veux pas les voir.

— Tu en es bien certain ?

— Absolument, répliqua Adam. Je te les laisse volontiers.

3

Une princesse de sang royal se doit de servir tous les sujets de la maison de Saxe-Wallerstein-Karolya.

Article 5 du protocole et de l'étiquette en vigueur à la cour de Saxe-Wallerstein-Karolya, par décret de Son Altesse Sérénissime le prince Karol Ier, 1432.

— Il y a un léger problème, Votre Altesse.
— Max... soupira Giana.
La jeune femme lui avait mille fois répété qu'il ne servait à rien de voyager incognito, de faire semblant d'être une famille ordinaire, de se cacher, s'il continuait à s'adresser à elle selon le protocole en vigueur à la cour. Elle était supposée être la fille d'une cuisinière et d'un majordome. Max jouait le rôle de son oncle paternel, Josef et Brenna celui de ses cousins. Ils avaient perdu leur place au service d'une riche comtesse slovène qui venait de mourir brutalement. Toute la famille rendait visite à Gordon, le frère de sa mère, en Écosse.

Max jeta un regard par-dessus son épaule pour s'assurer que nul ne les écoutait. Il lui était très difficile de se défaire de ses anciennes habitudes.

— Personne ne nous entend. Nous sommes seuls, Votre Alt... Giana.

Elle rangea la robe qu'elle était en train de raccommoder dans un panier posé à ses pieds. La nuit commençait à tomber dans le vaste salon au sol dallé. Seules les flammes de la cheminée éclairaient un peu les lieux. Cette pièce était la préférée de la princesse. Ses épais murs de pierre, son haut plafond, ses poutres apparentes lui rappelaient le palais d'été de Laken. Giana se redressa, se préparant au pire, et attendit les explications de Max. Elle lisait sur son visage qu'il apportait de mauvaises nouvelles.

— Il s'agit de mon cousin Victor, n'est-ce pas ?

— Non, Votre Altesse, répondit Lord Gudrun en secouant la tête.

— De quoi, alors ?

— Nous allons devoir trouver une autre cachette. Le propriétaire de cette maison est attendu sous peu.

Giana fronça les sourcils. Au bout de six semaines passées à sillonner les routes de l'Europe entière, de la principauté de Karolya jusqu'à la Méditerranée, en passant par la France, Giana, Max et les autres avaient fini par trouver refuge dans ce pavillon de chasse inhabité, au fin fond de l'Écosse, dont Gordon était à la fois le gardien et le régisseur. Isobel vivait en Karolya depuis plus de vingt ans. Comme elle travaillait en général à Laken, loin de la capitale, les complices de Victor ne se soucieraient pas de l'existence de son frère Gordon dans cet endroit retiré.

— Gordon a pourtant affirmé que Lord Bascombe déteste cet endroit et n'est pas venu depuis des années.

— C'est vrai, répondit Max, mais il semblerait que Lord Bascombe a vendu sa propriété. Au village, Gordon a trouvé un message annonçant que le nouveau propriétaire venait effectuer une inspection des lieux. Il donnait l'ordre à Gordon de rendre la maison habitable.

— Quand arrive-t-il ? souffla Giana.

— D'un jour à l'autre. L'employé du télégraphe ne livre pas les messages. Il attend que les destinataires viennent chercher leur courrier. Gordon n'a pas pris tout de suite connaissance du sien. Cela ne nous laisse guère de temps pour trouver un nouveau refuge, Votre Altesse.

Giana se mordilla nerveusement la lèvre.

— La personne qui a acheté le pavillon de chasse est-elle à même de nous reconnaître ?

— Il porte un nom écossais, mais, d'après le télégramme, ce monsieur est américain.

— Dans ce cas, répondit Giana avec un sourire, il est inutile de chercher refuge ailleurs.

— Pourquoi ?

— Nous serons parfaitement en sécurité ici jusqu'à ce que je puisse retourner en Karolya, déclara-t-elle, s'efforçant de paraître plus sûre d'elle-même qu'elle ne l'était réellement. Tout le monde sait que les Américains font peu de cas des familles royales européennes.

— Mais nous ne pouvons rester dans une maison que son propriétaire croit inhabitée ! protesta Max.

— Et pourquoi pas ? Il suffit de lui faire croire que nous sommes ses domestiques, déclara la jeune femme après réflexion.

Max émit un grommellement sceptique. La lueur de détermination qui brillait dans le regard de la princesse ne lui disait rien qui vaille.

— Des domestiques ? Votre Altesse, je vous en conjure, réfléchissez encore.

— Ma décision est prise, Max, rétorqua-t-elle en souriant. Nous allons devenir le personnel de cette maison.

Le vieil homme ravala les protestations qui lui venaient aux lèvres, mais ne put réprimer une moue de mécontentement. La dernière fois que Giana avait voulu s'initier à l'art culinaire, elle avait failli mettre le feu aux cuisines du palais de Christianberg. Elle ne s'était pas brûlée, certes, mais l'oie qu'elle avait mise au four avait fini carbonisée. Le chef cuisinier, qui en temps normal n'avait pas un caractère facile, avait refusé de poursuivre ses leçons, allant jusqu'à interdire l'accès de son domaine à la princesse. Même Isobel, qui avait pourtant une patience d'ange, redoutait les efforts de Giana dès qu'il s'agissait d'activités domestiques.

— Votre Altesse, implora Max. Je vous en supplie. Rappelez-vous votre formation de ménagère...

Le sourire de la princesse s'évanouit. Selon la coutume karolyenne, une jeune fille issue d'une famille roturière ne pouvait se marier avant l'âge de seize ans. Pour se préparer à leur future vie conjugale, toutes les adolescentes de la principauté passaient leur seizième année à apprendre à s'occuper d'un foyer. Cette tradition ne s'appliquait pas aux nobles, qui étaient en général fiancées dès l'enfance, mais Giana faisait exception à la règle. En tant qu'héritière du trône, elle se devait de montrer l'exemple et d'encourager les jeunes filles du royaume à se préparer à leur rôle d'épouse et de mère. Ainsi avait-elle appris la cuisine, la couture, le nettoyage, la lessive. Le prince Christian et la princesse May avaient chargé les membres de leur personnel de former leur fille.

— C'était un regrettable accident, Max.

— Bien sûr, Votre Altesse, mais il n'en demeure pas moins que vous n'avez aucune expérience pratique dans l'entretien d'un pavillon de chasse de cette importance.

— J'ai une expérience encore plus importante, Max. J'ai grandi dans un palais.

— Grandir dans un palais et y travailler sont deux choses très différentes.

Elle fronça les sourcils.

— J'en suis consciente. Mais j'ai beaucoup observé les activités de mes gens. Et j'ai fait autre chose que la cuisine. J'ai balayé le sol, épousseté les meubles, battu les tapis… J'ai même fait la vaisselle et la lessive.

Giana se garda de préciser que ses leçons avaient cessé brusquement quand elle avait laissé ses chemises de nuit et ses dessous en dentelle tremper trop longtemps dans la soude. De plus, elle avait omis de rincer le sol du vestibule. La soude avait rongé ses vêtements et les couturières du palais avaient dû s'affairer à lui coudre de nouveaux effets. L'ambassadeur d'Allemagne avait fait une mauvaise chute sur le marbre, entraînant de ce fait deux émissaires du pape. Par la suite, son père avait ri de cette mésaventure, racontant à qui voulait l'entendre qu'il avait vu ces hauts personnages tomber comme des quilles. Toutefois, il avait ordonné à sa fille de cesser immédiatement toute activité de nettoyage.

Deux jours plus tard, la jeune fille brisa plusieurs pièces de cristal vénitien hors de prix en les lavant dans une eau trop chaude. Sans parler du jour où elle fit tomber le couvercle du piano sur les doigts de son maître de musique. Elle parvint aussi à casser un vase Ming en époussetant un guéridon. Dès le lendemain, son père décréta que ses leçons se limiteraient à la couture, puis se ravisa, de crainte de nouvelles catastrophes. En désespoir de cause, on lui enseigna des disciplines plus dignes de son rang : menus, plans de table, broderie, jardinage. Certes, les massifs de fleurs subirent des dégâts spectaculaires, les poissons rouges du bassin reçurent trop de nourriture et les rosiers furent taillés avec un peu trop d'enthousiasme, mais le nom de la princesse Giana figura sur la liste des jeunes filles ayant terminé avec succès leur formation. Comme ses semblables, elle reçut un bouquet de fleurs blanches et une broche marquant son seizième anniversaire.

Depuis ce jour, Giana arborait fièrement sa broche, qui avait à ses yeux autant de valeur que les bijoux de la couronne. À l'exception de cette broche et du médaillon que sa mère lui avait offert pour ses vingt ans, tout ce qu'elle possédait – richesse, titre, position sociale – était lié à sa naissance. Cette broche en argent, elle l'avait gagnée par son travail. À travers le tissu de sa robe, la jeune fille en traça le contour du bout des doigts. Elle n'osait l'exposer à la vue de tous de peur qu'on lui pose des questions. Aussi la gardait-elle épinglée sur sa camisole, tout près de son médaillon, qui pendait au bout d'une chaîne en or. Le sceau royal de son père était fixé à une chaîne plus résistante, autour de sa taille.

— Ma broche, je l'ai méritée.

— Certes, Votre Altesse, mais…

Max la regarda dans les yeux. Il ne pouvait cautionner une décision qui risquait de compromettre la sécurité de la princesse en présence d'inconnus, mais il ne pouvait non plus s'opposer à sa décision.

— Nous y arriverons, assura-t-elle.

— Votre Altesse, avez-vous songé aux villageois des alentours ? Vous allez priver ces malheureux des gages dont ils ont tellement besoin pour vivre.

Giana hésita. Elle n'avait pas réfléchi à cet aspect du problème. En vérité, elle ne voulait pas enlever aux villageois leur gagne-pain. En arrivant dans la région, elle avait découvert une pauvreté qu'elle ne soupçonnait pas. Sa marraine, la reine Victoria, n'avait pas procuré à ses sujets le moyen de gagner dignement leur vie.

— Eh bien, commença-t-elle. Nous… Je…

Elle n'était pas encore habituée à parler à la première personne.

— Dans ce cas, je ne demanderai pas de gages, conclut-elle.

— Oh, mais il le faut ! protesta Max. Sinon, vous allez éveiller les soupçons du propriétaire. De nos jours, aucun domestique ne travaille gratuitement.

— Alors, nous ferons don de nos gages à des œuvres de charité. Gordon et vous veillerez à ce que cet argent soit reversé aux nécessiteux. De façon anonyme, bien sûr.

— Très bien, Votre Altesse.

Lord Gudrun n'eut pas le cœur de lui révéler que leurs maigres gages soulageraient bien peu les souffrances des pauvres.

— Naturellement, Isobel et Langstrom retrouveront leurs rôles de gouvernante et de majordome, et seront rétribués. Josef sera responsable des écuries. Brenna et moi serons femmes de chambre. Quant à vous, vous devenez régisseur.

Max s'éclaircit la voix.

— Je crois que c'est actuellement le poste de Gordon, Votre Altesse.

— Ah... alors vous serez...

Elle fronça les sourcils, cherchant l'équivalent roturier de grand chambellan.

— Vous serez surveillant.

— Veuillez m'excuser, Votre Altesse, mais les employés n'ont pas besoin d'un surveillant. Ce terme s'applique en général au milieu carcéral, voire à l'esclavage.

Giana sentit ses joues s'empourprer.

— Je ne voulais pas vous insulter, Max. Je voulais simplement dire que vous occuperez le rôle équivalant à celui de grand chambellan en Écosse. Vous ne serez pas seulement le maître du domaine, mais vous serez responsable de l'intendance et du personnel de la cour en exil, de même que lorsque nous retournerons chez nous.

À cette nouvelle, les yeux du vieil homme s'embuèrent. Depuis quatre siècles, les Gudrun travaillaient au service des princes de Saxe-Wallerstein-Karolya, mais aucun n'avait occupé de fonction supérieure à celle de secrétaire particulier de Son Altesse Sérénissime. La princesse venait, par ses paroles, de le promouvoir au rang le plus élevé qu'ait jamais occupé un membre de sa famille. Ce poste prestigieux de grand chambellan était pour lui inespéré.

— J'en suis très honoré, Votre Altesse, répondit-il en s'inclinant.

Giana esquissa un sourire mélancolique.

— Vous méritez bien mieux, déclara-t-elle. En ces moments difficiles, ce poste n'est guère un honneur. Nous vivons dans une maison qui ne nous appartient pas et vous n'avez que six employés à diriger. Cependant, nous nous rattraperons dès notre retour à Christianberg.

— Ne vous souciez pas de cela, Votre Altesse, assura Max. Je suis honoré de vous servir quelles que soient les circonstances.

— Et c'est un honneur pour moi de vous avoir à mes côtés, dit-elle en se levant. Je vais avoir besoin d'aide. Bien que j'aie gagné ma broche d'argent, je manque un peu de pratique en matière d'entretien du foyer. Ce détail ne vous aura sans doute pas échappé. Certes, je sais parfaitement passer la serpillière et épousseter, mais j'ai de sérieuses lacunes en cuisine, sans parler de la lessive. Vous allez devoir engager quelques domestiques supplémentaires parmi les villageois.

Max fit la grimace.

— Comme vous voudrez, Votre Altesse, mais si je puis me permettre, vos capacités seraient mieux exploitées dans un rôle d'inspection.

— Je ne peux occuper un poste supérieur à celui d'Isobel et de Langstrom, répondit-elle en secouant la tête. Ils sont censés être mes parents. Il paraîtrait louche qu'une fille supervise le travail de ses parents. Les gens du village ne manqueraient pas de s'interroger sur nous.

— Vous avez raison, Votre Altesse.

— Réunissez les autres invités pour leur annoncer l'arrivée imminente du propriétaire des lieux, ordonna Giana.

— Quels invités, Votre Altesse ? demanda-t-il, les yeux écarquillés.

— Pour une nuit encore, nous sommes des invités, expliqua-t-elle avec un sourire malicieux. Demain, nous serons des domestiques. Je suis peut-être princesse, mais je sais pertinemment que les membres du personnel n'occupent jamais des chambres situées au même étage que la famille.

Giana ne connaissait pas les quartiers de ses domestiques, mais elle se doutait qu'ils n'avaient rien à voir avec la splendeur de sa cheminée en marbre et son imposant lit à baldaquin.

— Vous pouvez encore changer d'avis, Votre Altesse, et éviter les soupentes, lui rappela Max avec un clin d'œil. N'oubliez pas qu'une gouvernante bénéficie d'une chambre indépendante.

— C'est une perspective tentante, avoua-t-elle. Mon lit douillet va me manquer. Mais Isobel fera une bien meilleure gouvernante que moi.

— Isobel n'aura pas besoin de ses appartements. Elle partagera la chambre de son mari.

— Et moi, je partagerai la chambre de Brenna, sous les toits, conclut Giana.

— Si vous y tenez, Votre Altesse, concéda Max en secouant la tête.

— Il le faut, conclut la princesse. Mais pas avant demain.

4

Une princesse de sang royal n'exprime jamais son désaccord avec une personne de rang supérieur et ne contredit jamais une personne de rang inférieur.

Article 201 du protocole et de l'étiquette en vigueur à la cour de Saxe-Wallerstein-Karolya, par décret de Son Altesse Sérénissime le prince Karol Ier, 1432.

— Ouvrez! ordonna Adam en martelant de ses poings la solide porte en chêne, avant de s'acharner de plus belle sur le heurtoir en cuivre. Ouvrez!

À l'arrivée du train en gare de Glasgow, Adam avait été accueilli par un léger brouillard. Le temps d'atteindre la grille de Larchmont Lodge, il pleuvait à verse. Le vent soufflait si violemment qu'il dut se retenir à la poignée de la porte pour ne pas être renversé par les éléments déchaînés. Il fouilla maladroitement dans sa poche pour en sortir la clé de sa nouvelle demeure. Lorsque Bascombe avait perdu la propriété, lors d'une partie de poker particulièrement épique durant la tournée d'Adam dans le Nevada et tout l'Ouest américain, il n'avait pas la clé sur lui. Dans un premier temps, Adam avait refusé l'acte de propriété. Il aimait gagner l'argent de ses adversaires dès lors que ces derniers pouvaient se permettre de le perdre. En revanche, l'idée de gagner une maison de famille le mettait mal à l'aise. Ses diverses tentatives pour effacer la dette de Lord Bascombe avaient échoué. Celui-ci avait insisté pour qu'il accepte le pavillon de chasse en guise de paiement. Adam n'avait pas eu le choix. Il avait rangé l'acte de propriété dans son coffre-fort et presque tout oublié de cette histoire jusqu'au jour où, trois mois plus tard, la clé de la porte d'entrée lui était parvenue par la poste, accompagnée d'un plan détaillé des lieux et d'une lettre indiquant qu'il n'y avait pas de personnel à résidence mais qu'un dénommé Gordon Ross en assurait la garde.

En arrivant devant la grille du domaine, Adam avait eu l'impression que la demeure – qui tenait plus du manoir que du pavillon de chasse – était vide. De Londres, il avait adressé un télégramme au gardien lui ordonnant d'embaucher du personnel et de préparer la maison pour son arrivée. Il n'avait aucune certitude que Ross avait bien reçu ses instructions ni qu'il les avait appliquées. En descendant du train, à Glasgow, Murphy l'avait mis en garde, lui suggérant de passer une nuit en ville, à l'hôtel, avant de partir pour les Highlands. Mais Adam n'avait rien voulu entendre. Il en avait assez d'être enfermé, d'abord sur le paquebot, puis à Londres et enfin dans le train. Il avait besoin de prendre l'air, et était impatient de découvrir Larchmont Lodge pour en évaluer le potentiel.

Craignant qu'on ne l'accueille avec un fusil, Adam avait prévu de faire d'abord la connaissance du gardien, dont le cottage se trouvait un peu à l'écart du bâtiment principal. Toutefois, alors qu'il s'y rendait, il avait aperçu la lueur vacillante d'une chandelle à travers l'une des fenêtres de l'imposante bâtisse. Il était tard. Nul ne venait à sa rencontre avec un parapluie, mais cette lumière et la fumée qui s'élevait de la cheminée indiquaient que la maison était habitée. Gordon Ross avait dû recevoir son télégramme. Le personnel, s'il y en avait, devait avoir regagné ses quartiers pour la nuit. Puisqu'il y avait quelqu'un à l'intérieur, autant entrer. Il était propriétaire des lieux, après tout.

Adam lâcha le heurtoir, rajusta son chapeau et le col de son imperméable, cherchant à se protéger de la pluie qui ruisselait dans son cou. Tremblant de froid, il parvint à introduire la clé dans la serrure. Il était épuisé par ce long voyage, et mourait d'envie de se réchauffer au coin du feu en dégustant un bon repas chaud. Il espérait vivement s'endormir dans un lit moelleux, même s'il était conscient qu'il devrait peut-être renoncer à son confort habituel pour ce soir.

— Je sais qu'il y a quelqu'un ! Ouvrez !

Il frappa une dernière fois à la porte en s'époumonant, puis tourna la clé dans la serrure et entra.

L'énorme battant heurta si violemment le mur intérieur que la clé tomba à terre et glissa sur le marbre. Le couple en tenue de nuit qui se tenait à quelques pas recula pour éviter la pluie glaciale qu'une violente bourrasque projetait à l'intérieur. Adam franchit le seuil, agrippa la porte et la referma brutalement. Puis il s'y appuya, le souffle court. Il ôta son chapeau et passa sa main dans ses cheveux humides.

— Je suis Adam McKendrick, se présenta-t-il en posant son chapeau sur une console. Vous devez être Gordon Ross, ajouta-t-il en tendant la main à l'homme en bonnet de nuit.

Le vieil homme secoua la tête.

— Non ? Alors qui êtes-vous ? insista Adam, les sourcils froncés.

La femme s'avança sans laisser à son mari le temps de répondre.

— Nous sommes les domestiques, fit-elle en imitant l'accent écossais. Je m'appelle Isobel Langstrom et voici mon mari Albert. Nous travaillons ici.

— Dieu merci ! soupira Adam, soulagé.

Il enleva son imperméable et chercha des yeux un endroit où le pendre.

Albert le lui prit des mains.

— Merci, dit Adam.

Laissant le couple ébahi dans le vestibule, il se dirigea vers l'escalier dont il gravit les premières marches.

— J'ai voyagé toute la journée. Je suis trempé, j'ai froid et j'ai sommeil. J'aimerais me réchauffer et me coucher dès que possible. Veuillez vous occuper tout de suite de mon cheval. Où se trouve la chambre du maître ? s'enquit-il en s'arrêtant sur le palier.

— La dernière porte à gauche, répondit Isobel machinalement, avant de se reprendre :

— Mais, monsieur, attendez.

Elle se précipita à sa suite.

— Ne vous dérangez pas ! lança Adam. Je trouverai bien tout seul.

Juste avant d'ouvrir la porte de ses appartements, il entendit un grognement qu'il identifia sans peine.

— Que diable...

Il n'eut pas le temps de terminer sa phrase qu'il s'écroulait lourdement sur le sol, le souffle coupé.

Il ne vit son agresseur que lorsqu'il se retrouva allongé sur le dos, un affreux animal hirsute, sorte de croisement entre un chien et un poney, pesant de tout son poids sur lui. À la lueur d'une chandelle, il vit ses pattes fauves et son poitrail blanc. À son cou scintillait un collier de velours noir incrusté d'or et de diamants. Adam leva la tête pour mieux l'examiner, mais le chien se remit à grogner férocement.

— Wagner ! Arrête !

La bête obéit immédiatement et s'aplatit sur sa victime, lui écrasant le ventre de ses grosses pattes.

— Wagner ! Tu as failli le tuer !

L'animal geignit face à ces remontrances et enfouit la truffe derrière l'oreille d'Adam.

— Pas tout à fait, parvint-il à articuler.

— Dieu merci, vous êtes en vie, souffla la jeune femme.

Adam cligna des paupières et chercha du regard celle qui l'avait sauvé. Elle se tenait debout sur le lit et il ne put réprimer un grommellement de déception : c'était une superbe blonde. À en juger par la longueur de ses jambes, elle était assez grande pour le regarder dans les yeux sans lever la tête. Son corps aux courbes harmonieuses se dessinait sous le fin tissu de sa chemise de nuit grâce à la lumière de la chandelle posée derrière elle. Ses cheveux noués en tresse lui tombaient plus bas que les reins, encadrant un visage aux traits fins et classiques. Adam ne voyait pas ses pieds, mais il imaginait qu'ils devaient être aussi délicats que le reste de sa personne.

— Bon sang, qu'est-ce que c'est que ce monstre ? s'écria-t-il. Et vous, qui êtes-vous ? Et que faites-vous dans mon lit ?

Les yeux de la jeune fille s'écarquillèrent d'effroi et de colère à la fois.

— Wagner est un superbe lévrier irlandais, d'excellente lignée. Quant à moi, je suis son alt... rétorqua-t-elle d'un ton hautain qui eut le don d'agacer Adam.

— C'est notre fille ! s'exclamèrent en chœur Isobel et son mari sur le seuil de la chambre.

Adam tourna la tête. Son regard interloqué passa d'Isobel à la jeune amazone debout sur son lit. Isobel et Albert étaient tous deux de petite taille.

— Votre fille ? répéta-t-il, incrédule.

— Absolument, confirmèrent-ils à l'unisson. Notre fille, Georgiana Langstrom.

Isobel s'adressa à la jeune femme :

— Georgiana, je te présente M. Adam McKendrick, le nouveau propriétaire de Larchmont Lodge qui arrive d'Amérique.

— Enchantée, déclara-t-elle. Comment allez-vous ?

Sous les yeux ébahis d'Adam, elle tendit la main avec grâce et attendit patiemment qu'il la prenne. Adam leva les yeux au ciel. Décidément, la beauté semblait être un titre de noblesse à part entière. Sa sœur Kirstin n'aurait pas réagi autrement. Le monde entier était un théâtre peuplé de belles blondes se prenant pour de grandes tragédiennes. Adam ignorait s'il devait rire ou pleurer, lui serrer la main ou s'agenouiller avec respect. Il opta pour l'indignation.

— Comment je vais ? grommela-t-il. J'ai failli mourir écrasé par un monstre velu de cinquante kilos. Comment voulez-vous que j'aille ?

— Vous êtes grossier, répliqua Giana, les sourcils froncés. Vous n'avez aucune raison d'être grossier, monsieur McKendrick.

— Vraiment ? fit-il en tentant de repousser le chien, qui refusait de bouger. Moi, j'en vois des dizaines. À commencer par lui.

— Wagner, descends ! ordonna-t-elle. Ici !

Le chien se redressa aussitôt et se précipita vers sa maîtresse.

Adam se releva péniblement.

Aussitôt, Wagner émit un grognement d'avertissement. Adam grogna à son tour.

— Comme le disait William de Wykeham, ce sont les bonnes manières qui font un gentleman, commenta Georgiana avec morgue.

— Elle parle, mais pour ne rien dire, répliqua Adam, citant Shakespeare. Bon, cessons de nous battre à coups de citations littéraires. Je vous signale que vous n'avez pas répondu à ma question.

— Quelle question, monsieur McKendrick? s'enquit Giana, feignant l'ignorance.

— Que faites-vous dans mon lit?

— Nous ignorions la date de votre arrivée, monsieur, intervint vivement Isobel. Les soupentes ont besoin d'être nettoyées, les lits sont étroits et inconfortables.

Elle soupira.

— Comme vous pouvez le constater, Giana est d'une taille supérieure à celle de la plupart des femmes. Elle est si grande que ses pieds dépassent des matelas ordinaires. Or la chambre du maître est dotée d'un lit de belles dimensions. Nous avons supposé qu'il n'y avait aucun mal à ce qu'elle y dorme en votre absence. Si cela vous a contrarié, nous vous présentons nos excuses, monsieur.

— Vous ne pouvez blâmer mes parents de vouloir ce qu'il y a de mieux pour leur fille, déclara Giana.

— Pourquoi pas? fit Adam en haussant les sourcils.

Giana lui adressa un sourire angélique et battit des paupières.

— Agir autrement n'est pas dans leur nature, riposta-t-elle.

Adam faillit succomber à son charme, mais il avait grandi entouré de séductrices en puissance. Cela faisait bien longtemps qu'il n'était plus dupe de leurs minauderies. D'autant qu'il soupçonnait cette amazone de n'être pas coutumière de ces manœuvres. Il préférait de loin la voir le défier.

— Votre taille est donc l'unique explication à votre présence dans mon lit?

— Quelle autre explication pourrait-il y avoir? s'étonna-t-elle.

— Je suis un homme très riche.
— J'en suis ravie pour vous, commenta Giana poliment.

Adam prit une profonde inspiration, puis fut pris d'une quinte de toux.

Giana attendit patiemment qu'il se remette.

— Je suis également jeune et bien-portant.
— Toutes mes félicitations, monsieur McKendrick. Je crois savoir que l'Écosse est dotée d'un climat très rude. Votre jeunesse et votre santé robuste seront des atouts inestimables. Je suis certaine que ces qualités faciliteront votre séjour dans ce pays.

Adam était fasciné par sa façon étrange de s'exprimer. S'il n'en saisissait pas toutes les nuances, elle-même ne paraissait pas non plus comprendre tout ce qu'il lui disait. Peut-être était-ce parce qu'il était Américain et elle... une étrangère, mais cette jeune amazone ne semblait pas voir où il voulait en venir.

— On dit aussi que je suis plutôt bel homme, ajouta-t-il, pince-sans-rire.

Elle l'étudia un moment, la tête inclinée.

— Je ne suis pas de cet avis, déclara-t-elle finalement.
— Vraiment?
— Non.

Elle soupira.

— Sans vouloir contredire les personnes qui ont porté ce jugement sur vous, je dirais que vous êtes plus que cela.
— Plus que plutôt bel homme? s'enquit Adam avec un sourire radieux.
— Assurément, répondit-elle d'un ton posé. Je viens seulement de faire votre connaissance et je ne sais rien de votre personnalité, cependant, je trouve votre apparence fort séduisante.
— Vraiment? fit-il en la détaillant à son tour d'un air appréciateur.

— Vraiment, monsieur McKendrick.

Elle fronça les sourcils. Pourquoi cet homme ne cessait-il de remettre en question ses réponses ? Était-ce dû au fait qu'il semblait avoir des difficultés à la comprendre ? Elle savait pourtant qu'elle avait une diction irréprochable.

— Vous devez être au courant que je suis célibataire.

— Non, monsieur McKendrick. J'ignore tout de votre situation familiale. En quoi cela me concerne-t-il, d'ailleurs ?

— Voyons, en quoi ma situation familiale pourrait-elle bien vous concerner ? railla Adam en faisant mine de compter sur ses doigts.

Il marqua une pause très théâtrale.

— Compte tenu du fait que je suis jeune, bien-portant, riche, plutôt... non, très séduisant, célibataire et que je suis le propriétaire du lit que vous occupez actuellement... il faudrait que je sois extrêmement obtus pour ne pas me rendre compte de ce que, dans la plupart des milieux, je suis ce qu'on appelle un bon parti.

— Dans la plupart des milieux, peut-être, mais pas dans le mien.

Perplexe, Adam leva les sourcils.

— Vraiment ?

Il fallait être particulièrement obtus pour ne pas se rendre compte que la fille de la gouvernante et du majordome venait de lui rétorquer qu'ils étaient issus de milieux proches. Adam l'avait délibérément appâtée, mais il se sentait piqué au vif par sa réponse. Il ignorait s'il devait trouver cette idée amusante ou pathétique.

Isobel s'avança.

— Viens, Giana. Laissons M. McKendrick s'installer. Nous allons te trouver un autre lit.

— Attendez ! s'écria Adam en dévisageant tour à tour les deux femmes. Dites-moi ce que vous savez du Baron Vengeur.

Isobel parut déconcertée.

— Je ne comprends pas de quoi vous parlez.

— Et vous ? fit-il en se tournant vers Giana.

— Ce baron ne figure pas parmi mes connaissances.

— Alors vous pouvez rester. Du moins pour ce soir. Demain, vous et votre chien devrez trouver un autre endroit où dormir.

Il redressa la tête et lui adressa un sourire triomphal avant d'ajouter :

— Vous pouvez dormir dans la maison, mais, en dépit de son collier incrusté de diamants, le chien passera la nuit dehors.

Ulcérée par cette suggestion impensable, Giana le fusilla du regard.

— Vous ne pouvez pas...

— Désolée, ma belle, coupa Adam, tout sourires, mais je suis votre employeur. Vous êtes grande, certes, mais je le suis encore davantage. Et je suis chez moi.

Sur ces mots, il tourna les talons et se dirigea vers la porte.

Médusés, les autres retinrent leur souffle. Il entendit Isobel étouffer un cri.

— Quoi ? fit Adam en s'arrêtant sur le seuil.

Il jeta un regard à l'amazone par-dessus son épaule. Elle était bouche bée, et il remarqua au passage que le ruban de soie noire qui fermait le décolleté de sa chemise de nuit était dénoué.

Giana n'en revenait pas. Tourner le dos à un membre de la famille royale était inconcevable. C'était même un véritable crime de lèse-majesté. Certes, cet homme ignorait à qui il avait affaire, elle ne pouvait donc le réprimander. Elle décida cependant de lui reprocher sa grossièreté.

— Vous ne connaissez donc pas les bonnes manières, monsieur McKendrick ? s'enquit-elle d'un ton suave.

— Mais si, répliqua Adam en faisant mine d'ôter un chapeau imaginaire. Ravi de vous avoir rencontré, mon cher Georges !

5

Une princesse de sang royal répond aux préoccupations de ses fidèles sujets.

Article 104 du protocole et de l'étiquette en vigueur à la cour de Saxe-Wallerstein-Karolya, par décret de Son Altesse Sérénissime le prince Karol Ier, 1432.

— Georges !

Les mains sur les hanches, Isobel renifla d'un air désapprobateur tandis que les autres discutaient des événements de la soirée autour de la table de la cuisine.

Le nouveau propriétaire de Larchmont Lodge avait dîné une heure plus tôt. Il était maintenant installé dans une chambre située dans l'aile opposée. Isobel et Albert avaient exécuté ses ordres, puis étaient allés réveiller Max. Ce dernier avait insisté pour rassembler toute la maisonnée afin de chercher ensemble le meilleur moyen de gérer cette situation délicate et éviter tout problème.

Giana étouffa un bâillement. À son avis, il suffisait d'aller de l'avant et de jouer le tout pour le tout. Elle ne voyait aucune raison de priver tout le monde de précieuses heures de sommeil pour tenir cette réunion. Mais Max, en fin stratège qu'il était, souhaitait clarifier le rôle de chacun. Après tout, si cela le rassurait, songea la jeune fille. De toute façon, la crise avait déjà été évitée. Adam McKendrick avait accepté de bonne grâce leur version des faits. Tant qu'il les prenait pour ses domestiques, ils seraient en sécurité à Larchmont Lodge. Et il n'avait aucune raison de mettre leur parole en doute. Isobel et Albert avaient veillé à ce qu'il ne manque de rien et Josef s'était occupé de son cheval.

Cela dit, l'arrivée du nouveau propriétaire les avait tous pris par surprise. En tant que souveraine, Giana se devait d'écouter les doléances de ses sujets et de les rassurer de son mieux.

— Ce McKendrick vous a appelée Georges, Votre Altesse, répétait inlassablement Isobel, ulcérée.

— En effet, admit-elle, un sourire énigmatique aux lèvres.

Quand elle était petite, sa mère la surnommait fleur, affirmant qu'elle était la plus belle et la plus précieuse de la principauté. Quant à son père, il la comparait souvent à un ouistiti. Il prétendait qu'elle était née avec de longs membres et un visage tout fripé, et qu'elle ressemblait plus à un petit singe qu'à une princesse.

La jeune fille soupira. Depuis la mort de son père, on ne l'appelait plus que Votre Altesse ou Giana. Comme le prince Christian lui manquait ! Parfois, elle croyait entendre sa voix, le bruit de ses pas sur le marbre du palais de Christianberg, le tintement de son fourreau contre sa ceinture. Lui seul osait la taquiner. Ces moqueries pleines de tendresse donnaient à la jeune fille l'impression d'être quelqu'un de particulier et résonnaient comme des marques d'affection. Hélas, désormais...

— Il vous a insultée, Votre Altesse, renchérit Albert.

Giana fronça les sourcils. Elle préférait parler de défi plutôt que d'insulte. À l'exception de Max, qui se permettait de lui donner son avis, nul n'osait la contredire ou contester ses décisions. Plus personne ne la taquinait, ne la grondait quand elle outrepassait ses droits. Nul ne lui rappelait les devoirs liés à son rang.

— Quand ? demanda-t-elle.

— Il vous a délibérément tourné le dos, Votre Altesse, lui rappela Albert.

— Ah, ça... fit-elle avec un geste désinvolte.

McKendrick ne pensait pas mal agir, puisqu'il ignorait se trouver en présence d'une princesse royale. Il avait dû être étonné de voir Isobel, Josef et elle-même demeurer bouche bée face à cet affront.

— Je doute que M. McKendrick ait la même expérience de la monarchie que vous tous, déclara-t-elle.

— Mais il ne s'est pas contenté de vous tourner le dos, Votre Altesse, insista Isobel qui en voulait à l'Américain. Il vous a regardée de façon fort inconvenante.

— Vous trouvez ? demanda la jeune fille.

— On aurait dit qu'il contemplait la vitrine d'une confiserie. Comment se fait-il que vous ne l'ayez pas remarqué ?

Giana esquissa un sourire plein de mystère indiquant qu'elle en savait plus qu'elle ne voulait l'admettre.

— Voyons, railla-t-elle en imitant l'accent d'Adam, peut-être est-ce parce que tout le monde me fixe toujours comme si j'étais exposée dans la vitrine d'une confiserie. À vrai dire, je suis comme une marchandise exposée en vitrine depuis le jour de ma naissance. Au fil des années, je me suis habituée aux regards appuyés et indiscrets. Vous ne l'avez donc pas remarqué ?

Elle tapota affectueusement la main d'Isobel.

— Mais vous n'avez que nous pour vous protéger, insista la gouvernante en cherchant l'approbation de ses compagnons. Il faut que Max réprimande ce McKendrick pour son attitude grossière et irrespectueuse.

— Non ! répondit Giana. Max ne dira rien à McKendrick. Vous serait-il venu à l'idée de demander à Max ou à Albert de parler à mon père ou à tout autre gentilhomme de sa façon de s'adresser à un membre du personnel féminin ?

— Bien sûr que non ! s'exclama Isobel. Mais le prince Christian était notre souverain.

— Adam McKendrick est le maître de Larchmont Lodge. Nous n'avons nulle part où aller. Nous ne pouvons prendre le risque d'être découverts.

Isobel devait admettre qu'elle avait raison, mais elle n'était pas obligée d'apprécier cette situation.

— Je persiste à croire que vous ne devriez pas tolérer une telle familiarité, Votre Altesse, dit-elle.

— Je ne peux rien faire pour empêcher cette familiarité. Vous lui avez indiqué mon nom, affirmant que j'étais votre fille. C'est un Américain, Isobel. Il n'a pas l'habitude de la monarchie.

Elle haussa les épaules de façon bien peu princière.

— Tant qu'il me prend pour une domestique à son service, vous ne pouvez vous attendre qu'il s'adresse à moi sur un ton courtois, pas plus que vous ne pouvez lui reprocher d'ignorer ma véritable identité.

— Peut-être, concéda Isobel, mais nous pouvons lui reprocher ses manières, Votre Altesse.

— Je l'ai déjà réprimandé à ce sujet, lui rappela Giana.

— Je comprends, Votre Altesse. Comme vous l'avez dit, c'est un Américain. Il ne connaît pas nos coutumes. Mais ce n'est pas notre cas, à nous autres. Nous sommes citoyens de Karolya. Nous ne pouvons placer notre travail au-dessus de notre devoir, qui est de servir et de protéger notre princesse. Et l'une des façons de protéger notre princesse est de surveiller de très près ce McKendrick.

6

Les gens du Baron Vengeur chantent ses louanges.

Premier volume des aventures du Baron Vengeur, défenseur des beautés blondes en détresse, par John J. Bookman, 1874.

— Bonjour, monsieur.

Adam remonta automatiquement ses couvertures sur son torse. Seigneur! Sa nouvelle gouvernante ne valait pas mieux que sa mère. Elle entrait dans sa chambre sans crier gare. De la main, il tenta de discipliner ses cheveux en bataille.

Isobel réprima un sourire amusé.

— Je vous apporte votre petit-déjeuner, monsieur, ainsi que vos vêtements.

Elle déposa le plateau sur les genoux d'Adam et désigna son costume repassé avec soin, pendu sur la porte d'une armoire en acajou.

— Vous êtes la dernière personne que je m'attendais à voir ce matin, madame Langstrom, déclara Adam, les sourcils froncés. Où est Albert? Pourquoi ne s'est-il pas occupé de mes vêtements?

— Albert s'entretient actuellement avec Max, dans la bibliothèque, à propos du réaménagement des quartiers des domestiques et de l'embauche de villageois.

— Qui est Max ?
— C'est le secrétaire particulier de son alt...
Isobel se reprit de justesse.
— Enfin, c'est votre secrétaire particulier.
— Je n'ai pas de secrétaire particulier, répliqua Adam en secouant la tête.
— Bien sûr que si, monsieur. Les propriétaires de maisons telles que celle-ci ont toujours un secrétaire pour s'occuper de leur courrier et de celui de leurs invités.
— Je m'en charge moi-même, insista Adam. Je préfère écrire mes lettres. C'est bien plus discret que de les confier à quelqu'un d'autre.
— Mais, monsieur, et vos invités ? s'enquit Isobel sans réussir à masquer sa surprise.
Adam haussa les épaules.
— S'ils souhaitent envoyer une lettre, ils n'ont qu'à l'écrire eux-mêmes. Je ne le ferai pas pour eux, en tout cas.
— Naturellement, monsieur. Ce serait un manquement au protocole. Surtout maintenant que Max est là pour s'en occuper.
— Max ne s'occupera de rien pour moi, déclara Adam. Je n'ai pas de secrétaire particulier et je n'en veux pas.
Isobel désigna le plateau.
— Comment aimez-vous votre thé, monsieur ?
— Je ne bois pas de thé.
— Je peux aller vous chercher une tasse du chocolat chaud que j'ai préparé pour Giana.
— Giana, répéta Adam, comme pour en apprécier la sonorité.
— Notre fille, lui rappela la gouvernante. Vous l'avez rencontrée hier soir.
Georges. L'Amazone. Comment aurait-il pu l'oublier ? Il sourit au souvenir de la jeune fille debout sur son lit. S'il voyait en elle une Amazone, ce n'était

pas parce qu'elle manquait de féminité, mais parce qu'elle était grande et belle, et capable de regarder un homme droit dans les yeux.

— Je croyais qu'elle s'appelait…
— Georgiana.
— Georges.

Ils avaient parlé en même temps. La gouvernante plissa les yeux, visiblement contrariée.

— Nous l'appelons Giana.
— Et vous lui préparez du chocolat chaud chaque matin ? s'enquit-il, étonné.
— Bien sûr, monsieur. Bien chaud et mousseux, comme elle l'aime.
— Et vous le lui servez au lit, sur un plateau ?
— Comme pour vous, ce matin.
— Une vraie petite princesse, ma parole ! commenta-t-il.

Isobel se figea.

— Co… comment, monsieur ? balbutia-t-elle d'une voix haut perchée.
— Je trouvais que ma mère gâtait mes sœurs, mais vous… vous traitez votre fille comme si c'était une reine.
— N'est-ce pas mon devoir de mère ? répondit Isobel, perplexe.
— Mais votre fille…

Il s'interrompit, comme s'il n'en croyait pas ses oreilles.

— Georgiana dort dans la chambre du maître, dans le meilleur lit, elle boit du chocolat chaud tous les matins…
— Absolument. En désirez-vous une tasse, monsieur ?
— Je préférerais du café.
— Désolé, monsieur, mais je n'ai pas de café. Seulement du thé.

— Va pour le thé, concéda Adam en faisant la grimace.

— Très bien, monsieur.

La gouvernante versa le breuvage fumant dans une tasse. Il refusa le citron et le sucre qu'elle lui proposait.

— Merci, je le prends sec, plaisanta-t-il en avalant une gorgée de thé.

Il faisait si froid dans la chambre qu'il se réjouissait de boire quelque chose de chaud, même cette lavasse infecte.

— Je vous en prie, monsieur. En ce qui concerne vos effets, j'ai fait une exception ce matin, car je pensais que vous aimeriez avoir vos vêtements. Mais maintenant que votre valet est arrivé, je pense qu'il se chargera de cette tâche.

— Mon valet? répéta Adam, de nouveau surpris. Je n'ai pas de valet.

— Mais si, monsieur. Tous les messieurs de votre rang ont un valet qui veille sur leur garde-robe. Cela dit, c'est bien la première fois que je rencontre un valet irlandais.

Isobel pinça les lèvres d'un air réprobateur.

— O'Brien, je crois. Murphy O'Brien. Il est arrivé de bonne heure ce matin avec une voiture pleine de bagages.

— O'Brien n'est pas mon valet! s'exclama Adam en riant. C'est un ami.

Il se servit une autre tasse de thé puis entreprit de dévorer ses œufs au bacon à belles dents.

— Vous ne me ferez pas croire une telle chose, monsieur, persista Isobel.

— Pourquoi?

— Seul un valet peut se montrer aussi tatillon à propos de malles et de valises.

Adam s'esclaffa de plus belle.

— O'Brien a de bonnes raisons de se soucier de l'état de ces bagages. La moitié lui appartiennent et il a dépensé une fortune pour se les procurer à temps pour le départ.

— Dans ce cas, ce monsieur est un gentilhomme, comme vous-même.

— J'ignore si nous méritons vraiment le titre de gentilhomme, mais nous sommes amis. Murphy O'Brien est même mon meilleur ami.

Son ton sans équivoque rappela à Isobel qu'il demeurait le maître des lieux.

— Très bien, monsieur.

Quand les pas de la gouvernante se furent éloignés dans le couloir, Adam posa le plateau sur sa table de chevet, et se leva. Enveloppé dans le drap qu'il noua autour de sa taille, il se dirigea pieds nus vers le paravent installé dans un coin de la chambre.

Le premier tiroir de la commode était ouvert. Sa chemise et ses sous-vêtements y étaient soigneusement rangés. Il trouva ses bottes près de l'armoire, avec sa sacoche en cuir.

Laissant le drap glisser à terre, il décrocha son pantalon et l'enfila en hâte. Tremblant de froid, il prit ses bottes, remerciant en pensée le brave homme qui était sorti sous la pluie battante pour s'occuper de son cheval et récupérer ses affaires. Sur la pointe des pieds, il alla les poser près de la cheminée pour les réchauffer un peu. Il attisa les braises à l'aide du tisonnier puis gagna la table de toilette en marbre. Seigneur ! Il avait si froid qu'il claquait des dents. Pas étonnant que Bascombe ait souhaité se débarrasser de cette vieille maison. Alors que le reste du monde jouissait de la douceur de l'été, il était en train de geler sur place à Larchmont Lodge. Qui plus est, ces maudits feux de tourbe avaient tendance à fumer plus qu'ils ne chauffaient.

Penché sur le broc de porcelaine, il brisa la fine pellicule de glace qui recouvrait la surface de l'eau. Puis, serrant les dents, il la versa dans la cuvette. Enfin, il sortit son blaireau et son savon à barbe de sa sacoche. Se raser dans ces conditions spartiates était un calvaire. Il parvint malgré tout à esquisser un sourire désabusé. Lui qui pensait être à l'abri de ce genre d'inconfort pour toujours... Lorsqu'il avait fait fortune dans les mines d'argent, il s'était juré de se raser à l'eau chaude jusqu'à la fin de ses jours. Il n'avait pas prévu qu'il gagnerait un pavillon de chasse au fin fond de l'Écosse. Il se débarbouilla en grimaçant face au miroir. À quoi bon avoir des domestiques s'ils n'étaient pas fichus de lui apporter de l'eau chaude ? songea-t-il. À moins que cette tâche ingrate n'incombe au valet...

— Tu es là, McKendrick ?

Adam reconnut la voix rieuse de Murphy avant même qu'il n'ouvre la porte. Il trempa son blaireau dans l'eau froide et se mit à frotter le savon à barbe pour produire de la mousse.

— Arrête ! lui ordonna O'Brien du seuil de la chambre.

Adam obéit.

— Tu vas te massacrer le visage si tu te rases dans ces conditions, déclara l'Irlandais en désignant la cuvette. Surtout si cette eau glacée stagne depuis hier soir dans le broc. De toute façon, une petite bonne femme autoritaire m'a ordonné de te monter ceci.

O'Brien brandit une bouilloire en cuivre dont la poignée était enveloppée dans un torchon.

— Prends garde de ne pas te brûler la main, recommanda-t-il à son ami en lui tendant l'objet. C'est très chaud.

— À la bonne heure ! répondit Adam en versant le précieux liquide dans la cuvette. J'étais prêt à vendre mon âme au diable pour un peu d'eau chaude.

— Pas de problème, railla Murphy en souriant. Tu me paieras plus tard.

Les deux hommes échangèrent un regard complice. On pouvait compter sur Murphy pour profiter de la moindre occasion de gagner de l'argent, se dit Adam. Il se tourna vers le miroir et commença à se raser.

— Alors, mon vieux, quelles sont tes premières impressions ? s'enquit O'Brien. J'ignore si cette maison a un potentiel commercial, mais elle est spectaculaire.

En découvrant le plateau de petit-déjeuner, il émit un sifflement admiratif et s'empara d'un petit pain qu'il tartina généreusement de beurre et de confiture. Il l'avala en trois bouchées et s'allongea sur le grand lit, les mains croisées derrière la tête.

— Tu as fait le tour du propriétaire ? reprit-il.

— Je suis arrivé en plein orage. Tout ce que j'ai vu, ce sont des trombes d'eau, la porte d'entrée et l'ombre des écuries.

— Je ne sais pas trop comment t'annoncer la nouvelle, mais ce n'est pas un pavillon de chasse que tu as gagné, déclara Murphy. Tu es désormais à la tête d'un domaine aussi vaste que la moitié de ce foutu comté. Je t'envie. Ce n'est pas à moi qu'un tel coup de chance arriverait.

— Pourquoi pas ? rétorqua Adam. Je croyais que les Irlandais étaient réputés pour leur veine.

— Cela n'est valable que pour les riches, pas pour les simples mortels, répliqua Murphy.

Adam s'essuya le visage et désigna un vêtement accroché à une colonne de lit.

— Passe-moi mon gilet, veux-tu ?

O'Brien le lui lança.

— Merci.

— À votre service, votre seigneurie, répondit Murphy en singeant un majordome guindé.

— Je ne suis pas ta seigneurie.

— Très bien, monsieur McKendrick, si nous allions faire un tour à cheval, histoire de visiter tes terres et d'évaluer leur potentiel ? suggéra-t-il en se levant.

— Impossible.

— Tu es trop courbatu ?

— Je dois passer mon personnel en revue, expliqua Adam en imitant à son tour O'Brien.

— Comment cela, passer ton personnel en revue ? interrogea Murphy en s'esclaffant.

— Une propriété de cette ampleur se doit d'avoir du personnel, lui rappela Adam. Et on m'a informé que je devais passer mes troupes en revue.

— Eh bien, vas-y, mon vieux. Je te suis. Je ne manquerais ça pour rien au monde.

— Tu ne crois pas si bien dire. J'ai la nette impression que tu en fais partie.

— Comment cela ? demanda Murphy dont le sourire s'évanouit aussitôt.

— La petite bonne femme autoritaire qui t'a chargé de me monter de l'eau chaude n'est autre que la gouvernante. Et elle te prend pour mon valet.

— Ton *quoi* ?

— Mon homme à tout faire, en quelque sorte.

O'Brien lui adressa un regard soupçonneux.

— Qu'est-ce qui a pu lui mettre une pareille idée en tête ?

— Ne me regarde pas comme ça. C'est toi qui lui as donné cette impression.

— Impossible, grommela O'Brien.

— Selon elle, un homme qui accorde autant d'importance à de simples bagages ne peut être qu'un valet.

— Balivernes ! Ces bagages m'ont coûté une fortune !

— C'est ce que je lui ai expliqué. Je lui ai précisé que tu étais un ami, un compagnon de voyage, mais elle ne m'a pas cru. Une telle méprise est impensable. Je pensais que, en te voyant, elle comprendrait tout de suite à qui elle avait affaire.

— Pourquoi ? demanda O'Brien. Qu'est-ce qui ne va pas dans mon apparence ?

— Rien, plaisanta Adam. À part tes vêtements, ta coiffure, tes manières.

O'Brien était habillé à la dernière mode, mais il ne pouvait être considéré comme un homme élégant. Et il était trop athlétique, trop bronzé, et trop rude pour avoir l'air d'un valet.

— Quel est le problème ?

— Tu ne passeras jamais l'inspection.

7

Une princesse de sang royal est tenue d'assister aux cérémonies de présentation à la cour.

Article 8 du protocole et de l'étiquette en vigueur à la cour de Saxe-Wallerstein-Karolya, par décret de Son Altesse Sérénissime le prince Karol Ier, 1432.

Et à toute autre présentation, aussi terre à terre et pénible fût-elle.

Addenda à l'article 8 : Son Altesse Sérénissime la princesse May, 1850.

Les membres du personnel de Larchmont Lodge ne furent pas les seuls à subir un examen attentif. Les murs des longs couloirs étaient tapissés d'imposants portraits d'ancêtres de Bascombe disparus depuis des lustres. Et tandis qu'Adam gagnait la bibliothèque, il ressentit des picotements dans la nuque, comme si des dizaines de paires d'yeux épiaient ses moindres gestes.

Cette sensation pénible s'intensifia dès qu'il pénétra dans la somptueuse bibliothèque tout en chêne et en cuir. En balayant la pièce du regard, il se retrouva face à huit autres paires d'yeux, neuf en comptant Murphy O'Brien.

Albert Langstrom s'avança, s'inclina, puis se tourna vers un homme d'âge mûr aux cheveux poivre et sel, et à l'allure un peu guindée. Il s'adressa à lui dans une langue qu'Adam ne comprenait pas, ce qui lui parut étrange. Son personnel était en principe constitué d'Écossais. Malgré leur fort accent, il s'attendait à saisir le sens de leurs paroles. Quand il eut terminé, Albert Langstrom reprit sa place dans la rangée, près de sa femme.

Le vieil homme s'approcha d'Adam.

— Je suis Maximilian... heu... Langstrom, votre seigneurie, déclara-t-il. Je suis le secrétaire privé de sa seigneurie. Vous pouvez m'appeler Max. Mon... frère...

Il s'interrompit brièvement.

— ... Albert vous demande pardon de ne pas accomplir son devoir comme il le devrait, mais il maîtrise mal votre langue. Il m'a prié de le remplacer et d'effectuer les présentations.

Max s'exprimait avec un curieux accent, mais Adam le comprenait sans peine.

— Puis-je vous présenter le reste du personnel de Larchmont Lodge, votre seigneurie ?

Les domestiques étaient alignés au milieu de la pièce, manifestement par ordre d'importance.

— Vous n'êtes pas écossais ?

Max secoua la tête.

— Gordon et Isobel le sont. Ils sont frère et sœur. Les autres étaient employés sur le continent, notamment chez feu la comtesse de Brocavia.

— Vous n'êtes que huit ? fit Adam sans dissimuler son étonnement.

— Pour l'instant, votre seigneurie.

Adam leva la main.

— Je sais que vous aviez coutume de vous adresser ainsi à Lord Bascombe, mais je suis américain. Je ne suis pas noble.

— Mais, votre seigneurie...
— McKendrick, coupa Adam en lui tendant la main. Adam McKendrick.

Max fixa la main tendue, puis la serra brièvement, presque à contrecœur, avant de reculer d'un pas. Visiblement, il trouvait ce geste incongru.

— Seigneur ! marmonna Adam. On dirait que je souffre de quelque maladie contagieuse. Ces gens ne savent-ils donc pas que les hommes naissent libres et égaux ?

— Du calme, mon vieux, lui murmura O'Brien en posant la main sur son épaule. Nous sommes sur le vieux continent, ne l'oublie pas.

— J'avais remarqué, mais tout de même, répliqua Adam, incrédule.

— Alors, tu dois te rendre compte que, ici, l'Amérique n'est qu'un rêve lointain. Tu n'es pas en cause personnellement. Chez nous, les gens sont égaux. Ici, il existe encore des différences de classe. Comporte-toi comme un maudit noble et ils te respecteront. Si tu te conduis comme un Américain, ils te mépriseront.

Adam reporta son attention sur Maximilian Langstrom.

— Monsieur, fit-il d'un ton posé mais sans réplique. Pas votre seigneurie. Je préfère être appelé monsieur.

— Bien, monsieur.

Les hommes s'inclinèrent et les femmes esquissèrent une révérence. Toutes sauf une.

Georges se tenait bien droite, les épaules en arrière, la tête haute. C'était une posture inhabituelle pour une jeune fille aussi élancée. Les sœurs d'Adam avaient tendance à se voûter pour ne pas se faire remarquer, ce qui inquiétait beaucoup leur mère. Adam se rappelait les remontrances de celle-ci qui les forçait à marcher avec une pile de livres sur la tête et leur ordonnait de regarder leurs interlocuteurs dans les yeux. Malheureusement, leurs prétendants étaient souvent plus petits qu'elles.

Georges, elle, semblait mettre un point d'honneur à se redresser fièrement. Elle regardait les gens dans les yeux même quand les circonstances exigeaient plus de modestie. Adam dut se retenir pour ne pas rire quand une autre jeune fille donna à Georges un coup de coude pour la rappeler à l'ordre.

Maximilian Langstrom fit de son mieux pour masquer cette bévue en se raclant la gorge avant de reprendre l'inspection.

— Auriez-vous l'obligeance de nous présenter votre valet, votre... monsieur? il pourra ainsi rejoindre nos rangs pour la suite de l'inspection.

Cet homme ne parlait pas sérieusement, songea Adam. Comment pouvait-il prendre O'Brien pour son valet? En regardant Max, Adam comprit toutefois qu'il ne plaisantait pas. De toute évidence, Isobel n'avait pas cru un mot de ses explications et n'avait pas jugé bon d'en informer son mari et son beau-frère.

— Sachez que M. O'Brien est mon ami. Il n'est pas...

— Je suis honoré que vous me considériez ainsi, monsieur, l'interrompit O'Brien.

Puis il s'éloigna d'Adam pour se joindre au reste du personnel. Il s'adressa à Langstrom en forçant son accent irlandais:

— Je m'appelle Murphy O'Brien et je suis fier de servir M. McKendrick, pas simplement en tant que valet, mais en tant que bras droit.

Face aux déclarations surprenantes de Murphy, Adam haussa les sourcils, mais ne chercha pas à le contredire.

Bien qu'il soit un peu plus petit qu'Adam, O'Brien dépassait les autres d'une tête, à l'exception de

Georges. Son chien à ses pieds, la jeune femme se tenait en bout de rangée. Un peu hésitant, O'Brien prit place à côté de Wagner. Adam vit son ami caresser prudemment l'animal et adresser un clin d'œil à la jeune femme qui l'observait.

Adam faisait de son mieux pour accorder à tous ses employés l'intérêt que Max semblait attendre de lui, mais l'attitude désinvolte et quelque peu séductrice de Murphy envers Georges lui noua l'estomac.

— Continuons, Max, suggéra-t-il.

— Très bien, monsieur, répondit ce dernier avec un signe de tête.

Il n'accorda guère d'attention à O'Brien – après tout, il était son supérieur hiérarchique –, s'approcha d'Albert et s'éclaircit la voix.

— Monsieur, je vous présente Albert Langstrom, le majordome de Larchmont Lodge, qui fut naguère au service de la comtesse de Brocavia.

— Albert, fit simplement Adam.

— Monsieur.

Max passa à la personne suivante.

— Et voici Isobel Langstrom, la gouvernante, qui fut également au service de la comtesse de Brocavia.

— Madame Langstrom.

— Monsieur, répondit Isobel avec une révérence.

Max poursuivit les présentations, passant à Gordon Ross, le frère d'Isobel, gardien du domaine.

Il avait le titre officiel de garde-chasse, mais son rôle consistait essentiellement à surveiller la propriété en l'absence du propriétaire précédent, Lord Bascombe. C'était lui qu'Adam avait chargé d'embaucher des domestiques, aussi ne fut-il pas étonné qu'il ait fait appel à des membres de sa famille. Toutefois, il lui parut curieux que des employés aux références aussi prestigieuses aient été disponibles aussi rapidement.

Malheureusement, ils n'étaient pas assez nombreux. Outre Gordon, il n'y avait que Josef Langstrom, le maître d'écurie, qui était aussi le fils de Max.

Adam se tourna vers Gordon.

— J'aimerais voir les terres et les écuries le plus tôt possible. Si le domaine se révèle adapté à ce que je souhaite en faire, il faudra embaucher d'autres hommes pour s'en occuper. Vous ne serez pas assez de deux.

— Bien, monsieur.

Adam passa aux derniers membres du personnel de maison : Brenna et Georges, les filles d'Albert et d'Isobel, toutes deux femmes de chambre.

La jeune Brenna ne ressemblait pas du tout à son aînée. Petite, avec des cheveux châtains et des yeux noisette, elle semblait timide et plus proche de sa mère que de son père.

Adam savait que les sœurs ne se ressemblaient pas toujours, mais les siennes étaient toutes jumelles. Dans sa fratrie, c'était lui qui se démarquait. Chez les Langstrom, c'était Georges. Ils avaient un point commun.

Quant au chien, jamais il n'en avait vu de semblable. « La Belle et la Bête », songea-t-il en les observant.

— Et la bête ? s'enquit-il auprès de Max, sans quitter Georges des yeux, pour voir si elle allait répondre.

Outrée, la jeune femme ouvrit la bouche, mais Max ne lui laissa pas le temps de parler.

— La bête, monsieur, est un lévrier irlandais. La comtesse de Brocavia adorait les chiens. Elle a offert celui-ci à ma nièce Giana, qui l'a élevé. Comme vous le constatez, ils sont inséparables.

— Apparemment, je profite de la disparition de cette comtesse, commenta Adam. Sauf en ce qui concerne la bête.

— Ce n'est pas une bête, c'est un chien. Il s'appelle Wagner, intervint Georges, incapable de se contrôler malgré le regard d'avertissement de son oncle. Et il me suit partout.

— Je pense que vous n'y verrez pas d'objection, monsieur, déclara Max d'un ton affirmatif.

Adam l'ignora et reporta son attention sur la jeune femme.

— Cela dépend.

— De quoi ? rétorqua-t-elle.

— De si vous avez l'intention de dormir tous les deux dans mon lit, ce soir.

8

Une princesse de sang royal n'encourage jamais les tentatives vulgaires de séduction.

Article 71 du protocole et de l'étiquette en vigueur à la cour de Saxe-Wallerstein-Karolya, par décret de Son Altesse Sérénissime le prince Karol Ier, 1432.

Adam fit mine de ne pas remarquer la réaction choquée de ses employés, qui l'observaient, le souffle coupé. Il garda les yeux rivés sur Georges.

— J'ai l'impression que vous le trouvez confortable, reprit-il.

— Nous l'avons trouvé très confortable, en effet, répondit Giana en croisant son regard, tout en caressant l'encolure de Wagner.

— Monsieur, lui rappela Adam.

Giana fronça les sourcils, perplexe.

— Nous l'avons trouvé très confortable, *monsieur*, répéta-t-il en appuyant sur le dernier mot.

— Monsieur, fit-elle entre ses dents.

— Bien, commenta Adam. Vous voyez, ce n'est pas si difficile.

— Je ne comprends pas ce que vous voulez dire, déclara Giana en le fusillant du regard.

— Vous êtes une fille intelligente. Cherchez bien.

La tension entre eux était palpable. Adam était conscient du désir charnel que la jeune fille faisait naître en lui chaque fois qu'il la voyait. Dès qu'il était près d'elle, il avait les nerfs à fleur de peau et son corps réagissait comme jamais. Il jouait un jeu dangereux, il le savait, et risquait de s'y brûler les ailes. Jamais il n'avait adopté un comportement aussi direct et explicite avec aucune de ses employées. Jamais non plus aucune ne l'avait à ce point attiré. Il ne voyait qu'une solution : montrer à la famille de Georges ces penchants néfastes en espérant qu'ils veilleraient sur elle en la maintenant hors de sa portée.

Adam était suffisamment honnête avec lui-même pour admettre qu'il ne voulait pas de cette attirance et qu'il réprouvait la façon dont il gouvernait ses émotions. Mais il lui apparaissait aussi clairement qu'il semblait incapable de contrôler ses réactions.

Il ne comprenait pas pourquoi la famille de la jeune femme tolérait ce badinage de mauvais goût. Il était pourtant évident que, même si Georges savait se défendre, elle était innocente et ne saisissait pas les sous-entendus à connotation sexuelle de ses propos. Ce qui n'excusait en rien sa propre attitude. Albert et Isobel ne pouvaient être aveugles à ce point. Pourquoi personne ne le remettait-il pas à sa place ? Pourquoi ne cherchaient-ils pas à protéger Georges ?

Giana frissonna. Jusqu'à présent, seuls ses parents s'étaient permis de s'adresser à elle sur ce ton. Cela ne lui déplaisait pas, d'ailleurs. Elle aimait ressentir ces picotements étranges, cette impression d'être sur le qui-vive chaque fois qu'elle était en présence de McKendrick. Leurs joutes verbales la ravissaient. Tout comme la façon dont il lui parlait, dont il semblait la considérer comme son égale sur le plan intellectuel. De plus, elle pouvait le défier sans crainte de représailles.

Ce badinage lui rappelait les chamailleries complices de ses parents, qui finissaient toujours derrière les portes closes de leurs appartements. Assurément, Giana appréciait assez les plaisanteries de ce McKendrick pour l'encourager à continuer.

— Vous allez donc nous laisser occuper votre lit de nouveau ? s'enquit-elle.

— Vous êtes la bienvenue dans mon lit, assura Adam, mais je préfère que le chien dorme ailleurs.

Le reste du personnel retint son souffle. Adam se prépara à affronter la colère légitime d'un père ou d'un oncle, or rien ne se passa. Les Langstrom ne semblaient aucunement décidés à défendre l'honneur de Georges.

Qu'importe. La jeune femme était à même de se débrouiller toute seule.

— C'est impossible, déclara-t-elle. Wagner ne dort qu'en ma compagnie.

— Dans ce cas, je suppose que je pourrais faire une exception, concéda-t-il en haussant les épaules.

— Un tel sacrifice est inutile, monsieur, déclara Giana avec un sourire satisfait. Wagner et moi avons déjà trouvé un autre lit.

Adam secoua la tête.

— Wagner ne me manquera pas, je dois le reconnaître, mais je regrette sincèrement de ne pas avoir le plaisir de vous accueillir dans ma chambre.

— Désolée, commenta-t-elle en le regardant droit dans les yeux. Ce serait, pour un gentilhomme tel que vous, une pure perte de temps de regretter quelque chose qui, de toute façon, n'arrivera jamais, *monsieur*.

— Vous avez déjà passé une nuit dans mon lit, lui rappela Adam, qui savourait ce duel plus qu'il ne voulait l'admettre. Vous y reviendrez peut-être. Il ne faut jurer de rien. Qui sait ce que nous réserve l'avenir ?

Elle regarda furtivement Max, puis revint à Adam.
— Je ne crois pas, répondit-elle. Mon avenir est scellé depuis le jour de ma naissance.

La soudaine tristesse de son regard n'échappa pas à Adam.

— Le destin est souvent capricieux, Georges. La chance sourit parfois, même aux femmes de chambre.

Giana réagit vivement à ces sous-entendus et à cette arrogance à peine dissimulée sous de sages paroles.

— C'est possible, *monsieur*, répliqua-t-elle, mais fort peu probable.

Sur ces mots, Georges baissa les yeux et esquissa une révérence. Adam sut qu'elle avait lu la compassion dans son regard.

Il serra les dents. Il préférait une impertinence qui frisait parfois l'insolence à ces marques de respect d'un autre âge. Georges était grande et blonde. Avec ses yeux bleus, elle n'était pas sans lui rappeler ses sœurs. Son regard triste, le léger tremblement de sa voix n'auraient pas dû le troubler à ce point. Et pourtant...

Ce changement soudain d'attitude lui laissait comme un vide au fond du cœur.

— Que chacun se remette au travail, déclara-t-il à la cantonade, sauf Josef et M. O'Brien, mon valet.

Nul ne broncha.

Adam fit une nouvelle tentative, faisant signe à ses employés de sortir, mais ils demeurèrent à leur place. En désespoir de cause, il se tourna vers Max.

— Merci de m'avoir présenté votre famille. Et merci à vous, monsieur Ross, de les avoir engagés. À présent, j'aimerais que vous disiez à tous de disposer, à part Josef et mon valet.

— Avez-vous des consignes à donner aux autres domestiques, monsieur ?

— Brenna et Georges effectueront leurs tâches habituelles pendant que vous aiderez Albert et Isobel à engager une cuisinière et des commis de cuisine, ainsi que quelques femmes de chambre supplémentaires. M. Ross embauchera le personnel chargé des écuries et des terres. Josef sellera les chevaux pour que M. O'Brien et moi puissions visiter le domaine.

— Mais, monsieur, vous ne pouvez pas! s'insurgea Max.

Isobel prononça quelques mots dans une autre langue et Albert se mit à secouer vigoureusement la tête.

— Vous voulez dire que je ne peux pas faire un tour sur mes terres?

— Vous ne pouvez chevaucher en compagnie de votre valet, corrigea Max.

— Et pourquoi pas?

— Un gentilhomme ne chevauche pas en compagnie de son valet, expliqua Max d'une voix ferme. Un valet n'accompagne son maître au cours de ses loisirs que si sa présence est nécessaire pour s'occuper de ses effets ou de ses bagages.

O'Brien leva les sourcils. Il connaissait les traditions de l'aristocratie, mais ne s'attendait pas à passer pour un valet aux yeux de Max. Les deux amis échangèrent un regard amusé.

— Vraiment?

— Absolument, monsieur, assura Max.

— En Écosse, un gentilhomme ne chevauche pas en compagnie de son valet, fit Adam, mais il se promène volontiers en compagnie de ses amis. Or Murphy O'Brien est avant tout mon ami.

— Votre ami, monsieur? répéta Max, ahuri. Ma foi, je n'ai jamais rencontré de gentilhomme qui traite son valet en ami.

— Eh bien, voilà qui est fait. Dites-moi, Max, êtes-vous déjà allé en Amérique?

— Non, monsieur.

Adam sourit avec indulgence.

— Eh bien, figurez-vous qu'en Amérique, les gens se fréquentent quelle que soit leur position sociale. C'est pourquoi je vais aller me promener avec M. O'Brien, que cela vous plaise ou non.

Il adressa au vieil homme un regard qui n'admettait pas de réplique et s'approcha du maître des écuries.

— Parlez-vous l'anglais ? lui demanda-t-il.

Josef ne répondit pas.

— Et le français ?

— Oui, répondit Josef en souriant.

— Très bien, reprit Adam. Vous allez seller mon cheval et celui de M. O'Brien. Nous partons dans quelques minutes.

Adam attendit que le jeune homme s'éloigne, mais il ne bougea pas.

— Au revoir, Josef, reprit-il, un peu agacé. M. O'Brien et moi vous rejoignons aux écuries.

Josef recula jusqu'à la porte et attendit un signe de tête imperceptible de Georges et de Max pour quitter enfin la pièce.

Adam fixa tour à tour son secrétaire particulier et l'Amazone.

— Merci de votre aide, Max. Vous aussi, mademoiselle Langstrom... Je vous appellerai en cas de besoin. Au revoir.

D'un geste, il congédia son personnel.

9

Le Baron Vengeur se comporte en gentilhomme en toutes circonstances. Il traite toutes les femmes comme de véritables princesses.

Deuxième volume des aventures du Baron Vengeur, défenseur des beautés blondes en détresse, par John J. Bookman, 1874.

— Voilà qui fut très instructif, commenta Murphy tandis que les deux amis quittaient les écuries à cheval.
— Tu trouves ? répondit Adam en se tournant vers lui.
— J'ai toujours su que les Anglais, quelle que soit leur condition, méprisaient profondément les Irlandais, mais je ne m'étais pas rendu compte que c'était aussi valable pour tout le continent européen.
— Ne le prends pas personnellement, lui conseilla Adam. Tu es Irlandais, d'accord, mais au moins tu es originaire du vieux continent. Ceux d'entre nous qui sont nés en Amérique sont encore plus méprisés parce qu'ils ne comprennent rien à l'aristocratie ni aux classes sociales.
— C'est vrai, admit Murphy. Mais ils sont surtout considérés comme une menace. Non parce qu'ils ne comprennent rien au système, d'ailleurs, mais parce

qu'ils méprisent ce régime autant que ces gens les méprisent.

— C'est évident, admit Adam en lâchant la bride à sa monture. Nous sommes rustres et mal dégrossis. L'Amérique regorge de personnes qui sont à la recherche d'une vie meilleure et fuient ce système de classes – des gens qui n'ont aucun respect pour des siècles de raffinement culturel et de supériorité.

— Certains auraient pu avoir le bon goût de ne pas devenir des nouveaux riches, énonça Murphy en imitant un accent distingué.

— Je crois entendre mon beau-frère, cette espèce de bâtard légitime, répliqua Adam, qui avait ainsi baptisé le mari de Kirstin, le vicomte de Marshfield.

— Dieu me pardonne! fit O'Brien en frissonnant d'effroi.

— Tu connais la différence entre lui et moi?

— Il aime battre les femmes et pas toi? hasarda Murphy avec une pointe d'ironie.

— En partie.

— Tu es riche et pas lui?

— Tu sais aussi bien que moi que, en Amérique, tout le monde a la possibilité de s'enrichir rapidement dès lors qu'il ne craint pas de retrousser ses manches et de se salir les mains. La chance, il faut savoir la provoquer.

— C'est ce que tu as fait, observa O'Brien.

— En effet, reconnut Adam tandis qu'ils atteignaient le sommet d'une colline. Ce qui nous distingue, Marshfield et moi, c'est que cette ordure ne comprend pas pourquoi j'ai eu de la chance et pas lui. La logique aurait voulu que ce soit lui qui en bénéficie, puisqu'il est bien né, qu'il occupe un rang plus élevé que moi dans la société. Dès la naissance, il avait tout: une famille noble, des terres, un titre, une excellente éducation. Moi, je n'ai rien eu de tout cela. Mon seul avantage est d'être né en Amérique et d'avoir eu une mère qui m'a inculqué des valeurs telles que le travail et l'ambition.

« Mon beau-frère, comme ses ancêtres avant lui, était trop blasé, trop sophistiqué et trop paresseux pour travailler ou avoir de l'ambition. Il a dilapidé son héritage et gaspillé ses chances de réussite. Moi, je n'ai pas commis la même erreur. J'ai tiré profit de ce que j'avais. Voilà la différence essentielle entre le bâtard légitime et moi.

— Je ne suis pas d'accord, répondit O'Brien. Ce qui vous distingue, c'est le caractère. Tu en as, et Marshfield en est dépourvu, mais il aspire à être comme toi.

— Ce qu'il veut, c'est mon argent, contra Adam. Il se moque pas mal de ma personnalité.

— Détrompe-toi. Je parie que ce type aimerait être à ta place. Bon sang, Adam, j'en connais un tas qui voudraient être comme toi ! À commencer par John J. Bookman. Même moi, cela m'arrive parfois.

Adam éclata de rire.

— Je t'assure ! protesta O'Brien avec vigueur. D'après toi, qui achète les aventures du Baron Vengeur, défenseur des blondes en détresse ?

— Les blondes. Bien trop à mon goût, plaisanta Adam. Et je peux te garantir qu'elles ne sont pas toutes superbes, en détresse, ou blondes.

— Eh bien, il y a aussi les imbéciles comme moi, figure-toi.

— Comment ? fit Adam, abasourdi, en se tournant vers son ami.

— Je t'assure que c'est vrai, mon vieux. J'ai acheté le livre cinq dollars à ce type qui jouait aux cartes, sur le bateau.

— Mais pourquoi diable ?

— Parce que j'ai lu le premier volume et que je voulais voir ce que ce Bookman avait d'autre à raconter à ton sujet.

— Tu parles d'une raison !

— N'empêche que tu as inspiré un auteur au point qu'il a eu envie d'écrire un livre sur tes aventures, insista O'Brien avec un sourire penaud.

— Un roman de quatre sous, Murphy, pas un livre, lui rappela Adam. Si je ne m'étais pas trouvé au mauvais endroit au mauvais moment, ce type aurait certainement trouvé une autre source d'inspiration.

— Ouais, eh bien, personne n'a jamais écrit de roman sur moi, grommela Murphy.

— Tu peux remercier ta bonne étoile.

— Je n'ai pas de bonne étoile. Je n'ai jamais voulu faire ce qu'il fallait pour en avoir une. Contrairement à toi. C'est ce que les autres admirent en toi. Tu as des rêves et tu travailles dur pour les réaliser. La plupart des gens cèdent à la facilité.

— Tu travailles dur aussi, riposta Adam. Et tu n'hésites pas à défendre ce en quoi tu crois.

— Certes. Mais je travaille pour l'agence de détectives d'Allan Pinkerton, pas pour Murphy O'Brien, parce que c'est plus facile. Au moins, je ne risque rien.

Il se tut, attendant la réaction d'Adam.

— Pas étonnant que ton beau-frère t'envie, reprit-il. Ce doit être pénible d'être un aristocrate désargenté. C'est déjà assez dur d'être pauvre sans avoir en plus la pression d'un rang à tenir.

Agacé par cette conversation, Adam talonna son cheval. Murphy l'imita, et les deux hommes chevauchèrent en silence, admirant le paysage magnifique. Ils parvinrent au sommet d'une autre colline et contemplèrent la lande qui s'étendait à leurs pieds.

— Seigneur, quel pays superbe ! s'enthousiasma Adam. Dommage qu'il fasse aussi froid. Quoi qu'il en soit, ce terrain sera parfait pour ce que j'envisage.

— Alors c'est une bonne chose que tu sois le maître des lieux.

Adam ne répondit pas tout de suite.

— Ce fut instructif, déclara-t-il enfin.
— Vraiment ?
— J'ai toujours su que les Anglais méprisaient profondément les nouveaux riches, répondit-il, reprenant les propos de son ami. Mais je viens seulement de me rendre compte que c'était aussi valable pour tout le continent européen.
— Ne t'en offusque pas, lui conseilla Murphy. Tu es peut-être un méprisable nouveau riche, mais la fille t'aime bien.
— La fille ? répéta Adam, feignant de ne pas comprendre.
— Oui, la grande Walkyrie blonde.
— Une Walkyrie, dis-tu ? fit Adam, regardant son ami d'un autre œil. Je la voyais plutôt comme une Amazone.
O'Brien haussa les épaules.
— J'aime l'opéra. Son chien s'appelle Wagner. J'ai sans doute fait le rapprochement.
— Je ne la vois pas en Brunehilde. Ma mère, voire mes sœurs, Erika ou Astrid, peut-être. Mais pas Georges.
Il réfléchit un instant.
— Je vois Georges non pas seulement comme une Amazone, mais aussi comme une Artémis.
— Depuis combien de temps la connais-tu, cette Artémis ?
— Je l'ai rencontrée hier soir. À mon arrivée, elle et son chien étaient dans mon lit.
— Je m'en doutais d'après les propos que vous avez échangés, avoua O'Brien en faisant la moue. La question est : le chien et elle sont-ils restés dans ton lit après ton arrivée ?
— Oui.
— Et toi ?
— Non.
— Tu me le dirais, sinon ?

89

— Est-ce dans mes habitudes ? répliqua Adam avec un regard éloquent.
— Non.
— Et je n'ai pas l'intention de commencer maintenant. Tu devrais savoir que la discrétion est l'apanage d'un vrai gentilhomme. Ce qui signifie qu'un vrai gentilhomme ne raconte pas ses frasques.
— Mais tu n'es pas un gentilhomme, lui rappela O'Brien, retrouvant son sérieux. Ou alors ce n'est pas une jeune fille sérieuse...
— Elle l'est, tu peux me croire.
— Adam, c'est une femme de chambre !
— Quelle importance ? Seigneur !

Adam ôta son chapeau et se passa la main dans les cheveux.

— Tu n'as donc pas écouté un mot de ce que j'ai dit à Maximilian Langstrom ? N'ai-je pas défendu notre amitié ? Ne lui ai-je pas expliqué que tu étais mon ami ? Tu crois vraiment que le fait qu'elle soit une femme de chambre ou que tu sois mon valet a de l'importance à mes yeux ?
— Non, admit Murphy. Seulement, je ne suis pas ton valet.
— Les autres en sont persuadés.
— Mais toi, tu sais que c'est faux.
— Effectivement, concéda Adam. Mais même si tu étais mon valet, cela ne changerait rien. Tu serais quand même mon ami.
— Dans ce cas, pourquoi ne leur as-tu pas révélé qui j'étais vraiment ?
— Je l'ai fait ! protesta Adam. Ce n'est pas ma faute s'ils ont choisi de ne pas me croire.
— Tu leur as précisé que j'étais ton ami qui travaille pour l'agence de détectives Pinkerton ?
— Non. Je leur ai simplement dit que tu étais mon ami.

— Pourquoi ne pas leur avoir parlé de ma véritable profession au lieu de leur laisser croire que j'étais ton valet ?

— J'ai essayé. C'est toi qui as accepté d'endosser ce rôle, répliqua Adam. Tu n'étais pas obligé de jouer le jeu. Tu as eu la possibilité de rétablir la vérité et tu n'as rien dit. Pourquoi ?

— Je ne sais pas, avoua O'Brien en haussant les épaules.

— Moi non plus, fit Adam. Mais j'ai l'impression qu'il y a quelque chose...

— Qui cloche, dirent-ils en chœur.

— Exactement, déclara Murphy. Je n'arrive pas à mettre le doigt dessus, mais un détail me turlupine. Je ne suis pas totalement à l'aise avec ces gens.

— Moi non plus, concéda Adam. Tu as remarqué que tout le monde a regardé Max ou Georges avant de bouger ?

— J'ai remarqué.

— D'abord, je me suis dit que c'était parce qu'ils ne me comprenaient pas. Mais Max, Isobel, Georges et Gordon Ross n'ont aucun mal à me comprendre. Ce ne pouvait donc être l'explication. Et pourquoi personne n'a essayé de la défendre contre mes avances à peine voilées ?

— Défendre qui ? s'enquit O'Brien.

— Tu le sais très bien. La Walkyrie, l'Amazone, Georges.

— Tu as dit que tu n'avais pas dormi avec elle, lança Murphy qui aimait taquiner son ami, voire le pousser à bout, et ne perdait jamais une occasion de se faire l'avocat du diable.

— C'est vrai, répéta Adam.

— Tu n'aurais pas parlé à la Walkyrie comme tu l'as fait ce matin si tu la considérais comme une dame respectable ou une jeune fille innocente ou, du moins, si tu n'avais pas l'intention d'en avoir le cœur net.

— Je ne peux pas le nier, murmura Adam, l'air pensif. Jamais un gentilhomme ne se serait adressé de la sorte à une jeune fille, surtout une jeune fille innocente.

— Comment sais-tu qu'elle est innocente ?

Adam adressa à Murphy un regard suggérant qu'il avait intérêt à cesser de lui poser des questions stupides.

— Georges est innocente, trancha-t-il. J'en mettrais ma main au feu.

— Moi aussi, renchérit Murphy.

— Dans ce cas, pourquoi ni son père ni son oncle ne m'ont-ils flanqué un coup de poing en pleine figure ? Toi, tu aurais défendu l'honneur de ta sœur. Dieu sait si j'ai défendu celui des miennes. L'attitude de cette famille est inexcusable.

— À moins qu'ils ne redoutent quelque chose.

— Du genre ?

— Perdre leur emploi, par exemple.

— J'aurais plutôt envie de les congédier pour n'avoir *pas* défendu l'honneur de Georges, déclara Adam.

— C'est évident, mais ils ne peuvent pas le savoir. Ils ne te connaissent pas. La personne chez qui ils travaillaient auparavant est décédée. Ils repartent de zéro. Ils ont peut-être peur de mettre leur place en péril.

— Je l'espère, répondit Adam. J'espère que l'explication est aussi simple.

— Tu les congédierais ? l'interrogea Murphy. Tout en sachant qu'ils n'ont nulle part où aller ?

— Moi ? fit Adam avec une expression innocente. Je suis le Baron Vengeur, rappelle-toi ! Le défenseur des beautés blondes et opprimées du monde entier.

— Sacrebleu ! jura Murphy. Je m'en doutais.

— Tu te doutais de quoi?
— Tu prépares un troisième volume.
— En avant pour de nouvelles aventures, conclut Adam avec un sourire.

10

Le Baron Vengeur préfère l'action à la parole.

Deuxième volume des aventures du Baron Vengeur, défenseur des beautés blondes en détresse, par John J. Bookman, 1874.

Adam ayant décidé que le pavillon de chasse convenait parfaitement à ce qu'il voulait en faire, il entreprit rapidement de dresser des plans pour la maison et les terres.

Nul ne savait ce qu'il avait en tête, mais tout le monde tenait à surveiller les progrès des travaux et à y participer. On racontait partout que McKendrick était un Américain excentrique et fortuné qui payait grassement quiconque voulait travailler à la rénovation de la maison et à la construction d'un terrain de golf. Il cherchait des employés permanents, ce qui suffit à attirer hommes et femmes de toute la région pour proposer leurs services de femmes de chambre, lingères, cuisinières, aides, valets, jardiniers, garçons d'écurie. Les domestiques vivaient sur place et bénéficiaient d'une journée de repos par semaine, de congés payés et de jours de maladie. En outre, ils recevaient des primes pour les fêtes. Une place à Larchmont Lodge devint vite l'emploi le plus convoité des Highlands.

Adam n'avait jamais vécu ou travaillé dans une maison de la taille de Larchmont Lodge. S'il avait de nombreuses lacunes, il avait cependant dirigé un hôtel et un saloon dans le Nevada, et en savait assez pour embaucher les meilleurs employés et les motiver. Gordon Ross fut chargé de rechercher les meilleurs éléments. Il apprit vite qu'Adam McKendrick était un patron très exigeant avec son personnel, à l'image de tous les aristocrates qu'il avait croisés. Mais contrairement aux grands de ce monde, le maître de Larchmont Lodge était disposé à payer le prix fort pour un service de qualité.

De plus, Adam tenait à offrir à tous la possibilité d'aller au bout de leurs ambitions. Il ne voyait pas pourquoi les gens travaillant à Larchmont Lodge seraient condamnés à un métier précis uniquement parce que leurs ancêtres l'exerçaient depuis des générations. Si un jardinier aspirait au poste de majordome, Adam était prêt à lui accorder sa chance. Il voulait aussi procurer à ses employés de meilleures conditions de vie.

Pour cela, Adam chargea Gordon de créer le plus grand nombre de postes possible et d'avoir des renforts disponibles à tout moment pour parer à toute défaillance éventuelle. Ainsi les artisans du village, les marchands, les ménagères pouvaient-ils poursuivre leurs activités tout en ayant la possibilité de travailler de temps à autre pour Adam et d'augmenter ainsi leurs revenus. Max, Isobel et Albert formaient le personnel de maison. Gordon et Josef s'occupaient des autres.

Adam avait insisté pour qu'aucun enfant de moins de seize ans ne soit embauché. Certains enfants d'employés pouvaient effectuer quelques courses ou rendre de menus services moyennant rétribution, mais les tâches pénibles étaient exclusivement réservées aux adultes.

Dès que les effectifs furent au complet, la construction du terrain de golf commença près d'un vieux pavillon de gardien destiné à être transformé en restaurant.

Adam se rendit à Saint Andrews, le plus ancien terrain de golf écossais, pour élaborer le plan du parcours. Il commanda des clubs et des balles auprès des artisans locaux. Attirés par les salaires généreux, les meilleurs spécialistes de ce sport affluèrent. Très vite, il fallut réaménager les quartiers des domestiques.

Pressé de se débarrasser de l'encombrant chien de Georges, Adam décida de commencer par l'aile des femmes. Les ouvriers réparèrent la toiture et le plafond. Des volets furent ajoutés aux fenêtres et les murs furent isolés pour protéger les chambres du froid.

Ces dortoirs, très pratiques pour les enfants, ne permettaient guère d'intimité aux couples. Adam fit donc diviser les vastes salles en cabines privées dotées d'un matelas de plume, d'une table de chevet, d'un fauteuil et d'une table de toilette. Une chambre fut spécialement aménagée pour une jeune fille de grande taille et son chien. Adam fit aussi installer des sanitaires modernes.

Dans le village voisin de Kinlochen, personne n'avait jamais vu un cabinet de toilette. Il fallut faire venir des ouvriers de Glasgow avec leur matériel. Mais Adam estimait que ces efforts étaient nécessaires.

Au cours de ses précédents séjours en Angleterre, chez sa sœur Kirstin, il avait découvert que les équipements sanitaires laissaient souvent à désirer. L'eau courante était un luxe, surtout dans les campagnes. Les amateurs de golf s'attendraient à trouver le confort moderne, et les employés qui s'occuperaient de cette clientèle méritaient mieux que les conditions rudimentaires dans lesquelles ils vivaient actuellement.

Malheureusement, l'installation de ces équipements se révéla plus difficile qu'on l'avait prévu. Employés et villageois ne cessaient de s'arrêter près du chantier pour admirer le spectacle, ralentissant le travail des ouvriers de la ville.

Seuls Gordon Ross et la famille Langstrom semblaient indifférents à ces innovations. L'aile des femmes était en plein chaos, mais dans le reste de la maison, tout se déroulait à merveille. Pas vraiment selon les critères d'Adam, certes, mais le foyer était bien géré.

Ce dernier avait du mal à le croire. Les seuls qui semblaient respecter ses ordres à la lettre étaient les maçons. Adam était sans conteste le maître des lieux, mais le fonctionnement de la maison lui échappait totalement.

Cela faisait trois semaines qu'il s'était installé à Larchmont Lodge. Le petit-déjeuner n'était jamais servi quand il le voulait. Pas plus que les autres repas, d'ailleurs. Quand il donnait un ordre concernant la maison, quelqu'un semblait s'interposer systématiquement. Cependant, il devait admettre que les choses tournaient très bien, qu'il donne ou pas des instructions.

Un jour, sa sœur Kirstin lui avait raconté que, dans les grandes propriétés campagnardes d'Angleterre, tout était organisé pour le confort des domestiques, et non celui des propriétaires. Sur le moment, il avait ri. Mais il commençait à comprendre ce qu'elle voulait dire. Cette toute-puissance des domestiques ne lui plaisait guère, mais, semblait-il, il n'y pouvait pas grand-chose. Il ne contrôlait même pas le chien.

Ce jour-là, en entrant dans sa chambre, Adam trouva l'animal couché sur son lit, dormant du sommeil du juste, les quatre pattes en l'air. Soucieux de ne pas le réveiller, il recula sur la pointe des pieds et ressortit.

— Mademoiselle Langstrom !

Une porte s'ouvrit dans le couloir. La jeune Brenna apparut timidement sur le seuil, étouffant un bâillement.

— Pas vous ! fit Adam. L'autre demoiselle Langstrom.

Perplexe, Brenna fronça les sourcils.

— Georges. Je veux parler à Georges. Votre sœur Georgiana... Où est-elle ?

Brenna désigna la chambre du valet, de l'autre côté du couloir. Adam se dirigea à grands pas vers la porte et l'ouvrit à la volée

— Mademoiselle Langstrom ! lança-t-il.

Giana était accroupie à côté d'un seau à charbon. Les mains gantées de cuir, elle nettoyait la cheminée. En entendant la voix d'Adam, elle se retourna. Il remarqua aussitôt sa robe en soie noire de qualité sous un tablier ordinaire en coton. Le noir seyait merveilleusement à sa blondeur et à sa finesse. Sa joue était maculée de suie, de même que son front.

— Oui ?
— Il faut que je vous parle de votre chien !
— Oh ! fit-elle en ôtant ses gants.

Elle se releva si vivement qu'elle marcha sur le bas de sa robe et perdit l'équilibre. En se rattrapant au manteau de la cheminée, elle fit tomber une figurine en porcelaine.

Adam eut beau se précipiter, il ne fut pas assez prompt pour sauver le fragile bibelot. La jeune bergère se brisa en mille morceaux sur le marbre.

Horrifiée, Georges s'agenouilla, et se mit en devoir de ramasser les morceaux. Ce n'était pas la première fois qu'elle cassait quelque chose en présence d'Adam. La veille, en le croisant dans le couloir, elle avait lâché une pile d'assiettes qu'elle portait à la cuisine. Trois jours plus tôt, c'était une collection de pipes en argile, dans son bureau, sans parler des tasses et soucoupes qui lui avaient malencontreusement échappé des mains.

— Je suis vraiment désolée, déclara-t-elle.

— Ce n'est pas grave, assura-t-il en se penchant pour l'aider.

Il prit plusieurs débris de sa main et les déposa dans le seau à charbon.

— Mais...

Mortifiée par cette maladresse qui n'avait rien de princier, Giana se hâta de ramasser les morceaux de la figurine. Elle prit d'abord les plus gros, puis glissa imprudemment la paume sur le sol pour rassembler les plus petits.

— Non ! s'exclama Adam en lui agrippant le poignet.

Au contact de la peau de Giana, une décharge électrique lui parcourut le corps, mais il était si soucieux d'éviter qu'elle ne se blesse qu'il y fit à peine attention. Malheureusement, il était trop tard.

Il tressaillit en voyant la base de la statuette entailler la main de la jeune fille. Instinctivement, celle-ci referma le poing pour arrêter le saignement.

— Attendez !

Il lui caressa doucement le poignet pour lui ouvrir le poing.

— Je vous en prie, insista-t-il en plongeant son regard dans le sien. Laissez-moi faire.

Giana ouvrit la main pour qu'il examine la plaie. L'entaille semblait assez profonde. Il restait des débris de porcelaine fichés dans la chair. Quelques gouttes de sang maculèrent le pouce d'Adam lorsqu'il en effleura les bords.

Georges retint son souffle.

Serrant les dents, Adam ôta délicatement les éclats coupants. Cela devait être douloureux, mais la jeune fille ne se plaignit pas.

Il vit des larmes perler dans ses yeux, remarqua combien sa main semblait fragile au creux de la sienne, et si pâle qu'il percevait le fin réseau de veines bleutées qui courait sous sa peau.

Il prit son mouchoir et tamponna doucement la plaie avant d'envelopper la main blessée pour faire cesser le saignement. L'expression de Georges noua les entrailles d'Adam. Elle semblait à la fois choquée et perdue comme une enfant. Sans réfléchir, il déposa un baiser sur sa paume pour chasser la douleur, comme le faisaient sa mère et ses sœurs quand il était petit.

Le contact des lèvres d'Adam sur sa peau fit trembler Giana de tous ses membres. Troublée, elle leva la tête et vit avec satisfaction une lueur de passion vaciller au fond de ses yeux. Elle soutint son regard pendant ce qui lui parut une éternité, amplifiant la sensation étrange qu'elle éprouvait au plus profond d'elle-même.

— Je regrette vraiment d'avoir brisé cette petite bergère, souffla-t-elle.

— Ce n'est pas grave, répéta Adam.

— Mais si, insista Giana, sachant qu'il s'agissait d'une pièce très rare et de grande valeur du XVIe siècle. Je vous rembourserai. Je rembourserai tout ce que j'ai cassé.

— C'est inutile, répondit Adam en haussant les épaules. Je suis aussi responsable de cet accident que vous. Si je n'étais pas entré en trombe et en criant, vous n'auriez pas fait tomber cette bergère de la cheminée. Du reste, ce n'était qu'une statuette.

— C'était de la véritable porcelaine de Mayence... murmura Giana.

Cette réflexion étonna Adam qui plissa les yeux.
— Comment le savez-vous ?
Prise au dépourvu, Giana se mordit la lèvre.
— Nous... Je... Enfin, elle avait une collection de figurines de Mayence.
— Qui ?
— La comtesse de Brocadia. C'est moi qui les époussetais.
— Brocavia, corrigea Adam, sans cesser de lui caresser le poignet.
— Pardon ?
Il sentit le pouls de Giana s'accélérer brusquement.
— La comtesse de Brocavia, répéta-t-il. Vous avez dit que vous époussetiez les figurines de la comtesse de *Brocadia*.
Giana baissa les yeux.
— C'est ce que je voulais dire... Je ne parle pas très bien...
— Mais si, coupa Adam. C'est votre comtesse qui m'intrigue.
Il se demandait si cette femme n'était pas complètement folle de confier à Georges une aussi précieuse collection. Si tant est que cette mystérieuse comtesse ait vraiment existé, ce dont il doutait.
— Je ne vois pas ce que vous voulez dire.
— Je crois que si, répliqua-t-il.
L'espace d'un instant, les yeux de Giana lancèrent des flammes. Elle dégagea sa main de son emprise et se redressa maladroitement. C'était la deuxième fois que ce McKendrick l'accusait de mentir. Le fait qu'il ait raison ne faisait qu'empirer la situation. Avant la mort de ses parents, Giana n'avait jamais menti de façon délibérée. Mais depuis la tragédie, elle était obligée de multiplier intrigues et tromperies. Elle n'était pas menteuse de nature et passer pour telle aux yeux de McKendrick l'ennuyait.

Adam demeura quelques secondes accroupi, regrettant de devoir pousser la jeune fille dans ses retranchements pour débusquer la vérité qui se dissimulait derrière un mensonge aussi flagrant. Il laissa échapper un soupir et se releva enfin. Il aimait pouvoir regarder la jeune femme dans les yeux sans avoir à baisser la tête.

— Il n'y a pas de comtesse de Brocavia, n'est-ce pas ?

Giana croisa les doigts derrière son dos.

— Mais... bien sûr que si... balbutia-t-elle.

Adam l'observa avec attention, puis secoua lentement la tête.

— Vraiment ? Si je consultais les ouvrages de la bibliothèque, trouverais-je une lignée à ce nom ? Si je sollicitais des lettres de recommandation à la famille de la comtesse, en recevrais-je ou s'agirait-il de faux documents rédigés par vos parents ?

La jeune fille blêmit. Adam tendit la main vers elle.

— J'ai raison, n'est-ce pas ?

Giana était incapable de répondre. Elle demeurait immobile, le souffle court, attendant la suite.

Adam fut alarmé par le fait qu'elle ne cherche pas à se défendre ou à protester. Le regard blessé de Georges lui serra le cœur. Il avait l'impression d'être un bourreau sanguinaire. Tout à coup, inexplicablement, il eut honte de son comportement.

— Je ne vérifierai pas.

Giana n'eut aucune réaction.

— Je ne ferai aucune recherche sur la comtesse, Georges. Vous comprenez ce que cela signifie ? Je me moque de vos références. Vous et votre famille faites du bon travail depuis trois semaines. En tout cas, je n'ai pas à m'en plaindre.

Les yeux de la jeune fille s'illuminèrent. Elle esquissa même un sourire.

— C'est vrai ?
— Eh bien... Adam hésita.
Une seconde de trop.
— C'est moi, n'est-ce pas ? fit-elle en baissant les yeux sur sa main blessée. Je suis si maladroite.
— Mais non.
— Je suis comme un éléphant dans un jeu de quilles, avoua-t-elle.

Adam fronça les sourcils. Georges employait parfois des expressions bien étranges. Elle ôta le mouchoir de sa blessure, qui ne saignait plus, et le lui rendit.

— Je suis aussi efficace et soigneuse que les autres membres du personnel... de ma famille, assura-t-elle. Mais, apparemment, plus je fais attention, plus je brise d'objets.

Comme un éléphant dans un jeu de quilles ! Adam comprit enfin et faillit éclater de rire face à cette confusion entre deux métaphores. Il lui tendit à nouveau le mouchoir ensanglanté.

— Gardez-le. Vous en aurez peut-être besoin si votre plaie se rouvre.

Giana accepta de bonne grâce.

— Bien, répondit-elle avec un signe de tête très princier. Mais je tiens à vous rembourser la figurine.

— Oubliez donc cette maudite bergère ! s'exclama Adam. Je m'en moque éperdument. Tout ce que je demande, c'est de ne pas trouver ce satané chien à tout bout de champ dans mon lit !

11

Une princesse de sang royal veille au bon comportement de ses animaux de compagnie. Elle protège les chiens princiers des invités et des domestiques qui chercheraient à les bannir du palais, et veille à ce que ses princiers compagnons ne commettent aucun méfait.

Article 1112 du protocole et de l'étiquette en vigueur à la cour de Saxe-Wallerstein-Karolya, par décret de Son Altesse Sérénissime la princesse May, 1867.

— Wagner? s'écria la jeune femme d'un ton qui frisait la panique.
— Tout juste, répliqua-t-il. Qui d'autre?
— Où est-il? s'enquit Giana en cherchant son compagnon des yeux.
— La dernière fois que je l'ai vu, il ronflait paisiblement.
— Brenna était avec lui?
— Brenna? Que vient-elle faire dans cette histoire? Elle n'était pas dans ma chambre. Wagner dormait seul, confortablement étendu sur mon lit.
— Quand j'ai commencé à nettoyer la chambre de M. O'Brien, j'ai confié Wagner à Brenna. Pourquoi n'était-il plus en sa compagnie?

— Votre sœur trouve peut-être son propre lit plus confortable que le mien, commenta Adam d'un ton acerbe, se rappelant les bâillements étouffés de la jeune fille. Contrairement au chien. À moins qu'elle ne préfère la compagnie d'un être humain...

— Wagner ne dort qu'avec moi.

— Votre chien semble plus sélectif dans le choix de ses partenaires que dans celui de ses lits, railla Adam.

— Au contraire, affirma Giana. Il est tout aussi sélectif dans le choix de ses lits. Il se trouve que votre lit était le mien jusqu'à votre arrivée. S'il y retourne, c'est parce qu'il y sent encore mon odeur.

«Un parfum de fleurs d'oranger et de femme», murmura Adam pour lui-même.

Il ne pouvait contester cette logique. Les draps avaient été lavés plusieurs fois depuis que Georges s'était installée dans une autre chambre, mais le lit était encore imprégné d'un léger parfum. Au début, il n'avait pas fait le rapprochement avec la jeune fille. Peut-être Isobel avait-elle l'habitude de parfumer ainsi le linge? s'était-il dit. À présent, il reconnaissait les effluves de fleurs d'oranger qui émanaient de ses cheveux et de sa peau, en dépit de l'odeur tenace de suie qui flottait dans la pièce.

Jamais Adam n'avait autant apprécié un parfum. Mais il était aussi fasciné par les propos parfois étranges de Georges, par sa bouche pulpeuse, qu'il ne pouvait s'empêcher de fixer. Tout en elle l'intriguait, de la forme parfaite de ses lèvres à son sourire énigmatique.

Giana avait passé sa vie à être un objet de curiosité. Elle était habituée aux regards appuyés de ses sujets. Aussi ne s'en offusquait-elle guère. Pourtant, les yeux bleus et intenses d'Adam provoquaient en elle une réaction inconnue. Pour la première fois de sa vie, elle se sentait femme avant d'être princesse.

Elle était aussi envahie d'un trouble plus particulier. Adam était un homme séduisant qui avait le don de lui faire oublier qui elle était.

Se forçant à détourner le regard, elle ramassa ses gants de cuir.

— Veuillez m'excuser...

— Non, répondit Adam en lui prenant les gants pour les glisser dans sa poche.

— Veuillez m'excuser, répéta la jeune fille, pensant qu'il n'avait pas bien compris.

Elle prit son seau et fit mine de s'en aller, mais Adam refusa de la laisser passer.

— Qu'est-ce que vous faites ? demanda-t-il en saisissant le seau.

— Je dois aller chercher Wagner, répondit-elle. Et finir mon travail.

— Votre journée est terminée.

— Mais il me reste plusieurs tâches à accomplir, protesta-t-elle.

— C'est possible. Mais ce n'est pas vous qui vous en chargerez. Cette vilaine plaie risque de s'infecter au contact de la suie. Quelqu'un d'autre nettoiera les cheminées.

Adam songea soudain que, pendant que Giana s'affairait dans les chambres, Brenna faisait tranquillement la sieste.

— Votre sœur par exemple.

Giana secoua négativement la tête.

— Pourquoi pas ?

— Les tâches de Brenna ne comprennent pas le nettoyage des chambres.

— Contrairement à vous ? fit Adam, interloqué.

— Bien sûr.

— Pourquoi ? insista Adam. Pourquoi nettoyez-vous les cheminées pendant que votre sœur se repose ? Quel est donc son rôle, à part la surveillance du chien ?

— Brenna est femme de chambre particulière, expliqua Giana.
— Ce qui signifie ?
— Elle sert la maîtresse de maison, l'habille, la déshabille, la coiffe et lui tient compagnie. Elle fait aussi un peu de couture.
— Il n'y a pas de maîtresse de maison à Larchmont Lodge, lui rappela Adam.

Giana n'avait jamais joué les saintes nitouches de sa vie, mais il y avait un début à tout. Elle esquissa un sourire mystérieux et lui glissa un regard ingénu.
— Il y en aura une, un jour.
— Ah bon ? s'étonna Adam. Comment cela ?
— Quand un gentilhomme entreprend des travaux d'envergure dans sa maison, c'est qu'en général il entend fonder une famille. Nous en avons donc conclu que, dès que les travaux seraient terminés, vous vous installeriez...
— Vous avez supposé cela ?

Ayant grandi avec quatre sœurs, Adam connaissait fort bien l'esprit des femmes. Aussi ne fut-il pas dupe de ses minauderies : Georges cherchait à lui soutirer des informations sans en avoir l'air. Elle était bien sûr beaucoup moins habile à ce petit jeu que ses sœurs. Bien décidé à lui rendre la monnaie de sa pièce, il lui décocha un sourire diabolique.
— Vous n'êtes certainement pas naïve au point de croire que les travaux ont quelque chose à voir avec mon intention de fonder un foyer, ou que fonder un foyer implique forcément le mariage ou la présence d'une dame à la maison ?

Giana ouvrit la bouche pour répondre, mais les mots ne vinrent pas.

Incapable de résister à la tentation de la toucher, il tendit la main pour essuyer un peu de suie sur sa joue.
— Qui êtes-vous donc ? Qu'est devenue Georges ?

Se sentant pâlir, Giana se redressa fièrement, persuadée qu'elle avait été démasquée.

— Je ne vois pas ce que vous voulez dire.

Adam poussa un soupir. Elle s'était montrée une adversaire si coriace au cours de leurs joutes verbales qu'il en avait oublié qu'elle était vraiment naïve et que leur langue maternelle n'était pas la même.

— Je veux dire par là que jouer les mijaurées ne vous sied guère, Georges.

Giana s'humecta nerveusement les lèvres.

— À vous non plus.

— On m'a traité de pas mal de noms, dans ma vie, mais jamais de mijaurée.

Il lui sourit pour lui montrer qu'il ne la condamnait pas.

— Quand une femme répond comme vous venez de le faire, on se dit en général qu'elle joue les mijaurées. Quand c'est un homme, on suppose qu'il est simplement évasif.

— L'êtes-vous?

— Voilà de nouveau Georges telle que je la connais et que je l'...

Il s'interrompit brusquement.

Seigneur! Il se passa la main sur le visage. Quelle mouche l'avait piqué? S'il continuait dans cette voie, il allait au-devant de gros ennuis. Georges correspondait à tout ce qu'il détestait chez une femme. Or ses préférences semblaient n'avoir plus aucune importance. Bon sang, elle était d'une beauté à couper le souffle! Pire. Elle avait le don de lui faire battre le cœur. Il connaissait ces signes avant-coureurs et n'était pas certain de pouvoir éviter la catastrophe. Peut-être était-il déjà trop tard.

À moins que...

C'était la première fois qu'il était attiré par une femme telle que Georges. Il préférait en général les jeunes filles sages, délicates, les brunes au regard de braise. Jamais de blondes. D'où le ridicule du roman relatant ses aventures. Il n'avait pas partagé le lit d'une femme depuis son départ du Nevada. Peut-être éprouvait-il simplement le désir d'embrasser une femme qui osait le regarder dans les yeux. L'attrait de la nouveauté…

Il se pencha sur elle. Ce baiser se révélerait sans doute une simple distraction, un passe-temps agréable et sans conséquences. Le jeu en valait la chandelle. Il fallait être fou pour ne pas tenter l'expérience.

Et il n'avait rien d'un fou…

Vaillamment, Adam fit une dernière tentative pour éviter de succomber. Il essaya de reculer pour laisser à Georges l'occasion de s'échapper. Mais elle ne semblait guère disposée à en profiter. Bien au contraire. Elle se hissa sur la pointe des pieds, inclina la tête en arrière, lèvres entrouvertes, paupières closes.

En voyant ces lèvres offertes, Adam céda à la tentation. Il couvrit sa bouche délicate de la sienne. Elle exhala un petit hoquet de surprise et il en profita pour glisser sa langue entre ses lèvres.

Il découvrit aussitôt qu'il se mentait à lui-même et qu'il était bel et bien fou. Georges était à la fois douce, innocente et terriblement attirante. Il se montrait taquin, séducteur, mais il était évident qu'aucun homme ne l'avait jamais embrassée ainsi. Et il était tout aussi évident que jamais il ne permettrait que cela arrive.

Cette idée lui fit si peur qu'il interrompit leur baiser. Il recula d'un pas pour se ressaisir, et sut que la bataille était perdue d'avance lorsque la jeune femme noua les bras autour de son cou et se pressa contre lui.

— Mon Dieu, murmura-t-il en lui caressant la joue, avant de la serrer contre lui.

Il lui embrassa doucement les paupières puis descendit vers ses lèvres. Il l'embrassa encore et encore, dessinant les contours de sa bouche innocente, la titillant pour qu'elle s'offre à lui.

Giana ne résista pas à la tentation de découvrir les mystères des rapports entre hommes et femmes. Le contact de ces lèvres masculines était pour elle une révélation. Ce premier baiser déclencha en elle une avalanche de sensations inédites. Frémissante, elle entrouvrit les lèvres. Le baiser d'Adam se fit plus profond, plus exigeant et doux à la fois. Il semblait guetter ses réactions tandis qu'il explorait intimement sa bouche. Épousant le rythme de ses mouvements, elle lui répondit sans retenue. Surpris et stimulé par l'enthousiasme non dissimulé de sa partenaire, Adam entreprit de lui enseigner l'art du baiser.

Georges se révéla une excellente élève. Elle faisait des progrès rapides, se montrant à la fois attentive et inventive. Elle éveillait en lui un tel désir qu'il se sentit sombrer. S'il continuait ainsi, il allait perdre tout contrôle de la situation.

— Arrêtez, souffla-t-il en la lâchant.

S'il ne s'écartait pas rapidement, il risquait de la faire sienne sur le sol de la chambre d'O'Brien.

— Pourquoi ? Cela me plaît, murmura-t-elle.

Ayant découvert les plaisirs sensuels du baiser, elle entendait bien poursuivre son exploration.

— Ravi de l'apprendre, dit-il sèchement, mais la leçon est terminée.

Il dut serrer les poings pour ne pas la toucher.

— Je ne veux pas qu'elle s'arrête, déclara Giana de ce ton impérieux qu'elle utilisait toujours pour obtenir satisfaction.

Le rôle de princesse n'était pas dénué d'avantages, comme celui de se faire obéir des personnes de rang inférieur.

Adam plongea son regard dans le sien.

— Vous ne souhaitez certainement pas vous retrouver allongée sur le sol, les jupons relevés. Et c'est ce qui va se passer si nous n'arrêtons pas de nous embrasser.
— Vraiment ? Voilà qui est extraordinaire !
Giana se demandait pourquoi elle se retrouverait dans cette curieuse position, mais cette perspective l'intriguait.
— Oui, admit Adam. C'est extraordinaire. À tel point que des millions de gens le font chaque jour.
— Ah bon ?
Adam secoua la tête, stupéfait par tant de naïveté.
— Naturellement ! Comment croyez-vous que naissent les enfants ?
Il devina à son expression qu'il avait enfin réussi à la choquer.
— Les enfants ? répéta-t-elle en le fixant, ébahie.
C'était donc ainsi que naissaient les enfants. Giana savait depuis longtemps qu'ils étaient le fruit du mariage, tout comme elle savait qu'il était du devoir d'une princesse royale de se marier et de donner le jour à un héritier. Après ce baiser troublant, elle croyait enfin comprendre comment les enfants naissaient du mariage.
— Je n'en avais aucune idée, avoua-t-elle.
Son expression était si sincère qu'Adam dut lutter pour ne pas l'embrasser de nouveau.
— Vous n'en avez toujours aucune idée, croyez-moi, rétorqua-t-il. Et je tiens à ce que les choses demeurent ainsi, dans notre intérêt à tous les deux.
Sur ces mots, il fit volte-face et se dirigea vers la porte.
— Restez à distance, Georges, lui conseilla-t-il sans se retourner. Ne venez pas dans ma chambre, encore moins dans mon lit. Et veillez à ce que votre chien ne vienne pas non plus.

Giana voulut lui rappeler que c'était lui qui était venu la chercher et non le contraire.

— Mais, monsieur...

Monsieur. Elle l'avait appelé *monsieur*. Après l'avoir embrassé à lui faire perdre la tête. Il avait l'impression d'être une caricature de bourgeois lubrique qui ne perd pas une occasion de trousser une femme de chambre. Il se passa la main sur le front. Seigneur, il ne se serait pas senti plus mal si elle lui avait asséné un coup de poignard !

Il pivota pour lui faire face.

— Adam, corrigea-t-il doucement. Quand un homme apprend à une femme l'art du baiser, le moins qu'elle puisse faire, c'est de l'appeler par son prénom.

— Et le moins qu'un homme puisse faire après avoir enseigné un tel art à une femme, c'est de continuer, *Adam*, répliqua-t-elle.

Sans attendre sa réponse, elle passa devant lui et quitta la pièce, le laissant bouche bée.

12

Le Baron Vengeur déteste les mystères et autres énigmes et se sent tenu de les résoudre.

Deuxième volume des aventures du Baron Vengeur, défenseur des beautés blondes en détresse, par John J. Bookman, 1874.

— Il se passe des choses étranges, ici, mon vieux, déclara O'Brien en faisant tournoyer son whisky dans son verre, avant d'en avaler une longue gorgée.
— Ah oui ? ironisa Adam. Qu'est-ce qui te fait croire une chose pareille ? Le fait que tous les employés masculins de la maison aient critiqué le maître de maison pour avoir osé boire du whisky après le repas et non du cognac ? En compagnie de son valet, qui plus est ?

Les deux hommes s'étaient retirés dans la bibliothèque et s'y étaient attardés bien après que la maisonnée fut allée se coucher. La moue réprobatrice d'Albert et les réflexions acerbes de Max avaient dissuadé Adam de traiter Murphy en ami et non en valet.

— Tu ne subis que quelques froncements de sourcils et quelques commentaires, lui rappela O'Brien. Moi, je dois endurer des sermons interminables sur mon manque de professionnalisme et mon mépris de l'étiquette.

— Quoi ?

— Tu es le châtelain, le taquina O'Brien. Tu ne sais donc pas que ton secrétaire particulier se sent obligé de me faire la leçon, chaque matin, après le petit-déjeuner ? Bien sûr que non ! Mais il est temps que tu ouvres les yeux, mon vieux, ajouta-t-il en exagérant son accent irlandais. Regarde un peu ce qui se passe dans ta maison au lieu de ne t'intéresser qu'à l'extérieur.

— À quel sujet te fait-il la leçon ?

— Les relations entre un maître et son valet : savoir rester à sa place, ne pas chercher à outrepasser ses droits en se prenant pour l'égal de son employeur et autres balivernes de ce genre.

O'Brien vida son verre d'une traite et le posa sur la table.

— Tout cela en dépit de l'attitude dudit employeur qui t'invite à te comporter ainsi ? s'étonna Adam.

— Absolument, répondit O'Brien en riant.

— Je te fais entièrement confiance pour venir à bout de Maximilian Langstrom.

— À la bonne heure, railla Murphy. Parce que je commence à me demander si *toi* tu en es capable.

Adam retrouva aussitôt son sérieux.

— Vois les choses en face, mon vieux, reprit Murphy. Tu passes trop de temps dehors, à surveiller les travaux du terrain de golf.

— Le parcours de golf, corrigea Adam machinalement.

— Parcours, terrain, qu'importe ! Tu y consacres tellement de temps qu'on écoute à peine tes ordres à l'intérieur de la maison.

— Tu veux dire qu'on ne les écoute pas *du tout*, rectifia Adam.

— À part les journaliers, les ouvriers de Glasgow et de Saint Andrews, les villageois obéissent à Isobel et à Gordon, qui rendent des comptes à Max, le roi de la maison. Tu es peut-être le propriétaire des lieux, mon vieux, mais ce type usurpe ton pouvoir.

— Il n'a pas usurpé mon pouvoir, commenta Adam avec amertume, dans la mesure où je n'ai jamais eu la moindre autorité sur le personnel de maison.

Il se servit un nouveau whisky, en proposa à son ami, puis reposa la bouteille.

— Je n'ai même aucune autorité sur ce maudit chien, ajouta-t-il en secouant la tête.

— Tu l'as encore retrouvé sur ton lit ?

— Il était étalé de tout son long, en train de ronfler comme un bienheureux.

— Où était sa maîtresse ?

— À quatre pattes, en train de nettoyer la cheminée de ta chambre, répondit Adam.

Murphy n'ignorait pas que c'était l'une des tâches des domestiques, mais il n'imaginait pas Georgiana Langstrom dans ce rôle ingrat.

— Tu plaisantes !

— J'aimerais bien, avoua Adam. Mais je t'assure que je l'ai vue dans cette posture, vêtue d'une superbe robe Worth.

O'Brien se demanda s'il avait bien entendu ou si son ami avait simplement forcé sur le whisky.

— Une robe Worth, dis-tu ?

— Une magnifique robe en soie noire, ornée de perles et d'une traîne.

— Comment sais-tu qu'il s'agissait d'une robe Worth ?

— Souviens-toi que j'ai traversé l'Atlantique avec Kirstin. Toi aussi, d'ailleurs. Et nous avons eu droit à tous les derniers modèles des couturiers parisiens, y compris ceux de Worth. Je connais bien son style.

— J'ai toujours dit que tu possédais de nombreux talents, ricana O'Brien.

— Suffisamment pour remarquer que le tablier qu'elle portait sur sa robe ne venait pas de chez

Worth. C'était une tenue de domestique des plus ordinaires.

— D'après toi, existe-t-il beaucoup de maisons où les domestiques s'habillent chez Worth ? s'enquit O'Brien avec un sourire narquois.

Il se leva et s'inclina avec emphase.

— Tu es décidément le Baron Vengeur et généreux.

— Je ne suis pas généreux au point de fournir des robes de chez Worth à mon personnel féminin.

— Alors, qui la lui a donnée ? s'enquit Murphy en posant sur Adam un regard interrogateur.

— Certainement pas les Langstrom. S'ils avaient les moyens de s'offrir des modèles originaux de grands couturiers, ils n'auraient pas besoin de travailler à mon service.

— Il s'agit peut-être d'une vieille robe de la fameuse comtesse de Brocavia.

Adam se demanda un instant s'il devait faire part à Murphy de ses soupçons à propos de la mystérieuse comtesse, mais il préféra se taire. Même si son ami était d'une discrétion légendaire, il avait promis à Giana de ne pas trahir son secret.

— Je ne pense pas, déclara-t-il enfin. Brenna étant la femme de chambre attitrée de la maîtresse de maison, c'est à elle que la comtesse aurait donné ses vieilles robes.

— Or Brenna ne porte pas de robes de grands couturiers, remarqua O'Brien.

— Peut-être ne les a-t-elle pas méritées, grommela Adam.

— Tu l'as dit toi-même. Brenna est censée servir la maîtresse de maison. Que pourrait-elle faire, ici ?

— Aider sa sœur à faire le ménage, par exemple.

— Tu te fourres le doigt dans l'œil, mon vieux.

— Pourquoi ?

— Ce n'est pas ainsi que cela se passe chez les gens de maison. Il faut respecter la hiérarchie. Une femme de chambre particulière est supérieure à une simple bonne. Les tâches ménagères ne sont pas de son ressort.

— Je sais parfaitement quel est le rôle d'une femme de chambre, répliqua Adam. Georges m'a tout expliqué. Mais je suis contrarié de voir Georges à quatre pattes en train de nettoyer la cheminée pendant que Brenna baye aux corneilles. Elle ne fait rien de la journée, à part surveiller le chien, ce qu'elle n'est même pas capable de faire correctement.

— Ce maudit chien passe ses journées à roupiller, rétorqua O'Brien en riant. Ce ne doit pas être très intéressant, à la longue. Brenna est bien plus douée pour surveiller sa sœur, sa mère et moi-même quand je travaille.

— Toi ? s'enquit Adam, étonné.

— La timide Brenna n'est pas aussi timide qu'elle en a l'air, expliqua-t-il avec un clin d'œil. Elle ne perd pas une miette de ce que je fais à ton service.

— Voilà qui est intéressant.

— Peut-être pas autant que tu le crois. À mon avis, c'est moins moi que toi qu'elle a à l'œil.

— À moins que les Langstrom ne lui aient demandé de te surveiller parce qu'ils savent que tu n'es pas celui que tu prétends être.

O'Brien haussa les épaules.

— Ils sont persuadés que je suis un valet très inexpérimenté, mais je ne pense pas qu'ils me soupçonnent de jouer la comédie. Pas plus qu'ils ne savent que je suis détective privé. Brenna nous surveille, c'est certain. Toutefois, j'ignore si elle le fait de sa propre initiative ou si elle en a reçu l'ordre. Et lequel de nous deux elle espionne.

— Dans ton rôle de valet, tu as bien plus d'intérêt aux yeux d'une femme de chambre que moi, lui rappela Adam.

— C'est vrai. Mais tu es plus séduisant que moi. Et tu es un meilleur parti.

— Selon moi, cette petite te trouve à son goût... plaisanta Adam.

— Peut-être, admit O'Brien. À moins qu'elle n'ait décidé de se servir de moi pour t'atteindre. Qui sait ?

Il haussa de nouveau les épaules.

— Malheureusement, j'ignore tout de cette langue bizarre qu'ils parlent parfois entre eux. En tout cas, Brenna n'est pas aussi paresseuse que tu le penses. Elle n'aide peut-être pas Georges à faire le ménage, mais elle travaille d'une autre façon.

— Comment cela ?

— Selon Max, Brenna exerce ses talents de femme de chambre en s'occupant de Georges. Elle lui fait couler son bain, se charge de ses vêtements, la coiffe...

Adam se leva d'un bond et se mit à arpenter nerveusement la pièce.

— Tu veux dire que je paie une domestique pour s'occuper d'une autre domestique ?

— Il paraît que Georges a besoin d'aide, car elle s'est tranché la main.

— En fait, elle s'est coupée.

Adam s'immobilisa et se tourna vers son ami :

— Elle s'est coupée avec un débris de porcelaine. Elle ne s'est pas tranché la main.

— Isobel et Albert ont pourtant fait toute une histoire de cette blessure. C'est Isobel qui a nettoyé et pansé la plaie. À l'entendre, on aurait cru qu'il s'agissait d'une blessure mortelle.

O'Brien alla se servir un autre whisky.

— Je ne sais pas ce qui les a le plus choqués : le fait que Georgiana se soit coupée ou le fait que tu aies refusé de la laisser reprendre le travail tant que la blessure ne serait pas cicatrisée. Je peux te garantir qu'il y a eu de vives discussions quand Georgiana est apparue pour le déjeuner, à midi, radieuse, les joues roses, en brandissant un mouchoir ensanglanté sous les yeux d'Isobel.

O'Brien prépara un autre whisky.

— Ils s'exprimaient à voix basse, mais le mot porcelaine a été prononcé plus d'une fois, fit-il en tendant le verre à Adam.

— Merci, dit ce dernier avant de recommencer à faire les cent pas.

— À votre service, monsieur, railla Murphy. J'en ai conclu que la blessure était le résultat de nouveaux dégâts.

— On dirait que j'ai le don de lui faire lâcher les objets dès que j'apparais dans une pièce, remarqua Adam en riant.

— De quoi s'agissait-il, cette fois ?

— De la petite bergère posée sur la cheminée de ta chambre.

O'Brien fronça les sourcils au souvenir de la statuette.

— Avait-elle de la valeur ?

— Celles que collectionne Kirstin en ont.

— Aïe...

— Comme tu dis, admit Adam. Elle vient allonger la liste des objets brisés.

— Heureusement que Georgiana ne travaille pas dans ton saloon, plaisanta O'Brien. Tu serais vite à court de chopes et de verres.

— Mais le coût des dégâts serait moindre.

— A-t-elle proposé de te rembourser ?

Adam hocha la tête.

— Elle a même proposé de tout me rembourser. Mais c'est hors de question. Robe de grand couturier ou pas, Georges ne gagne pas assez d'argent pour payer ce qu'elle a cassé. En outre, c'est inutile. Ce ne sont pas quelques pièces de porcelaine en moins qui vont causer ma ruine.

— Et qu'en est-il de la fille ? demanda O'Brien en le scrutant avec attention.

Adam poussa un soupir las.

— La porcelaine est sans conséquences, mais Georges, elle, risque de se révéler fatale.

13

Une princesse de sang royal comprend et accepte volontiers les sacrifices personnels qu'implique son devoir envers son pays.

Article 2 du protocole et de l'étiquette en vigueur à la cour de Saxe-Wallerstein-Karolya, par décret de Son Altesse Sérénissime le prince Karol Ier, 1432.

Il l'avait embrassée. Adam McKendrick l'avait prise dans ses bras et l'avait embrassée. Giana avait senti la chaleur de son corps traverser le fin coton de son tablier et la soie de sa robe. Mais cette chaleur diffuse n'était rien comparée aux lèvres brûlantes d'Adam.

Giana se rappelait encore le goût de ce baiser, le contact humide de sa langue entre ses lèvres offertes. Ce fut un baiser ardent, auquel elle avait répondu sans retenue. Découvrant pour la première fois le jeu sensuel de deux bouches aimantes, elle avait ressenti une bouffée de pur plaisir. Lorsqu'elle avait enroulé les bras autour de son cou, ses mains avaient caressé ses larges épaules. Ses doigts avaient glissé sur l'étoffe de qualité de son costume, avant de remonter vers sa nuque pour plonger dans ses épais cheveux sombres.

Allongée sur son lit, les yeux fixés au plafond, Giana savait que la douceur, la sensualité, le romantisme de ce premier baiser resteraient à jamais gravés dans sa mémoire – tout autant que la terreur qu'elle avait ressentie juste avant. Rêveuse, elle effleura ses lèvres du bout des doigts. Un homme l'avait embrassée... Sa vie ne serait plus jamais la même.

Wagner grogna dans son sommeil. Giana lui caressa l'encolure. Adam McKendrick se plaignait sans cesse de la présence du chien sur son lit, mais il ne pouvait comprendre. La jeune femme préférait le réconfort de son corps chaud blotti contre le sien à la solitude.

Elle avait toujours été seule. Ses parents étaient très unis, et, dans une certaine mesure, n'avaient besoin de personne. Dès qu'elle avait quitté les bras de sa nourrice, Giana avait commencé à souffrir de son isolement. C'était une princesse certes très entourée, mais son rang la séparait de ses semblables. Pendant quelques précieux instants, Adam McKendrick avait mêlé son souffle au sien. Elle avait alors eu l'impression qu'ils ne formaient plus qu'un. Elle qui s'était toujours sentie à part avait enfin appartenu non pas au peuple de sa principauté, mais à Adam. Dans ses bras, elle avait retrouvé la sécurité qu'elle avait perdue depuis la mort tragique de ses parents.

Elle traça du doigt le contour du médaillon en or et diamants niché entre ses seins. Il avait appartenu à sa mère, qui le lui avait offert le jour de ses vingt ans. Il renfermait un portrait de ses grands-parents maternels le jour de leur mariage et un autre d'elle-même en compagnie de ses parents à l'occasion de son baptême. Giana avait toujours aimé l'expression de leur visage tandis qu'ils la contemplaient avec amour. Soudain nostalgique, elle essuya une larme et se força à sourire.

Son père lui disait souvent qu'il était tombé amoureux de sa femme au premier regard. Ils s'étaient mariés contre l'avis des ministres de son père, du clergé et de l'aristocratie. Ayant préféré un mariage d'amour à la raison d'État, le prince Christian avait, aux yeux de tous, conclu une mésalliance, car May était d'un rang social inférieur au sien.

Giana poussa un soupir. À présent, elle comprenait pourquoi sa mère ne lui avait jamais raconté combien un baiser pouvait être merveilleux. Cette sensation ne pouvait être exprimée par de simples paroles. Il fallait la vivre. Ses parents avaient connu le bonheur d'appartenir l'un à l'autre.

Malheureusement, une princesse de sang royal ne pouvait appartenir qu'à ses sujets. Et elle n'avait pas le droit d'embrasser un autre homme que son mari devant Dieu et les hommes. Quant au plaisir éprouvé, elle se doutait qu'il dépendait grandement de l'homme qu'on lui choisirait comme mari. Elle frissonna. Maintenant qu'elle avait embrassé Adam McKendrick, il lui semblait inconcevable d'embrasser un jour l'un des nombreux prétendants qui avaient demandé sa main à son père. Pour ce qui était de partager leur lit, c'était hors de question. Surtout celui de son cousin Victor.

Malheureusement, depuis des siècles, les princesses de Karolya n'avaient pas leur mot à dire sur le choix de leur conjoint. Giana avait eu une chance extraordinaire. Non seulement son père avait refusé d'accorder sa main à Victor, mais il ne lui avait rien révélé pour ne pas l'affoler.

Elle roula sur le côté et serra son oreiller contre elle. Quand elle était petite, sa mère lui racontait souvent comment elle avait rencontré le prince Christian. Au fil des ans, elle avait peu à peu cessé de lui narrer ses souvenirs romantiques. Maintenant, la jeune femme comprenait pourquoi.

Si la princesse May n'avait pas tenu à l'initier aux mystères de la vie conjugale, c'était parce qu'elle ne voulait partager avec personne les secrets de son intimité, encore moins avec sa fille qui, selon toutes probabilités, serait amenée à découvrir la vie dans les bras d'un inconnu choisi pour des raisons politiques.

Giana soupira encore. Dans l'histoire de la principauté, l'amour que ses parents partageaient était un événement sans précédent. Le prince avait pu imposer la femme qu'il aimait. Mais c'était un homme.

Bien qu'elle fût une femme, la charte de la principauté lui permettait d'accéder au trône, mais elle ne jouirait jamais d'une totale liberté pour gouverner. Giana comprenait désormais les raisons de la tristesse qu'elle décelait parfois dans les yeux de sa mère qui la savait vouée à un destin moins heureux que le sien.

La princesse May n'était pas née princesse. Fille unique du vieux marquis de Barracksford et de son épouse, Lady Caroline Frances Alexandra May avait hérité d'une fortune considérable en venant au monde.

Depuis toujours, des rumeurs entouraient la naissance de l'héritière du marquis, mais ses parents ne s'en étaient guère souciés. On murmurait que Lady May ne ressemblait en rien à son père, dont elle portait pourtant le nom. En dépit des ragots, ses parents gardèrent la tête haute. Leur fille unique était le soleil de leur vie. Elle dépassa leurs espérances en faisant un très beau mariage avec le prince Christian de Karolya, et en donnant à son pays d'adoption une héritière en la personne de Giana.

Une héritière qui se retrouvait à présent à jouer les bonnes dans un pavillon de chasse au fin fond de l'Écosse, partageant son lit avec un lévrier irlandais tout en rêvant à un homme brun aux yeux bleus qui embrassait comme un dieu.

Adam n'avait d'ailleurs pas embrassé que ses lèvres. Il avait déposé un tendre baiser sur sa main blessée. Il ne lui en voulait pas de casser ses bibelots de valeur et refusait qu'elle le rembourse. Cependant, elle finirait bien par trouver un moyen de se racheter.

Une princesse de sang royal embrassée par un homme qui n'était pas son époux légitime. Un miracle venait de se produire. Tout était possible, désormais.

14

Une princesse de sang royal se doit de consulter son plus proche parent de sexe masculin pour toutes les affaires concernant l'État.

Article 6 du protocole et de l'étiquette en vigueur à la cour de Saxe-Wallerstein-Karolya, par décret de Son Altesse Sérénissime le prince Karol Ier, 1432.

— Comment osez-vous venir m'annoncer que vous ne l'avez pas trouvée ?
La balafre qui barrait la joue gauche du prince Victor Lucien de Saxe-Wallerstein-Karolya semblait pâle par contraste avec son visage rouge de colère.
— Je regrette, Votre Altesse. Nous avons fouillé chaque ville, village, hameau de la principauté, de Christianberg aux montagnes, au-delà de Laken, mais nous n'avons retrouvé ni la princesse Giana ni Lord Gudrun.
Le capitaine Peter Tolsen ne trahit aucune émotion tandis qu'il expliquait au prince régent que leurs recherches minutieuses pour mettre la main sur les anarchistes qui détenaient sa chère cousine et princesse depuis trois mois n'avaient toujours pas abouti.
— Il a dû l'envoyer quelque part à l'étranger, déclara le prince Victor.
— Il, Votre Altesse ? Ne serait-ce pas plutôt *ils* ?

— Réfléchissez donc, pauvre imbécile! explosa Victor.

— Vous faisiez allusion à Lord Gudrun, Votre Altesse?

— Pas à Lord Gudrun! À mon oncle, le prince Christian!

Victor s'efforça de maîtriser sa colère. Il ne fallait surtout pas que ce jeune capitaine s'aperçoive qu'il jouait la comédie. Son propos était de dissimuler l'identité du véritable meurtrier du couple princier pour rendre Lord Gudrun responsable de la tragédie.

— Maximilian Gudrun n'est qu'un gratte-papier. Il n'aurait pas eu les capacités ni le courage nécessaires pour emmener la princesse à l'étranger.

— Selon les rapports de vos gardes personnels qui ont tenté de prêter main-forte à mes hommes, Lord Gudrun a tout de même eu les capacités et le courage d'assassiner le prince Christian et la princesse May puis d'enlever la princesse Giana.

— Quant à vous, capitaine, vous n'avez pas été capable de l'empêcher de s'échapper avec notre princesse, rétorqua Victor d'un ton chargé de mépris.

— Il n'a pas pu enlever la princesse ou s'échapper avec elle, reprit le capitaine Tolsen, car celle-ci ne se trouvait pas au palais le soir des meurtres.

Victor fit brutalement volte-face.

— Comment le savez-vous?

— Un membre de votre garde personnelle a déclaré que les anarchistes avaient tué les soldats en faction devant les appartements de la princesse.

— Lequel de mes hommes a raconté cette histoire? Et à qui?

Victor fit mine d'être modérément intéressé, mais il bouillait intérieurement.

— J'ai envoyé un message de l'hôpital disant que je voulais parler au soldat qui avait retrouvé le cadavre de mon garde. Le capitaine Mareska s'est présenté et m'a relaté l'incident en détail.

Victor baissa les yeux sur sa main droite. Le sceau royal qui aurait dû s'y trouver n'y était pas. Il n'avait pas non plus la princesse Giana, et le seul témoin du meurtre du prince Christian et de la princesse May était encore en vie. Il serra rageusement le poing.

— Mareska a-t-il révélé autre chose ? Un détail susceptible de nous permettre de retrouver la princesse ?

Tolsen secoua négativement la tête.

— Il a précisé qu'ils avaient forcé la serrure pour pénétrer dans les appartements de la princesse, mais qu'elle s'était volatilisée.

Mareska en avait trop dit. Il serait remplacé dès le lendemain, décida Victor. Dans quelques semaines, sa famille recevrait une lettre officielle annonçant sa mort héroïque en protégeant le prince régent. Le peuple de Karolya apprendrait que les révolutionnaires qui avaient assassiné le couple princier et enlevé la princesse héritière avaient aussi attenté aux jours du régent. Dès qu'il serait devenu inutile, le capitaine Tolsen subirait le même sort que Mareska. Victor posa sur lui un regard appuyé.

— Mon oncle devait avoir des soupçons. Il a dû avoir vent du complot qui se préparait contre lui et préférer mettre sa fille à l'abri hors de nos frontières. Mais où ? Où diable a-t-il pu l'envoyer ? Et pourquoi n'est-elle pas revenue ?

— Je l'ignore, monsieur, admit Tolsen.

— Vous êtes pourtant capitaine de la garde princière, riposta Victor. Vous avez dû escorter la princesse…

Tolsen secoua de nouveau la tête.

— La garde princière ne l'a escortée nulle part. Si elle a quitté le pays, elle l'a fait incognito.

— Vous n'avez reçu aucun ordre du prince Christian ? Ou de Lord Gudrun ?

— Non, Votre Altesse, répondit le capitaine en soutenant le regard suspicieux du prince.

— Comment expliquez-vous son absence ?

— Je ne l'explique pas, Votre Altesse. Les survivants de la garde de Votre Altesse ont affirmé que notre princesse avait été enlevée par les anarchistes.

Tolsen fronça les sourcils. Après avoir escorté le couple princier jusqu'à ses appartements, les gardes qui n'étaient pas en faction avaient tranquillement regagné leur baraquement pour la nuit. La plupart d'entre eux ne s'étaient pas réveillés le lendemain. Les révolutionnaires les avaient massacrés durant leur sommeil. Le capitaine Tolsen avait eu de la chance. Au contraire de nombreux camarades, il s'était remis des multiples coups de poignard qu'il avait reçus.

Les gardes du prince Victor, eux, avaient échappé au massacre. Ils logeaient dans la tour, à l'autre extrémité du palais, près des appartements du régent. Ils n'avaient donné l'alarme qu'après le meurtre du couple princier.

— Effectivement, confirma le prince. Mais nous savons de source sûre que les ravisseurs étaient de mèche avec Lord Gudrun. C'est sans doute lui qui a ordonné à ses complices d'enlever la princesse.

— Quelle source, Votre Altesse ? s'enquit le capitaine Tolsen, oubliant le protocole. J'aimerais parler à la personne qui vous a fourni cette information.

Le prince Victor regarda Tolsen droit dans les yeux, le défiant de poursuivre.

— L'identité de cet informateur ne vous regarde en rien, capitaine.

— Vous m'avez chargé de mener l'enquête sur la disparition de la princesse. Si vous possédez des informations utiles, elles me concernent.

Le jeune capitaine refusait de se laisser intimider par le prince Victor.

— Je ne vous ai pas chargé de mener une enquête sur la disparition de ma cousine ! Je vous ai chargé de la localiser et de l'arracher aux griffes de ses ravisseurs. La princesse a disparu ! C'est tout ce qui compte. Les raisons de cette disparition sont pour l'instant secondaires, décréta-t-il en pointant un index vengeur sur Tolsen. Vous avez le devoir de la retrouver, et vite ! Le temps nous est compté, capitaine, à vous comme à moi.

Le prince sortit son épée de son fourreau.

Tolsen demeura silencieux. Il n'avait pas retrouvé l'héritière du trône. En échouant dans sa mission, il avait provoqué la colère du prince Victor. Jusqu'à cet instant, il avait la certitude que les révolutionnaires qui avaient assassiné le prince Christian et la princesse May avaient également enlevé la princesse Giana, mais à présent...

En dévisageant le régent, le capitaine Tolsen comprit que, si telle était sa volonté, ce dernier pouvait contourner le protocole militaire et le tuer d'un coup d'épée en plein cœur pour le remplacer par un homme plus loyal.

L'espace d'un instant, Tolsen vit la mort en face. Il se redressa, le dos bien droit, attendant le coup de grâce qui viendrait effacer son échec.

Mais il bénéficia d'une trêve inespérée grâce à l'arrivée de quelque sauveur qui frappa soudain à la porte.

— L'émissaire de la cour de Saint James, Votre Altesse.

Le prince Victor émit un grognement de frustration et frappa violemment de son arme un élégant guéridon dont il coupa les pieds d'un coup net. Le petit meuble s'écroula à terre avec fracas.

Le capitaine Tolsen soupira de soulagement, mais le prince Victor n'en avait pas terminé avec lui.

— Trouvez-la ! ordonna-t-il. Trouvez la princesse Giana sans délai ! Sinon je m'adresserai à un capitaine plus capable.

Tolsen hocha la tête, claqua des talons et quitta le salon à reculons, s'éloignant en hâte avant que le prince Victor ne change d'avis. Sur le seuil, il croisa Lord Everleigh, l'émissaire de Grande-Bretagne, et se demanda comment le prince Victor allait expliquer l'état du guéridon.

Lord Everleigh salua brièvement le prince Victor. Il ne lui manqua pas de respect, mais ne lui accorda pas la déférence due aux chefs d'État.

Cette attitude un peu cavalière agaça visiblement le régent, mais Lord Everleigh fit mine de ne pas le remarquer.

Le marquis d'Everleigh était un bel homme, frisant la soixantaine. Au cours de sa brillante carrière dans le corps diplomatique, il avait passé plus de trente ans en tant qu'ambassadeur à la cour des Habsbourg, à Vienne, et en tant qu'émissaire en Russie, en Crimée et dans les Balkans. Actuellement en poste dans la principauté, il travaillait depuis dix ans sous les ordres du marquis de Templeston, conseiller privé de sa Majesté, la reine d'Angleterre.

Lord Templeston avait chargé Lord Everleigh de découvrir ce qui s'était passé à Christianberg et de déterminer si le couple princier avait été assassiné par des anarchistes ou par quelque usurpateur. En tant que marraine de la princesse Giana, la reine Victoria se sentait tenue d'aider le gouvernement de Karolya à la retrouver. La reine savait que le prince Victor espérait une reconnaissance officielle de la part du gouvernement britannique, mais elle s'y refusait. Si la princesse Giana était encore en vie, c'était à elle que revenait le trône. En cas d'enlèvement et de meurtre de la jeune héritière, le régent se devait, selon la Charte, de présenter sa dépouille mortelle pour être proclamé souverain.

— Notre reine vous envoie ses salutations et ses condoléances après la mort tragique du prince Christian et de la princesse May, ainsi que la disparition de Son Altesse la princesse Giana, déclara Lord Everleigh.

Le prince Victor baissa les yeux.

— Veuillez transmettre mes vifs remerciements à Sa Majesté, répondit-il.

— Naturellement, Votre Altesse, fit Lord Everleigh en dévisageant le prince. Sa Majesté et son gouvernement sont quelque peu préoccupés par la crise que traverse actuellement la principauté.

À ces mots, le régent s'offusqua.

— Je vous assure, monsieur, que Sa Majesté la reine n'a pas à s'inquiéter.

— Je vous demande pardon, Votre Altesse, insista Lord Everleigh, mais Sa Majesté ne partage pas ce point de vue. Des révolutionnaires qui tentent de s'emparer du pouvoir par la violence et d'abolir la monarchie partout en Europe ont assassiné le prince Christian de Karolya et son épouse. Voilà qui suffit à alarmer Sa Très Gracieuse Majesté. De plus, sa chère filleule a été enlevée. Vous êtes le deuxième prétendant au trône, après la princesse héritière. Vous êtes régent jusqu'à ce que la princesse Giana ait été retrouvée. Votre gouvernement est en plein désarroi et vous ne possédez pas le soutien du Parlement. Ces faits suffisent largement à inquiéter Sa Très Gracieuse Majesté qui tient à exprimer son sentiment.

Le prince Victor s'efforça de masquer sa colère, en vain. Lord Everleigh remarqua le frémissement imperceptible de ses lèvres et le tressautement nerveux de sa cicatrice.

— Je suis parfaitement capable de gouverner la principauté en l'absence de ma cousine, affirma-t-il.

— La Charte vous accorde ce droit, concéda Lord Everleigh. Mais en tant que régent, vous agissez au nom de la princesse Giana jusqu'à son retour.

— Cela fait des semaines que nous recherchons la princesse. Sans résultat. Nous redoutons que le pire ne lui soit arrivé.

— Il lui est en effet arrivé quelque chose d'effroyable, répondit le diplomate. Elle a été enlevée par le ou les assassins de ses parents, et est retenue contre son gré.

— Notre cousine, la princesse Giana, a été enlevée par des révolutionnaires avec la complicité d'un traître. Nous possédons des preuves suggérant que le secrétaire privé du prince Christian, Lord Maximilian Gudrun, a participé au complot visant à assassiner le couple princier et à enlever leur héritière.

— Dans quel dessein ? s'enquit Lord Everleigh. Pourquoi Lord Gudrun trahirait-il son pays ?

— Pour avoir la mainmise sur les mines de fer de la principauté, expliqua vivement le prince Victor. Son Altesse, le prince Christian, a refusé de vendre des concessions qui auraient permis de remplir les coffres de l'État.

En bon diplomate, Lord Everleigh ne trahit rien de ses préférences politiques.

— D'après nos informations, rétorqua-t-il, les coffres de votre État sont déjà pleins. Le prince Christian était un homme très riche. Il était à la tête d'un pays jouissant d'un excellent niveau de vie. Il n'avait nul besoin de vendre les concessions de ces mines, qui auraient défiguré le paysage. Sa trésorerie se portait on ne peut mieux.

— Peut-être, admit Victor, mais il n'en reste pas moins que nous avons la preuve de la culpabilité de

Lord Gudrun. Ce traître a fomenté l'attentat contre le couple princier et l'enlèvement de la princesse pour monter sur le trône et mettre la main sur les mines de fer.

— Le peuple karolyen a donc de la chance que votre vie ait été épargnée, Votre Altesse, conclut le diplomate en le regardant droit dans les yeux.

— En effet.

— D'autres membres de votre famille n'ont pas eu une telle chance. Comment expliquez-vous cela, Votre Altesse ?

Le visage de Victor s'empourpra.

— Je vous demande pardon ?

— En général, les révolutionnaires ne font pas d'exception, déclara Lord Everleigh d'un ton froid. Plus ils tuent de membres de la monarchie, plus ils sont satisfaits. Et ils ne laissent jamais à un membre de la famille régnante la possibilité de prendre le pouvoir. Sa Très Gracieuse Majesté, la reine Victoria, tenait les défunts princes en haute estime et avait pour eux une profonde affection. Elle tient à honorer les accords de coopération entre nos deux pays en aidant votre gouvernement dans ses recherches pour retrouver la princesse Giana...

— Cela ne sera pas nécessaire, affirma Victor. Nous remercions Sa Très Gracieuse Majesté de sa généreuse proposition, mais nous sommes tout à fait capables de négocier avec les révolutionnaires la libération de la princesse.

— Cela signifie que vous avez localisé leur chef ?

Victor hésita un instant.

— Non, pas encore.

— Avec qui allez-vous donc négocier ?

— Les révolutionnaires ont fait connaître leurs revendications.

— Vraiment ? fit Lord Everleigh en pinçant les lèvres. Nous ignorions...

— Les révolutionnaires ont fait connaître leurs exigences par le biais du *Journal Démocratique*, coupa le prince Victor, débordant d'imagination.

— Je vois, murmura le diplomate. Nous pensions que la publication du *Journal Démocratique* de Karolya avait été suspendue depuis la nuit des meurtres, pour ne pas inquiéter le peuple après la disparition de l'héritière du trône.

— Le journal officiel est suspendu, répliqua Victor, mais nous continuons à publier des bulletins pour informer le peuple de nos efforts pour retrouver notre chère princesse. Les révolutionnaires ont joint le rédacteur en chef. Ils nous ont garanti que la princesse était en vie et qu'elle était bien traitée. Naturellement, le rédacteur en chef a immédiatement averti la police militaire.

— Pourquoi la police militaire ?

— Parce que la principauté est soumise à la loi martiale jusqu'à ce que les négociations aient été menées à bien et la princesse libérée.

— Je vois, répéta Lord Everleigh en hochant la tête. Et que demandent ces révolutionnaires ?

— Que nous n'ajoutions pas une déclaration des droits du peuple à la Charte de la principauté et que les actes de propriété des mines de fer leur soient remis en tant que représentants du peuple.

— C'est étrange, commenta Lord Everleigh. On penserait plutôt que des révolutionnaires seraient en faveur de toute loi visant à sauvegarder les droits du peuple. Ainsi, ajouta-t-il en croisant le regard de Victor, ils souhaitent échanger la princesse contre les mines de fer ?

— C'est cela.

— Je ne vous envie pas, Votre Altesse. C'est un cruel dilemme pour un souverain.

Sa sympathie semblait sincère.

— La perte de l'une ou des autres aura un impact certain sur l'avenir de la principauté, reprit l'émissaire.

— Certes, mais la perte de notre cousine serait plus grave, répliqua Victor sans broncher.

— On peut imaginer que les mines de fer rapporteraient beaucoup d'argent si elles étaient vendues au plus offrant.

— Effectivement, admit Victor en baissant les yeux vers sa main droite.

— Il y a beaucoup à perdre, dit Lord Everleigh en suivant son regard.

— Pas autant que pour la couronne, répliqua Victor avec un sourire. Mais cela ne se produira pas. Je suis certain que notre cousine, la princesse Giana, sera retrouvée, et que le peuple et le Parlement s'uniront derrière notre nouvelle souveraine. J'espère que c'est ce que vous annoncerez à Sa Majesté.

— Absolument, Votre Altesse. Je me ferai un plaisir de l'informer que vous avez la situation en main et que vous fournissez tous les efforts nécessaires pour assurer la libération de la princesse.

— Sa Majesté s'en contentera-t-elle ?

Lord Everleigh sourit.

— Je suis certain que Lord Templeston et Sa Majesté seront tout à fait satisfaits d'apprendre qu'ils n'ont pas à se soucier de l'avenir de Karolya. Votre Altesse, vos déclarations ne laissent planer aucun doute sur l'origine de ces actes lâches et haineux perpétrés contre la couronne. Sa Majesté et Lord Templeston, son conseiller, seront aussi soulagés que moi de savoir que vous êtes un redoutable adversaire...

Victor fit un pas en avant.

— ... pour ces révolutionnaires, continua Everleigh. Jusqu'à ce jour, jamais je n'aurais cru qu'un proche du prince et de la princesse soit capable d'une telle trahison. Je n'aurais pas non plus imaginé Lord Gudrun dans la peau d'un révolutionnaire. Votre Altesse, vous avez réussi à me faire voir la situation sous un jour nouveau.

— Ah oui ?

— Absolument. Je me trompe rarement sur les gens, fit-il en levant les sourcils.

— Nous sommes ravis d'avoir pu vous aider, déclara Victor aimablement.

— Sa Majesté, la reine, vous saura gré d'avoir été aussi accueillant.

— Lui adresserez-vous bientôt votre rapport ?

— Il partira au prochain courrier, répondit Everleigh.

— Autre chose ?

— Un dernier détail.

— Oui ?

— Je dois avouer que je suis très curieux de savoir ce qui est arrivé à ce ravissant guéridon doré. J'ai cru entendre un bruit étrange en arrivant…

Lord Everleigh désigna les débris du petit meuble.

— Vous avez dû vous méprendre, déclara Victor en haussant les épaules d'un air désinvolte. Le soir des meurtres, les révolutionnaires ont tout saccagé. Dans un premier temps, cette pièce est demeurée fermée à clé, puis nous avons décidé de l'utiliser comme salon de réception. Nous ignorions que tout n'avait pas été remis en état.

L'émissaire balaya la pièce du regard. En dehors du guéridon, tout était impeccablement rangé. Pas le moindre débris de verre ou de porcelaine sur le sol. Il n'y avait aucune trace de saccage.

— Merci d'avoir satisfait ma curiosité, Votre Altesse.

— Bonne journée, Lord Everleigh, conclut le prince Victor, soucieux de se débarrasser de son visiteur au plus vite.

Trois quarts d'heure plus tard, installé dans son bureau de l'ambassade, le marquis d'Everleigh rédigeait son rapport. Ce compte rendu serait suivi d'un entretien avec la reine Victoria et le marquis de Templeston. Mais d'abord, il devait transmettre à celui-ci les détails de son audience avec le régent.

— Lord Everleigh ? Je vous dérange ?

Levant les yeux de son document, il découvrit Lord Sissingham, l'ambassadeur de Grande-Bretagne, sur le seuil.

— Pas du tout. Entrez, je vous en prie.
— Comment cela s'est-il passé ?

Everleigh posa sa plume et invita l'ambassadeur à s'asseoir et à se servir une tasse de thé.

— Je crois que vous aviez vu juste, monsieur.
— Ainsi, vous êtes d'accord avec moi ? fit Sissingham.
— Absolument. Ces anarchistes n'existent que dans l'imagination du prince.
— Nous avons eu des soupçons en prenant connaissance des rumeurs selon lesquelles le prince Victor incitait des jeunes gens de l'aristocratie à critiquer la position du prince Christian en faveur d'une déclaration des droits du peuple.
— Vos soupçons étaient à l'évidence fondés, confirma tristement Lord Everleigh. Le prince Victor a usurpé le trône de son oncle.
— Qu'est-il advenu de la princesse Giana ?
— Le prince Victor veut absolument la retrouver. Il brûle d'obtenir la couronne, une couronne qu'il aura volée d'abord à son oncle puis à sa cousine.

— Vous pensez qu'il la retient prisonnière ? s'enquit Sissingham.

Everleigh réfléchit un instant avant de répondre.

— Non, je ne crois pas. Il ne portait pas le sceau royal.

— Vous avez remarqué ce détail, fit l'ambassadeur, impressionné.

— Victor ne semblait pas nerveux, mais il ne cessait de regarder sa main droite. J'ai d'abord trouvé cela bizarre, puis je me suis souvenu que j'avais un jour serré la main du prince Christian et que le sceau royal m'avait meurtri la peau. Le prince Christian s'est excusé et m'a expliqué qu'il serrerait rarement la main de ses invités ou de ses hôtes pour ne pas les blesser. Il avait toutefois fait une exception en Suisse pour ne pas donner l'impression d'être un vieux monarque rétrograde face à l'Europe en pleine modernisation. Il portait toujours ce sceau à la main droite. Or la main droite de Victor était nue.

— Avez-vous eu l'occasion de lire la Charte de Karolya ? demanda Sissingham.

— Oui, au cours de mon voyage pour venir ici.

— Dans ce cas, vous savez que Victor ne peut être couronné que s'il répond aux lois strictes de la succession. Il ne peut se marier qu'après une période de deuil national, et ne peut être couronné tant qu'il ne sera pas marié.

— La période de deuil dure en général un an, déclara Everleigh. Il peut encore gouverner pendant sept mois avant d'être obligé de se marier avec une princesse de sang karolyen.

— Or les seules princesses répondant à ces conditions sont les sœurs de Victor et la princesse Giana.

— Pour devenir Son Altesse sérénissime le prince Victor IV de Saxe-Wallerstein-Karolya, le régent devra présenter au Parlement la princesse Giana ou sa dépouille mortelle et le sceau royal, enchaîna Everleigh. Il donnerait tout pour la retrouver.

— Nous aussi, déclara l'ambassadeur.

— Oui, mais lui veut la couronne et les mines de fer. Tandis que nous ne voulons que voir la princesse saine et sauve monter sur le trône et régner sur son peuple comme le voulait son père.

— Quels dégâts Victor peut-il provoquer en sept mois ? interrogea Sissingham.

— S'il retrouve la princesse avant nous, il risque de la forcer à l'épouser.

— Je doute qu'elle accepte de se marier avec l'assassin de ses parents.

— Même en d'autres circonstances, elle refuserait, renchérit l'émissaire. Mais les circonstances sont exceptionnelles. Si elle est retenue prisonnière quelque part, elle ignore peut-être qui sont ses geôliers et qui est responsable de la mort de ses parents. Si elle se cache et que Victor la retrouve, elle n'aura peut-être pas le choix. Le mariage et la possibilité de rentrer dans son pays valent toujours mieux que la mort.

Sissingham fronça les sourcils.

— Même s'il choisissait de ne pas l'épouser, Victor pourrait l'obliger à lui remettre le sceau…

— Nous partons du principe qu'elle est toujours en vie et en possession du sceau, coupa Everleigh. Et qu'elle souhaite monter sur le trône…

Pensif, il posa les coudes sur son bureau et le menton sur ses mains croisées.

— Nous pourrions tenter une négociation, suggéra Lord Sissingham.

— Avec des révolutionnaires imaginaires ?

— Non, avec Victor.

Everleigh lui adressa un regard soupçonneux.

— Attendez, je vais vous expliquer. Supposons que la princesse se cache volontairement et que le prix de sa liberté soit sa signature sur les concessions des mines de fer, pensez-vous qu'elle sortirait du bois ?

— Vous proposez que tous les journaux d'Europe, y compris le *Times*, annoncent que Victor recherche la princesse disparue ? demanda Everleigh.

— Et si nous proposions de la protéger ? hasarda l'ambassadeur.

— Nous pouvons toujours faire des promesses, mais j'ignore si nous sommes en mesure de lui assurer une sécurité totale dans le cas où Victor lui enverrait des tueurs. Si nous aboutissions dans nos négociations, comment savoir si le prince Victor honorerait un tel accord avec elle ?

— Nous n'avons aucune garantie, reconnut Sissingham. La vie de la princesse serait en péril.

— Effectivement. Victor ne peut régner que si elle est son épouse ou si elle meurt. Vous la connaissez mieux que moi. Selon vous, cette jeune femme possède-t-elle la clairvoyance nécessaire pour arriver aux mêmes conclusions que nous ?

— Oui, répondit Sissingham sans hésiter. Surtout si Maximilian Gudrun est avec elle.

— Supposons qu'elle soit vivante et que Gudrun soit avec elle. Où ont-ils pu aller ? Existe-t-il un endroit en Europe... des parents en qui elle aurait confiance ?

L'ambassadeur croisa son regard.

— La princesse May était fille unique, et toute sa famille a disparu, à l'exception de quelques cousins éloignés. La princesse Giana n'a plus que le prince Victor, la mère de celui-ci, ses trois sœurs et ses deux jeunes frères.

— Elle ne s'est certainement pas tournée vers eux. Aucun d'entre eux ne l'aurait protégée contre Victor, soupira Lord Everleigh. Et sa tante, la sœur aînée du prince Christian ?

— La princesse Pauline vit recluse au couvent de Sainte-Thérèse, dans les environs de Salzbourg.

— La princesse Giana aurait-elle pu y trouver refuge ?

— J'en doute, répondit l'ambassadeur. Les femmes ne sont admises dans ce couvent que si elles entendent y demeurer leur vie durant. Non, la princesse n'a aucun parent vers qui se tourner. Ses cousins éloignés sont disséminés dans toutes les familles royales d'Europe.

— Certaines d'entre elles cherchent à acheter du fer et du bois, et sont peut-être de connivence avec Victor, fit Everleigh.

— Ce qui nous laisse sa marraine. Sa très Gracieuse Majesté.

— Qui vit recluse à Windsor.

— Si le prince Victor cherche la princesse Giana, il a dû envoyer des espions à Londres et autour de Windsor.

— Et l'Écosse ? En août, la reine se rendra à Balmoral comme de coutume. La princesse Giana le sait-elle ?

— Bien sûr, répondit Sissingham. Elle a rendu visite à sa marraine à Balmoral, avec ses parents, à plusieurs reprises... Malheureusement, Victor aussi.

— Très juste. Si j'étais à la place de la princesse Giana et si je cherchais à échapper à un ennemi, je ferais mon possible pour obtenir une audience avec une personne de confiance. Qui serait mieux placée que Sa Majesté, la reine, sa marraine ?

— Or il est bien plus facile d'obtenir une audience en Écosse qu'à Windsor... renchérit l'ambassadeur.

— Je crois que nous devrions mener une enquête discrète dans les villes et villages autour de Balmoral.

Non loin de là, au palais de Christianberg, le prince Victor fit quérir son écuyer.

— Trouvez-moi un orfèvre, ordonna-t-il.
— Votre Altesse ?
— Un orfèvre, répéta Victor. Et faites venir toutes les jeunes filles blondes ayant une vague ressemblance avec notre princesse. Prenez ce portrait, ajouta-t-il en désignant une miniature posée sur le bureau du prince Christian.
— Je ne comprends pas, dit l'écuyer.
— Il n'y a rien à comprendre ! Nous venons de vous donner un ordre et vous allez obéir. Nous avons besoin d'un orfèvre. Le gouvernement britannique est à nos trousses. Le temps presse. Il faut absolument trouver le sceau royal. À défaut de l'original, il nous faudra présenter une copie de bonne facture. Il en est de même pour la princesse.

15

Le Baron Vengeur a l'esprit ouvert sur le monde qui l'entoure et garde le contrôle de la situation en toutes circonstances.

Premier volume des aventures du Baron Vengeur, défenseur des beautés blondes en détresse, par John J. Bookman, 1874.

— Réveille-toi, mon vieux, ou le petit-déjeuner va te passer sous le nez.

Chargé d'un plateau, d'une bouilloire pleine d'eau chaude et de vêtements repassés avec soin, O'Brien entra dans la chambre d'Adam. Il posa le plateau sur la table de chevet et lança à son ami son pantalon et sa chemise.

Adam repoussa sa chemise de son visage et se dressa sur son séant.

— Quelle heure est-il?

— 6 h 30, répondit O'Brien en lui servant une tasse de thé.

Il alla remplir la cuvette d'eau chaude.

— Et toi, tu ne bois pas de thé? lui demanda Adam.

L'allure de Murphy, qui était tiré à quatre épingles, ne laissait en rien deviner leur soirée mouvementée de la veille.

— Je l'ai bu tout à l'heure.
— Que fais-tu debout à cette heure-ci? J'ai demandé mon petit-déjeuner pour 8 h 30.
— Le personnel mange avant de commencer sa journée de travail, expliqua O'Brien. Dans une maison bien organisée, un valet digne de ce nom se lève en même temps que les autres domestiques pour préparer le réveil de son maître.
— C'était le sujet de ta leçon de ce matin?
— Oui.
— Et tu l'as endurée sans broncher?
— J'ai souffert en silence. N'oublie pas que je suis censé être un valet modèle.

Adam avala une gorgée de thé et se brûla la langue. Il croyait pourtant avoir demandé à la cuisinière si elle savait préparer le café. Si personne ne se chargeait de son éducation dans ce domaine, il allait être contraint de s'habituer à cette boisson insipide. À moins qu'il ne change de cuisinière.

— Où diable pourrais-je obtenir une tasse de café?
— À Kinlochen.
— Pourquoi?
— Parce qu'on ne sert que du thé dans les maisons respectables.
— Je me moque des convenances. Je veux du café. J'en ai même besoin! grogna Adam. Et toi aussi. Tu n'as pas dû dormir plus de trois heures, cette nuit.
— Plutôt deux, admit O'Brien. Mais ta maison tourne parfaitement. La question est de savoir qui commande vraiment. En tout cas, les choses ne se déroulent pas selon le désir d'Adam McKendrick.
— Je ne te le fais pas dire! Il est temps que je sévisse.

O'Brien sourit.

Adam posa les pieds par terre, dissimulant le reste de son corps sous les couvertures. Comme toujours, il était entièrement nu, à part ses grosses chaussettes de laine.

— Tu portes des chaussettes pour dormir ?

— Naturellement, répliqua Adam avec un regard noir. Il fait un froid de canard dans cette chambre. Sors d'ici que je puisse me couvrir avant d'attraper un rhume.

— Un valet digne de ce nom aide son maître à s'habiller.

— Je suis encore capable de m'habiller tout seul, marmonna Adam. Je l'ai toujours fait. Je vais prendre mon petit-déjeuner, toi tu retournes te coucher.

— Pour rien au monde je ne me priverais du plaisir de te voir rabrouer tes domestiques.

— Alors retourne-toi. Un peu de pudeur, que diable !

O'Brien obéit.

Adam se leva, enfila son pantalon et sa chemise, et se dirigea vers sa table de toilette. Il aiguisa sa lame avec soin et la posa près de la cuvette. Puis il essora une serviette imbibée d'eau chaude et s'en couvrit le visage. Il ferma les yeux, laissant la chaleur humide adoucir sa peau.

— Puis-je vous raser, monseigneur ? railla O'Brien.

— Au risque de te surprendre, je suis capable non seulement de m'habiller, mais aussi de me raser seul !

Sur ce, il trempa son blaireau dans l'eau, fit mousser le savon et entreprit de se raser avec soin.

— C'est toi qui m'as accusé d'être ton valet, lui rappela Murphy, toujours aussi taquin.

Ces plaisanteries étaient devenues un rituel entre les deux amis. O'Brien alla sélectionner un col, une cravate et un gilet. Puis il porta son attention sur les vestes et manteaux. Il opta pour deux manteaux : un vert foncé et un tweed brun.

— Je ne t'ai pas *accusé* d'être mon valet, corrigea Adam. Je t'ai dit qu'Isobel te prenait pour mon valet.

Une fois rasé, Adam mit son col et sa cravate.

— Je commence à m'en sortir assez bien, non? s'enquit Murphy en lui adressant un clin d'œil. Que choisis-tu? Uni ou tweed?

Adam enfila un gilet marron parfaitement assorti à son pantalon fauve.

— Le tweed.

O'Brien lui tendit le vêtement puis inclina le miroir pour qu'il puisse juger de l'effet.

Adam se passa la main dans les cheveux et rit.

— Qu'est-ce que tu en penses? De quoi ai-je l'air?

— On dirait un seigneur sur le point de reprendre le contrôle de son manoir, commenta Murphy.

— Bonjour, monsieur, fit Albert dès qu'Adam entra dans la salle à manger.

— Bonjour.

Adam prit une assiette et se servit généreusement des mets disposés dans des plats en argent. Puis il alla s'installer à table, à la place d'honneur.

Il prit sa tasse de thé et la tendit à Albert.

— Je ne bois pas de thé.

Le majordome prit la tasse et la posa sur un guéridon, puis il revint vers la table avec une tasse de chocolat chaud qu'il plaça près de l'assiette d'Adam.

— Je ne bois pas de chocolat non plus, déclara celui-ci en fronçant les sourcils. Je veux du café.

— Pas de café, fit Albert en secouant la tête.

— Pourquoi? demanda Adam. J'aime le café. Je le prends noir. Je ne veux ni thé ni chocolat. Je veux du café!

Adam savait qu'il prenait le risque de passer pour un enfant gâté, mais il était temps qu'il affirme son autorité sous son propre toit.

— Pas de café, répéta Albert.

— Eh bien, trouvez-en! ordonna Adam en haussant le ton. Il n'y a donc pas moyen d'avoir une malheureuse tasse de café dans cette maison?

— Bonjour, monsieur, fit poliment Max en surgissant dans la pièce.

Adam le gratifia d'un hochement de tête. Il ne pouvait même pas compter sur lui pour expliquer ses instructions, pourtant fort simples, à son frère.

— Un paquet est arrivé pour vous de Londres, continua Max. Je l'ai posé sur votre bureau. Et j'ai pris la liberté de charger Albert de vous repasser les journaux.

Max se tourna vers Albert et l'interrogea dans cette langue mystérieuse qu'Adam ne comprenait pas.

Albert opina du chef.

— Il dit qu'il les a si bien repassés que l'encre ne salira ni vos mains ni vos vêtements. Ils sont empilés sur votre bureau. J'espère que vous serez satisfait.

— Ce serait bien la première fois qu'il me donnerait satisfaction, déclara Adam.

— Monsieur?

Adam laissa la pendule sonner 7 heures sur la cheminée, puis reporta son attention sur son secrétaire particulier.

— Il est 7 heures du matin.

— Oui, monsieur, répondit Max, visiblement déconcerté.

— Max, pourquoi diable suis-je en train de manger des œufs brouillés à 7 heures du matin? J'avais demandé à être servi à 8 h 30.

— La maison doit suivre un rythme très régulier, monsieur, répondit le vieil homme d'un air guindé.

— Effectivement. Mais pas au détriment du propriétaire des lieux. Je dois me contenter d'œufs brouillés, car je déteste les rognons, le boudin et tout le reste. J'ai demandé un steak, il ne figure pas au menu. Ni le café auquel je tiens.

— Monsieur ?

— Cette maison fonctionnera désormais selon ma volonté, décréta Adam. Je serai le seul à décider de l'organisation de la journée. C'est clair ?

— Très clair. Mais j'avoue que je ne comprends pas la raison de votre mécontentement, monsieur.

Max hésita le temps d'adresser un regard perplexe à Adam et reprit :

— À l'exception des petits accidents de Son Alt… de Giana, tout se déroule à votre convenance.

— Ah bon ? fit Adam en finissant ses œufs brouillés avant de se lever. Allons voir cela de plus près.

— Monsieur ? fit Max, abasourdi.

— Allons voir cela de plus près, répéta Adam. Commençons par les cuisines.

Il quitta la salle à manger et prit la direction des cuisines d'un pas décidé. Il s'arrêta sur le seuil et dévisagea le cuisinier, un Français.

— Où est donc passée Mme Dunham ? J'avais recommandé à Mme Langstrom de l'engager.

— Mme Dunham était une femme de la région qui préparait une cuisine locale, expliqua le majordome. Elle ne connaissait pas la cuisine française.

— Je sais, répondit Adam. Elle préparait des plats sains et copieux. C'est pourquoi je l'ai chaudement recommandée à Mme Langstrom.

— Je ne doute pas de ses qualités de cuisinière, reprit Max, mais sa cuisine n'est pas celle à laquelle Son Alt… à laquelle nous sommes habitués. Chez la comtesse de Brocavia, la table était excellente et raffinée. C'est pourquoi Isobel, je veux dire Mme Langstrom, a préféré engager M. Henri.

— C'est donc cela! explosa Adam, laissant libre cours à sa colère. Henri!
— Oui ? fit l'intéressé.
Adam compta jusqu'à dix pour se calmer, puis posa la question cruciale :
— Savez-vous préparer le café ?
— Bien sûr, répondit Henri. Mais il n'y en a pas.
— Trouvez-en, sinon vous pourrez chercher une autre place. Dorénavant, je veux un pot de café noir chaud chaque matin, c'est compris ?
— Oui, monsieur, répondit-il avant de s'éloigner.
Adam se tourna vers Max.
— Allez rechercher Mme Dunham et embauchez-la sur-le-champ.
— Mais, monsieur, que vais-je dire à Henri ?
— Désormais, Henri et Mme Dunham se partageront le travail en cuisine. Pour le petit-déjeuner, je veux une sélection de plats écossais et français. Mme Dunham se chargera du déjeuner et du thé. Henri préparera le dîner et les desserts. Larchmont Lodge proposera à son maître, ses invités et son personnel une large gamme de plats copieux.
— Le chef Henri ne va pas apprécier, prévint Max. Il préfère être le seul maître dans ses cuisines.
— Et moi, je préfère être le seul maître sous mon toit, répliqua Adam. Si vous ne parvenez pas à gérer ma maison à ma convenance, sans contrevenir à mes ordres, je trouverai d'autres domestiques plus dociles et compétents.
Sur ces mots, Adam sortit de la cuisine et se dirigea à grandes enjambées vers la bibliothèque.
Max lui emboîta le pas et parvint à franchir le seuil avant qu'Adam ne lui ferme la porte au nez.
— Dehors ! hurla-t-il.
— Monsieur ?
— Ce sera tout, Max.

— Mais, monsieur...

Adam ne supportait plus de voir ses ordres systématiquement discutés.

— Veuillez sortir, Max. Je tiens à rester seul.

Max ouvrit la bouche pour protester, mais Adam le coupa dans son élan.

— J'aurais peut-être dû vous expliquer dans quel but je rénove entièrement Larchmont Lodge. Il se trouve que j'envisage d'ouvrir un club, un lieu de loisirs pour les hommes fortunés, hommes d'affaires, aristocrates et autres personnages en vue.

Adam s'interrompit en entendant un léger bruit, comme un hoquet de surprise. Se retournant, il aperçut un triangle de soie noire qui dépassait de derrière un fauteuil en cuir. Le bruit se répéta. Adam eut l'impression qu'on feuilletait un livre. Il soupçonna aussitôt la présence d'une souris géante vêtue de Worth. Il réprima un sourire.

Le vieil homme pâlit. La présence de l'intruse ne lui avait pas échappé.

— Dois-je comprendre monsieur, que vous comptez ouvrir les portes de Larchmont Lodge au public ? s'enquit-il, comme si Adam venait de lui annoncer qu'il envisageait d'assassiner la reine d'Angleterre.

— Disons que j'ai l'intention d'ouvrir les portes à un public en mesure de payer. Et rien ne m'en empêchera. Le meilleur moyen de transformer une vieille ruine en une entreprise lucrative est de créer un établissement où les personnes en vue pourront venir se détendre loin de la ville. Ces messieurs pourront s'adonner à la pêche, à la chasse, aux promenades en forêt, sans parler du golf et des jeux. Vous n'avez rien à craindre de la racaille, Max. Ils n'auront pas les moyens de s'offrir un séjour ici.

Adam attendit que son secrétaire ait retrouvé ses couleurs avant de le congédier d'un geste.

— Merci, Max. Ce sera tout.

Il lui referma la porte de la bibliothèque au nez et tourna la clé dans la serrure. Il s'appuya contre le lourd panneau de chêne. Après des heures passées à surveiller les travaux du parcours de golf et à s'initier à ce sport, il était épuisé. À quoi bon attirer les plus fortunés s'il n'était pas capable de se mesurer à eux ? Il avait un peu trop bu la veille, pas assez dormi et mourait d'envie d'un bon café. Enfin, il s'écarta de la porte et s'approcha du bureau.

Sur le buvard étaient posés un paquet et une pile de journaux repassés avec soin. Adam aurait dû se plonger dans sa correspondance, mais il n'en avait guère envie. Une douleur sourde lui martelait le crâne et le canapé lui semblait bien plus attirant. Un petit somme lui ferait le plus grand bien. Après tout, il avait demandé qu'on le réveille à 8 h 30. Restait le problème de Georges. Il étouffa un bâillement et glissa la clé de la bibliothèque dans la poche de son gilet avant de s'étendre sur le canapé. Qu'elle attende. Il ne dormirait que quelques minutes…

16

Une princesse de sang royal respecte l'intimité et la propriété de ses sujets.

Article 803 du protocole et de l'étiquette en vigueur à la cour de Saxe-Wallerstein-Karolya, par décret de Son Altesse Sérénissime le prince Christian, 1864.

Cachée derrière le canapé de cuir, Giana relut l'article au bas de la première page du *Times*. Choquée par l'assassinat du prince Christian et de la princesse May de Karolya, Sa Majesté la reine Victoria avait envoyé un émissaire à Christianberg, capitale de la principauté. Celui-ci était chargé d'aider le prince Victor dans son enquête sur le double meurtre et de négocier le retour de la princesse Georgiana, retenue en otage par les révolutionnaires. Ces derniers avaient, semblait-il, bénéficié de la complicité du secrétaire particulier du prince défunt.

C'était en dépoussiérant le bureau de McKendrick que la jeune femme avait trouvé le journal. Dans son enfance, on lui avait appris que la curiosité était un vilain défaut et qu'il ne fallait jamais lire les documents posés sur le bureau de son père. Mais elle ne pouvait ignorer un article consacré à sa famille. Il concernait son avenir et celui des hommes et des femmes qui avaient risqué leur vie pour la sauver.

Giana étouffa un sanglot. Victor accusait Max de trahison et d'enlèvement. Or ces prétendus révolutionnaires n'existaient que dans l'esprit de son cousin. C'était lui qui avait assassiné ses parents et qui cherchait à l'éliminer à son tour. Et voilà qu'il bénéficiait à présent de l'aide de la couronne britannique !

Elle regarda la date. Le journal avait plus de quinze jours. Il était posé au-dessus de la pile, mais elle ignorait si c'était le plus récent. McKendrick était entré dans la pièce avant qu'elle ait pu parcourir les autres. Elle avait à peine eu le temps de s'emparer du premier et de se cacher derrière le canapé pour en prendre connaissance. Elle ne voulait pas espionner la conversation, pas plus qu'elle ne souhaitait négliger son devoir de domestique en lisant le journal au lieu de travailler. Mais elle n'avait eu d'autre choix que d'écouter.

Les propos échangés par les deux hommes s'étaient révélés presque aussi choquants que l'article, à tel point qu'elle n'avait pu retenir un hoquet de surprise qui avait failli trahir sa présence. Adam McKendrick allait ouvrir Larchmont Lodge au public ! Il restait encore six mois de travaux, mais il avait décidé de lancer une invitation à visiter le domaine à quelques personnalités triées sur le volet durant les festivités de Cowes. Le temps pressait. Les festivités auraient lieu dans quelques semaines. Si elle ne trouvait pas un moyen de joindre Balmoral ou de repousser cette visite en avant-première, elle n'aurait bientôt plus d'endroit où se cacher.

Elle se mordit la lèvre. Max devait être fou d'inquiétude. Sa cachette était sur le point d'accueillir les personnes qu'elle cherchait à éviter. Il fallait qu'elle parle à Max et qu'elle s'entretienne avec les autres pour éviter la panique. Il fallait trouver un nouveau plan dans les meilleurs délais.

Malheureusement, elle ne pouvait agir tant qu'elle n'aurait pas quitté la bibliothèque. Elle serra les dents et leva les yeux au ciel. Elle ne s'attendait pas qu'il s'attarde ainsi. Elle avait espéré qu'il s'en irait en même temps que Max. Au lieu de cela, il avait décidé de faire un petit somme. Quelle idée saugrenue ! Il venait de finir son petit-déjeuner.

Giana souleva le bas de sa robe et glissa le journal dans la ceinture de ses jupons. L'idée d'emprunter sans autorisation le journal de McKendrick ne l'enchantait pas, mais elle devait le montrer à Max, et partager ses craintes avec la seule personne qui avait autant à perdre qu'elle-même. Rassemblant son courage, elle sortit en rampant de derrière le canapé.

Adam dormait à poings fermés. Elle entendait son souffle régulier. Au lieu de continuer à avancer vers la sortie, la jeune femme ne put s'empêcher de s'arrêter pour le contempler. Après tout, cet homme lui avait donné son premier baiser.

Elle aimait la façon dont ses cils projetaient des ombres sur ses pommettes et surtout le frémissement imperceptible de ses lèvres légèrement entrouvertes. Sa lèvre inférieure était charnue et pulpeuse. Giana se pencha pour admirer le dessin harmonieux de cette bouche si attirante. Elle se rappelait son contact, la chaleur de son souffle, la caresse experte de sa langue. Jamais elle n'avait rien ressenti d'aussi délicieux.

Luttant contre un désir irrésistible de l'embrasser à nouveau, elle poursuivit son chemin vers la sortie non sans lui jeter un dernier regard. Elle foula le tapis persan, dépassa le bureau, longea les rayonnages couverts de livres. Arrivée devant la porte, elle se redressa et en actionna la poignée.

Mais la porte ne s'ouvrit pas. La clé qui se trouvait habituellement dans la serrure avait disparu. Pas moyen de sortir à moins de retrouver cette maudite clé. Elle n'était pas certaine de le vouloir vraiment, mais elle n'avait d'autre choix que de la chercher.

Sur la pointe des pieds, elle retourna vers le bureau et le fouilla de fond en comble, ouvrant chaque tiroir, en vain. C'était la première fois qu'elle fouillait ainsi dans les affaires personnelles de quelqu'un. L'idée de violer ainsi l'intimité de McKendrick lui était pénible. Son trouble s'amplifia quand elle comprit qu'elle allait devoir chercher ailleurs.

En effet, cette satanée clé ne pouvait se trouver que sur la personne d'Adam. Giana alla s'agenouiller près de lui. Doucement, elle glissa la main dans la poche de sa veste.

Adam gémit dans son sommeil et sa main se posa sur son gilet. Leurs doigts se rencontrèrent. D'instinct, il saisit la jeune fille par le poignet.

— Vous cherchez quelque chose, mademoiselle Langstrom ?

Le son de sa voix la fit sursauter si violemment qu'elle renversa un guéridon sur lequel était posé un vase en cristal.

— Oh ! s'exclama-t-elle en cherchant à rattraper le vase.

Mais Adam se montra plus rapide. Il parvint à redresser le précieux objet avant qu'il ne tombe à terre ou ne se vide de son contenu.

— C'est à cause de moi ? s'esclaffa-t-il. Ou avez-vous quelque chose contre les objets fragiles de cette maison ?

Il prit la main de la jeune fille pour l'empêcher de commettre d'autres bévues.

— C'est... c'est à cause vous, avoua-t-elle. En temps normal, je ne suis pas aussi maladroite, je vous assure. Mais je le deviens dès que je suis en votre présence.

Sa franchise étonna Adam. Elle voulut retirer sa main, mais il resserra son étreinte. Il laissa son regard glisser sur elle. Sa position lui offrait une vue plongeante sur son décolleté ourlé de dentelle.

— Et pourquoi, selon vous, mademoiselle Langstrom ?

— Je crois que c'est parce que vous m'avez embrassée.

Sceptique, Adam haussa les sourcils.

— Vous avez commencé à briser de la porcelaine avant que je ne vous embrasse, il me semble.

Giana le gratifia de son sourire le plus mystérieux.

— Dans ce cas, comment cela se fait-il, monsieur McKendrick ?

— À mon avis, vous cherchiez à attirer mon attention, plaisanta-t-il. Vous espériez un baiser.

Giana ouvrit la bouche pour protester, mais elle était trop honnête pour nier la vérité. Elle déglutit nerveusement. Le parfum musqué d'Adam lui effleura les narines. Elle aimait son odeur, le goût de ses lèvres et mourait d'envie de l'embrasser.

Adam la vit entrouvrir les lèvres.

— Voulez-vous d'autres baisers ? demanda-t-il. Est-ce pour cela que vous vous êtes enfermée dans la bibliothèque avec moi ?

— Ce n'est pas moi qui ai fermé la porte à clé, monsieur. C'est vous. Je cherchais la clé, justement.

— Que faites-vous dans cette pièce ?

Il tira légèrement sur sa main, ce qui eut pour résultat de déséquilibrer la jeune fille qui s'effondra sur son torse.

— Il semblerait que je suis enfermée.

Adam lui décocha son sourire le plus dévastateur.

— C'est même certain, déclara-t-il. La question est de savoir pourquoi.

Les yeux bleus de la jeune fille s'écarquillèrent. Ses lèvres boudeuses s'entrouvrirent mais pas un mot n'en sortit, pour une fois.

— Que se passe-t-il ? demanda Adam en la prenant par la taille pour la hisser plus près de son visage. Vous avez perdu votre langue ? Vous l'aurais-je volée, par hasard, murmura-t-il avant de s'emparer de sa bouche.

Enivrée par son parfum de musc et de santal, Giana se laissa submerger par le plaisir que ce baiser éveillait en elle. À travers le fin tablier et la robe de soie, elle sentait la chaleur du corps d'Adam, mais ce n'était rien comparé à la chaleur de sa bouche. Il l'embrassait avec une fougue, une ardeur qui appelaient une réponse tout aussi fiévreuse.

Il laissa ses mains glisser le long du dos de la jeune fille. Sa robe constituait un obstacle frustrant et il mourait d'envie de la lui arracher pour sentir le contact de sa peau, explorer les courbes de son corps, caresser ses seins ronds et fermes. Il continua sa progression vers ses reins, ses fesses, ses cuisses. Il se débattit un instant avec ses jupons, et parvint à trouver un carré de peau nue qu'il frôla de ses doigts impatients sans cesser de l'embrasser.

Les petites pointes dures des seins de Giana qui s'écrasaient contre son torse le rendaient à demi fou de désir. D'un coup de reins, il la fit basculer sous lui. Leurs lèvres se séparèrent le temps de changer de position, puis il se mit à dévorer son visage et son cou de baisers.

Giana retint son souffle tandis que sa langue dessinait le contour de son oreille. Un délicieux vertige la saisit et elle ne put retenir un gémissement.

Encouragé par sa réaction, Adam s'enhardit. Sa main remonta le long de la cuisse de la jeune fille.

Se rappelant soudain que le journal était caché dans sa ceinture, celle-ci se raidit.

— Que faites-vous ? murmura-t-elle contre ses lèvres.

— Je vous caresse, répondit-il en effleurant de nouveau sa cuisse avant de retirer sa main. Je veux vous déshabiller et passer le reste de la matinée à vous caresser.

— Personne ne m'a jamais déshabillée à part ma...

Elle s'interrompit à temps.

— ... À part Brenna quand elle s'exerce aux tâches d'une femme de chambre.

S'en voulant de sa bévue, elle détourna les yeux.

— J'ignorais qu'un homme pouvait souhaiter dévêtir une femme ou que celle-ci puisse le lui permettre, ajouta-t-elle.

— C'est un privilège en général réservé à son mari ou à son amant, expliqua Adam. Et si la dame accepte, l'heureux élu se doit de rendre l'expérience agréable pour sa partenaire.

— Est-ce une attitude acceptable ?

— Non seulement c'est acceptable, mais c'est recommandé.

— Pour la dame aussi ? s'enquit Giana en frissonnant.

— En ce qui me concerne, quand une femme m'accorde le privilège de la déshabiller, j'aime la caresser partout. Je commence par les paupières, les lèvres, les seins, puis j'explore les endroits les plus secrets de son corps. Voulez-vous que je vous montre ?

— Adam ! s'exclama-t-elle, les pupilles dilatées, tandis qu'elle comprenait à quoi il faisait allusion.

— Georges, souffla-t-il en se penchant pour l'embrasser.

Elle lui rendit son baiser. En sentant les doigts d'Adam dénouer le cordon de son tablier, puis déboutonner sa robe, elle s'interrompit.

— C'est oui ? fit-il.

Elle était tentée. Terriblement tentée même. Comme jamais une princesse de sang royal n'aurait dû l'être. Hélas, elle ne cachait pas uniquement un journal dans sa ceinture. Si elle ne pouvait laisser Adam la dévêtir, c'était avant tout parce qu'elle dissimulait un véritable trésor dans les replis de sa robe...

Giana était un coffre-fort ambulant. Des bijoux étaient cousus dans ses ourlets et son corset. Seule la tiare qu'elle portait lors des cérémonies officielles ne se trouvait pas sur sa personne. Elle reposait dans le double fond d'une malle. Si elle ne l'arrêtait pas sur-le-champ, elle ne pourrait plus cacher à Adam sa véritable identité. Comment expliquer qu'une simple domestique possède des bijoux d'une pareille valeur ?

— C'est impossible, murmura-t-elle.

— Je sais, je ne devrais pas, admit-il, tourmenté par sa conscience.

La superbe créature allongée sous lui était innocente. Et travaillait à son service. Elle était apparemment consentante, mais n'en demeurait pas moins innocente. Il savait qu'il risquait de se brûler les ailes à ce petit jeu. Surtout avec une femme qui possédait un tel physique.

Il le savait, et cependant, il s'en moquait. Il la désirait, point final. Et le pire, le plus incompréhensible, c'était qu'il avait toujours fui comme la peste ce genre de femmes.

Qu'est-ce qui, chez Georges, le fascinait à ce point ? Il n'avait jamais été séduit par les grandes blondes sveltes qui lui rappelaient trop les femmes de sa famille. Or, depuis son arrivée à Larchmont Lodge, Georges semblait l'attirer comme un aimant. Pour l'heure, il n'arrivait pas à détacher son regard de la jeune fille. En dépit de ses efforts, il ne parvenait pas à canaliser ses pulsions, ce qui le rendait de plus en plus nerveux.

Dans leur intérêt à tous deux, il valait mieux faire en sorte qu'elle se détourne de lui. Il fallait qu'il s'intéresse à quelqu'un d'autre. Quelqu'un avec qui il ne risquait rien. Sa sœur Brenna, par exemple.

Adam se releva et l'aida à s'asseoir. Puis il fouilla dans sa poche et en sortit la clé de la bibliothèque.

— Je crois que c'est ce que vous cherchiez, fit-il en la lui tendant.

— Merci, monsieur, répondit-elle avant de se diriger vers la porte.

— Je vous en prie. Merci pour ce moment très agréable, mademoiselle Langstrom.

Sur le seuil, Giana se retourna à demi. Ses joues étaient empourprées.

— Tout le plaisir fut pour moi, monsieur.

— Vraiment ? fit-il avec un sourire charmeur.

Leurs regards se croisèrent.

— Plus que vous ne pouvez l'imaginer, assura-t-elle avant de s'éloigner d'un pas décidé.

17

Une princesse de sang royal ne conspire jamais avec les membres de son personnel et ne participe à aucune intrigue indigne de son rang.

Article 307 du protocole et de l'étiquette en vigueur à la cour de Saxe-Wallerstein-Karolya, par décret de Son Altesse Sérénissime le prince Karol IV, 1611.

— C'est impossible ! s'exclama Max, les doigts tremblants, après avoir lu le journal que lui avait remis Giana.

Attablé chez la gouvernante en compagnie de la princesse, il se prit le visage entre les mains.

— C'est tout bonnement impossible ! répéta-t-il, au comble du désespoir.

Giana observa ses veines saillantes et les taches brunes qui marquaient sa peau. Comme Max avait vieilli depuis la mort du couple princier ! Il avait passé plus de trente ans de sa vie au palais de Christianberg. La terrible pression de la clandestinité commençait à se lire sur ses traits. Lord Gudrun n'était pas fait pour l'exil, même si Larchmont Lodge était un endroit tranquille.

— J'étais certaine que vous aviez lu cet article et que vous gardiez le silence pour ne pas m'alarmer.

Ils s'étaient retrouvés dans cette chambre, car ils savaient que personne ne viendrait les déranger. Chaque jour, le thé y était servi pour le personnel, mais nul n'osait entrer sans l'autorisation de la princesse.

— Jamais je ne vous cacherais des informations aussi cruciales pour la principauté, Votre Altesse.

— Je suis désolée, Max, mais je croyais que vous vous occupiez du courrier.

— Effectivement, Votre Altesse. J'ai posé la pile de lettres sur le bureau de McKendrick et confié les journaux à Albert pour qu'il les repasse.

Compréhensive, Giana hocha la tête. Albert était incapable de lire la presse anglaise. Le brave homme s'était contenté de faire son devoir sans se rendre compte de l'importance de cet article pour leur avenir à tous.

— Et les autres journaux? s'enquit Max. Contiennent-ils des articles similaires?

— Je l'ignore. McKendrick est arrivé avant que je puisse les lire.

— Il faudra en prendre connaissance. Nous devons trouver un moyen de mettre la main sur ces journaux.

— Cela n'est qu'une partie de notre problème, lui rappela Giana. Vous avez entendu ce qu'a dit A… McKendrick. Il compte ouvrir la maison à d'éventuels clients, des personnages fortunés et très en vue, au cours de la semaine de festivités de Cowes. Il nous reste peu de temps pour réagir.

Giana redoutait davantage de voir arriver Victor que de dévoiler son identité à Adam. Elle soupira. Lever le voile serait plutôt un soulagement, car elle détestait lui mentir ainsi. Cependant, le reste du personnel ne partagerait certainement pas son avis. Tant qu'elle n'aurait pas la certitude de pouvoir faire une totale confiance à Adam, elle ne pouvait prendre le risque de se confier à lui.

— Je crois que le moment est venu d'envoyer Gordon à Londres pour solliciter une audience avec Sa Majesté la reine, déclara Max.

— La reine vit recluse à Windsor, expliqua la jeune fille. Ses courtisans n'accorderont jamais une audience à un simple garde-chasse. Je vais quitter notre nid douillet et voir la reine moi-même.

— Vous ne pouvez vous rendre seule à Windsor. Je vous accompagne.

— Pas question, riposta Giana. Je ne vous le permettrai pas.

— Mais, princesse... fit Max, employant une formule plus familière sous le coup de l'émotion.

— Vous êtes accusé du meurtre de mes parents et d'enlèvement sur ma personne. Je refuse que vous preniez le risque d'être arrêté.

— Cela n'arrivera pas, princesse, tant que vous serez là pour tout expliquer.

— Et si je n'étais pas là? Et si quelque chose m'arrivait, m'empêchant de rétablir la vérité? Qui révélerait au monde entier qui a tué mes parents? Qui dénoncerait Victor? Personne n'empêcherait ce traître de régner sur la principauté. Non, s'obstina Giana en secouant la tête, je ne puis servir mon peuple et mon pays sans avoir la certitude que vous êtes en sécurité et que vous pourrez témoigner de ce qui s'est réellement passé. Et vous ne serez en sécurité que lorsque j'aurai parlé à la reine.

Max ouvrit la bouche pour protester mais Giana le fit taire d'un geste.

— Je vous en prie, Max. Je ne supporterais pas de vous perdre. Vous n'êtes pas seulement mon secrétaire particulier, mais aussi mon grand chambellan et l'unique témoin de l'assassinat de mes parents. Vous êtes le seul à avoir vu les tueurs, à pouvoir les identifier comme faisant partie de l'entourage de

Victor. J'ai confiance en vous, Max, et j'ai besoin de vous.

— Si jamais McKendrick reçoit des invités avant le début de la semaine de festivités, nous ne pourrons pas rester. Ce sera trop dangereux. Nous devrons partir sans attendre que la reine Victoria arrive en Écosse.

— Eh bien, nous partirons, assura Giana. Au pire, nous trouverons un moyen d'entrer en contact avec notre ambassadeur à Londres.

— Princesse, n'oubliez pas que nous devons nous méfier de tout le monde. Notre ambassadeur est peut-être à la solde du prince Victor.

— J'y ai songé. Je me suis également dit que la reine Victoria serait disposée à me protéger et à soutenir mon accession au trône, mais que son gouvernement ne la suivrait peut-être pas.

Surpris par tant de lucidité, Max leva les sourcils.

— Vous me considérez encore comme une enfant, mais vous oubliez que je baigne dans la politique depuis mon plus jeune âge. J'ai été à bonne école. Je suis loin d'être une petite fille naïve. Je suis tout à fait consciente que certaines mesures prises par mon père sont très impopulaires. Je sais aussi que de nombreuses personnes sont opposées à la création d'une constitution moderne et d'une déclaration des droits du peuple. Ces notables redoutent de perdre leur pouvoir. Mon père m'en a longuement parlé. Il m'a expliqué que certains voulaient exploiter le bois et les mines de fer afin de remplir davantage les coffres de l'État et qu'ils ont des partisans dans les pays étrangers, des gouvernements désireux d'acheter nos richesses. Même si nous ignorons encore l'identité de tous les traîtres, je devine sans peine de qui il s'agit. Je ne suis pas totalement certaine de la loyauté de notre ambassadeur, mais cela ne doit pas m'empêcher de revendiquer le trône dont je suis l'héritière légitime. Mon père est mort en préservant mon héritage et j'entends prendre sa succession dès que possible. Si je dois pour cela courir le risque de croire en la loyauté d'un ambassadeur et en celle du gouvernement britannique envers la reine, je le prendrai. Je suis prête à donner ma vie pour mon pays, mais je préfère le faire en sachant que ma marraine est arrivée en Écosse.

Giana se sentait en sécurité à Larchmont Lodge mais elle le serait bien davantage à Balmoral, sous la protection de la reine. Elle avait beau savoir depuis le début que son séjour ici serait temporaire, son départ n'en serait pas moins un déchirement. Et ce, pour des raisons qui n'avaient pas grand-chose à voir avec sa sécurité. Qu'elle le veuille ou non, ses motivations étaient avant tout liées à la présence d'Adam McKendrick.

— Que faire, Votre Altesse ?

Giana respira profondément. Max attendait des réponses précises. Pour lui, elle devait être une véritable souveraine, l'âme de son pays, et non un pantin.

— Il faut trouver un moyen d'empêcher McKendrick de faire venir des invités durant les festivités de Cowes. Et cela sans l'amener à se poser des questions.

— Avez-vous une idée en tête ?

— Je suggère que nous fassions ce que nous faisons le mieux, mais en forçant le trait.

Max fronça les sourcils.

— Au lieu de décourager ce pauvre Albert qui tente en vain de faire adopter une tenue correcte et un code de conduite aux ouvriers qui rénovent la maison, nous allons l'inviter à poursuivre ses efforts. Je veux qu'il se conduise comme le majordome qu'il serait à Laken. Votre mission sera de prendre en charge la correspondance de McKendrick chaque fois que vous le pourrez. Installez-vous dans son bureau et faites comme s'il s'agissait de mon père ou de moi-même à Christianberg.

Max esquissa un sourire.

— Et le reste du personnel ?

— Nous leur dirons de se comporter comme si nous étions rentrés à la maison, en faisant de leur mieux pour remplir leur rôle. Nous leur donnerons d'autres instructions en temps utile.

Oubliant l'étiquette, Giana posa les coudes sur la table et le menton sur ses mains croisées.

— Brenna va poser un problème, reprit-elle. Sa tâche consiste à s'occuper de moi. Mais je suis certaine que, en cherchant bien, je parviendrai à lui trouver d'autres talents précieux.

Elle s'interrompit un instant, pensive, puis s'exclama :

— Nous la chargerons de superviser la décoration de la maison !

Max fit la moue. McKendrick n'allait pas approuver cette décision. Comme toutes les femmes de chambre, Brenna aimait surtout les fleurs et les dentelles. Ce n'était pas du tout ce que le maître de Larchmont Lodge envisageait pour séduire les gentilshommes de la haute société londonienne.

— McKendrick est déjà furieux, déclara-t-il. Vous l'avez entendu. Il a menacé de nous renvoyer si nous ne respections pas ses ordres à la lettre.

Giana adressa au vieil homme son plus beau sourire.

— Là encore, je suis disposée à prendre le risque.

— Quand parlerons-nous de ces décisions aux autres ? s'enquit Max.

— Ce soir, lors du dîner, à l'office. Quand le reste du personnel sera parti.

— Et M. O'Brien ?

— Je m'occupe de lui, assura la jeune fille.

Giana tint parole. Un quart d'heure avant que le personnel ne se réunisse, elle frappa à la porte de Murphy.

— Oui ? fit celui-ci en allant ouvrir.

Sur le seuil, il découvrit Giana portant un plateau chargé de mets sous des cloches en argent.

— Votre dîner, monsieur O'Brien, annonça-t-elle en s'avançant dans la pièce.

Craignant un accident, Murphy se saisit promptement du plateau.

— Je vois bien que c'est mon dîner. Merci.

— Je vous en prie, répondit Giana en tournant les talons.

— Attendez ! lança Murphy en posant son plateau.

— Oui, monsieur O'Brien ?

Son expression et le ton de sa voix indiquaient qu'elle ne s'attendait pas qu'il la retienne. O'Brien essaya de dissimuler son amusement.

— Distribuez-vous ainsi des plateaux à tous les membres du personnel ou suis-je le seul à bénéficier de cette faveur ?

— Nous avons jugé préférable que le cuisinier vous prépare un plateau, monsieur O'Brien.

— Qui cela, nous ?

— Nous tous, monsieur, répondit poliment la jeune fille. Ce soir, exceptionnellement, l'office est réservé aux membres de notre famille.

— Célébrez-vous un événement particulier ? s'enquit O'Brien, un peu curieux.

— Non, monsieur.

— Il s'agit donc simplement d'un repas en famille.

— Absolument.

— Bien.

Murphy laissa échapper un soupir théâtral, cherchant à gagner la sympathie de la jeune fille pour obtenir des informations supplémentaires.

— Bien. Je devrai donc me contenter de ce plateau, commenta-t-il. Après tout, je ne peux pas changer de nom. O'Brien, ce n'est pas Langstrom.

Giana éprouva une bouffée de culpabilité. Il était injuste qu'O'Brien soit ainsi rejeté. Il n'avait pas à pâtir de la situation. Elle ne savait que trop ce que c'était que de se sentir indésirable. Cependant, elle ne le connaissait pas assez pour lui accorder sa confiance. Il y allait de sa vie et de celle des autres membres de sa famille supposée.

— Nous regrettons de devoir vous tenir à l'écart, monsieur O'Brien. Nous ne voulons pas vous faire de peine, mais nous devons discuter de certaines questions d'ordre privé et nous tenons à ce que ces propos restent entre nous.

Elle semblait sincère, aussi Murphy préféra-t-il ne pas insister.

— Je comprends, mademoiselle Langstrom. Je vous souhaite un excellent dîner en famille.

— Bon appétit, monsieur O'Brien.

— Je suis certain que la nourriture sera excellente. Cependant, je n'apprécie guère les repas en solitaire. Si vous ou votre ravissante sœur acceptiez de vous joindre à moi... suggéra-t-il, histoire de jauger sa réaction.

— Merci de cette charmante invitation, répliqua-t-elle. Ma ravissante sœur et moi serons ravies de dîner en votre compagnie demain soir, à l'office.

Constatant qu'elle n'était pas dupe, O'Brien éclata de rire.

Giana lui sourit, puis quitta la chambre pour aller retrouver les autres à l'office.

Murphy en demeura coi. C'était pour ce genre de sourires ravageurs que des hommes écrivaient des sonnets. Il aurait pu aisément tomber amoureux de Giana si son meilleur ami n'avait déjà succombé à son charme. Adam avait beau clamer à tout vent qu'il avait librement renoncé aux beautés blondes aux yeux bleus, O'Brien n'en croyait pas un mot. Adam McKendrick n'appréciait peut-être pas les Walkyries et autres Amazones, mais il avait grandi entouré de femmes superbes. Jamais il ne trouverait le bonheur auprès des créatures frêles et timides qu'il fréquentait habituellement. Une fois qu'il aurait admis qu'il était désespérément attiré par Mlle Langstrom, il ne laisserait personne s'en approcher. Le Baron Vengeur était terriblement prévisible.

18

Le Baron Vengeur défend les droits de la gent féminine et se précipite toujours à la rescousse d'une femme en détresse. Il n'est pas dans sa nature de se conduire autrement.

Deuxième volume des aventures du Baron Vengeur, défenseur des beautés blondes en détresse, par John J. Bookman, 1874.

Une heure plus tard, alors qu'ils fumaient le cigare en buvant un whisky dans la bibliothèque, O'Brien relata l'incident à Adam.

— Georges t'a servi ton dîner dans ta chambre? répéta Adam, étonné.

— Oui. Sur un plateau qu'elle m'a tendu sans rien casser ni renverser.

— C'est un vrai miracle, observa Adam avec flegme.

— Un miracle assez fréquent, répliqua O'Brien en riant. Il faut avouer que je ne produis pas sur elle le même effet que toi.

— Il semblerait en effet que je la rends nerveuse.

— Naturellement. Tu la regardes comme un chat regarde une souris.

Adam arqua les sourcils.

— Et elle te regarde comme si tu étais une souris et elle un chat, ajouta O'Brien.

— Tu nous as bien observés, on dirait.

— Je suis détective, lui rappela son ami. C'est mon boulot d'observer.

— Néanmoins, tu ignores tout des raisons de ce mystérieux dîner familial, répliqua Adam en leur servant un autre whisky.

— J'imagine qu'ils voulaient parler de toi. Mais je n'en ai aucune preuve. En dépit de mes tentatives, je n'ai pas réussi à faire appel à son sens de la justice.

— Tu perds de ton charme, mon vieux, remarqua Adam en lui tendant un verre.

— Pas complètement. Georgiana a eu pitié de moi et s'est sentie coupable de me rejeter, pas assez toutefois pour me raconter de quoi il s'agissait.

— Du moins tu as essayé.

— Oui... Et j'ai aussi tenté de l'inviter à dîner avec moi.

— Quoi ?

— Je t'ai bien eu, hein ? railla O'Brien.

— Qu'est-ce que tu racontes ?

— Je parle de toi, mon vieux. Tu fais de ton mieux pour ignorer ton attirance pour la Walkyrie, mais il faudrait être aveugle pour ne pas s'en apercevoir. Depuis quand réagis-tu ainsi quand j'invite une femme à dîner ?

Adam le foudroya du regard. Il ne fallait pas que son ami sache à quel point il était attiré par la Walkyrie. S'il avait vent des baisers que Georges et lui avaient échangés dans la bibliothèque, il ne le laisserait plus jamais en paix.

— Ne t'inquiète pas, répliqua-t-il. Je suis convaincu que si attirance il y a, elle s'éteindra dès que nous serons à Londres.

Murphy faillit s'étrangler avec son whisky.

— Londres ? répéta-t-il.
— Je t'ai bien eu ! s'exclama Adam en tendant le bras pour lui taper dans le dos.
— Tu as bien dit que nous allions à Londres ? coassa O'Brien.
— En effet.
— Pourquoi ?
Adam attrapa une enveloppe blanche sur sa pile de courrier et l'agita sous les yeux de son ami.
— Je viens de recevoir une lettre de Kirstin.
— Ce maudit Lord fait à nouveau des siennes ?
— Elle n'en dit rien, répondit Adam en lui tendant la missive.
O'Brien la parcourut puis la replia et la rendit à son destinataire.
— Tu as une idée de la raison pour laquelle ta sœur te demande de venir à Londres ?
— Non, aucune, avoua son ami en haussant les épaules. Peut-être que nous lui manquons déjà.
— J'en doute. Cela ne fait que trois semaines que nous l'avons quittée. Mais, après tout, pourquoi pas ? ajouta-t-il en adressant un clin d'œil à Adam. J'ai toujours eu la certitude qu'elle avait un faible pour moi.
Adam fut amusé par les confidences de Murphy, dont la langue se déliait sous l'effet de l'alcool. Il avait toujours été persuadé que c'était au contraire son ami qui avait un faible pour sa sœur, même si celle-ci ne l'avait jamais remarqué, car le malheureux n'avait ni fortune ni titre ronflant. Toutefois, ce dernier faisait preuve envers Kirstin de bien plus de patience que lui-même n'en était capable. Adam aimait tendrement sa sœur. Bien qu'elle soit son aînée de deux ans, il l'avait toujours protégée, ainsi que Greta, sa jumelle. Aussi était-il disposé à se rendre à Londres uniquement parce qu'elle le lui demandait.

— Tu connais Kirstin presque aussi bien que moi, dit-il. Qu'en penses-tu ?

— Je crois que je vais aller faire mes bagages, déclara Murphy en posant son verre.

Au fond du couloir, dans l'office, se tenait une autre réunion. Après avoir fait circuler le journal qu'elle avait trouvé dans la bibliothèque, Giana le replia avec soin et le posa sur la table. Elle exposa ensuite le projet d'Adam McKendrick d'ouvrir Larchmont Lodge à un public riche et influent qui risquait de mettre leur vie en péril, puis leur expliqua l'idée qu'elle avait eue pour retarder l'ouverture de la maison jusqu'à l'arrivée de la reine Victoria en Écosse. Sachant qu'alors, elle aurait une chance d'obtenir une audience avec sa marraine à l'insu des espions de Victor.

L'astuce consistait à retarder l'ouverture sans risquer de perdre leur emploi. Adam McKendrick voulait que son établissement soit rentable, et rien ne l'arrêterait dans son projet. Ils risquaient certes d'être renvoyés s'ils suscitaient sa colère, mais mieux valait cela que mourir. Le jeu en valait la chandelle.

Giana prit une profonde inspiration puis s'adressa franchement à sa famille d'adoption. Chacun avait un rôle précis à jouer, et s'ils voulaient que leur entreprise réussisse, il leur fallait se montrer solidaires.

— Nous devons pouvoir compter les uns sur les autres, expliqua-t-elle. Nous ignorons à ce jour en qui d'autre avoir confiance.

Elle se tourna ensuite vers Albert.

— Nous devrons lire les journaux de McKendrick. En tant que majordome, vous êtes chargé de les repasser. Chaque fois que vous verrez un article consacré à la principauté, vous mettrez le journal de côté.

Albert hocha la tête.

— Il faut éviter que McKendrick ne prenne connaissance des nouvelles concernant Karolya. Il risque de voir un portrait de moi et d'en tirer ses propres conclusions. S'il me reconnaît, c'en sera terminé de notre mascarade.

Giana perçut un froissement de papier. Baissant les yeux, elle se rendit compte que Wagner s'était emparé du journal et qu'il le déchiquetait furieusement. Elle sourit. Il réagissait encore parfois comme un chiot. Il adorait détruire les journaux et les chaussures. À maintes reprises, le prince Christian s'était plaint que le chien avait dévoré quelque document officiel, quand ce n'était pas ses bottes de cuir.

Giana se rendit compte que les mauvaises habitudes de Wagner allaient contribuer à empêcher Adam de lire les nouvelles du matin. Dorénavant, le lévrier aurait libre accès à la pile de journaux.

Toutefois, cette astuce comportait un risque. La colère d'Adam allait se déchaîner contre lui. Elle soupira. Wagner avait passé sa vie à la protéger. Il était temps qu'elle le protège à son tour. Elle décida d'aller chercher les journaux restés sur le bureau dès la fin de la réunion.

— Avez-vous bien tous compris ce que nous attendions de vous ? demanda-t-elle.

Tous hochèrent la tête.

— Bien, conclut-elle. Nous commencerons dès demain.

Il flottait dans la bibliothèque un parfum de cigare, de cuir et de cire. Sans parler de celui d'Adam McKendrick. Sur la pointe des pieds, Giana s'approcha du bureau, souleva le verre de la lampe à huile et gratta une allumette.

— On revient sur la scène du crime ? À moins que vous ne souhaitiez une nouvelle leçon dans l'art du baiser ?

Le verre de lampe racla le pied de la lampe.

— Doucement, avertit Adam. Si vous le cassez, vous risquez de mettre le feu à la pièce.

Il se leva du canapé et rejoignit la jeune fille.

— Comment saviez-vous que c'était moi ? s'étonna-t-elle.

Il lui prit délicatement le verre des mains et le posa sur la lampe.

— À cause de la fleur d'oranger.

— Pardon ?

— Vous sentez la fleur d'oranger. Vous êtes la seule dans cette maison.

— Et vous êtes le seul à sentir le santal et le cigare.

— Vous avez remarqué ? fit-il, plus ravi qu'étonné.

— Comment cela aurait-il pu m'échapper ? fit-elle en jetant un coup d'œil au canapé.

Adam comprit le sous-entendu. Il fit un pas en avant et ouvrit les bras.

Elle savait qu'elle aurait dû s'en tenir à sa recommandation, et garder ses distances, mais c'était plus fort qu'elle. Comment lui obéir alors qu'il ne respectait pas lui-même sa propre décision ? Incapable de résister à la tentation, elle se blottit contre lui et accepta son baiser.

Cette fois, elle savait à quoi s'attendre et comment réagir. Elle s'abandonna volontiers, le laissant approfondir son baiser. Adam resserra son étreinte, comme s'il voulait se fondre en elle.

Ce baiser fut encore plus doux, plus tendre, plus excitant, mais aussi plus exigeant et plus ardent que les précédents. Adam se fit hardi, pressant, comme s'il espérait la même fougue de la part de la jeune fille. Et elle lui offrit ce qu'il demandait. Leurs langues se mêlèrent avec délices, explorèrent tour à tour la bouche de l'autre.

De crainte que ses jambes ne se dérobent sous elle, Giana s'agrippa à la chemise d'Adam. Jamais elle n'aurait cru qu'un homme puisse ainsi s'emparer de son âme et de son cœur. Et pourtant... Par la grâce d'un baiser, elle était devenue une princesse de conte de fées qu'un prince charmant vient tirer d'un long sommeil. Adam McKendrick l'embrassait comme si elle était la plus désirable des femmes. Il réveillait en elle des rêves et des désirs oubliés depuis la mort tragique de ses parents.

Il la titilla, la cajola. Son étreinte était pleine de promesses. Il la serrait contre lui comme si elle devait rester à jamais dans ses bras. Et elle songea que c'était là son souhait le plus cher.

Soudain, elle prit conscience des sacrifices liés à son rang. En tant que princesse héritière de Saxe-Wallerstein-Karolya, elle ne pouvait se marier par amour si la raison d'État exigeait qu'elle contracte une union pour des raisons politiques ou économiques. Certes, elle pouvait épouser un homme de rang inférieur, mais celui-ci devait absolument posséder un titre de noblesse. En outre, elle devait obtenir le consentement de son plus proche parent de sexe masculin. Et Victor ne la laisserait jamais épouser un autre que lui-même. Il préférerait la voir morte. Puisqu'il avait déjà fait assassiner ses parents, il n'y avait aucune raison pour qu'il l'épargne, elle, ou l'élu de son cœur. Surtout s'il s'agissait d'un Américain tel qu'Adam McKendrick.

S'il lui était impossible de l'épouser, elle pouvait l'aimer le temps de son séjour à Larchmont Lodge. Elle pouvait même l'aimer sa vie durant... Giana lâcha sa chemise, qu'elle tenait toujours serrée dans son poing, et posa la main à plat sur son torse, à l'endroit du cœur.

Aussitôt, Adam abandonna ses lèvres et recula d'un pas. Dès qu'il plongea les yeux dans ceux de la jeune fille, il retrouva ses esprits. Seigneur! Il avait recommencé! Il avait embrassé une femme de chambre, une grande blonde aux yeux bleus qui travaillait pour lui. À quoi pensait-il donc? N'avait-il plus aucun sens de l'honneur? Où étaient passés sa moralité? son instinct de survie?

— Je croyais vous avoir demandé de vous tenir à distance, fit-il d'une voix rauque.

— En effet, murmura Giana.

— Alors que faites-vous ici?

Elle se refusait à mentir, aussi dit-elle la vérité, dans la mesure du possible.

— Je suis venue chercher un peu de lecture.

Adam la fixa comme si elle était devenue folle.

— De la lecture?

— C'est en général ce qu'on fait avec un livre.

— Je sais, répliqua-t-il en fronçant les sourcils.

— Alors vous savez aussi que c'est dans les bibliothèques que l'on trouve en général de la lecture. Et nous sommes dans la bibliothèque.

— Exact, reconnut Adam en levant les yeux au ciel, agacé par son impertinence.

— Vous êtes surpris? fit-elle en riant. Je l'admets, je ne suis pas comme les autres femmes de chambre. Mes parents, tout comme la comtesse de Brocavia, accordent une grande importance à l'instruction.

— Je ne suis pas surpris, simplement stupide. J'ignorais qu'une femme de chambre pouvait aimer la lecture.

Il pivota et scruta les rayonnages, remarquant au passage que l'ordre alphabétique n'était pas toujours respecté.

— Qu'est-ce qui vous ferait plaisir? Milton? Shakespeare? Sir Walter Scott?

— Des journaux, répondit-elle en fixant la pile posée sur le bureau.
— Des journaux ?
— Je suis peut-être femme de chambre, mais j'aime me tenir informée de l'actualité. C'est pourquoi j'aimerais emprunter vos journaux. Si vous avez terminé de les lire, bien sûr.

Elle retint son souffle.
— Je n'ai pas encore commencé.
— Ah bon...
— Qu'importe. Je n'aurai sans doute pas l'occasion de le faire avant mon départ pour...
— Votre départ ? l'interrompit-elle. Vous quittez Larchmont Lodge ?
— Je pars pour Londres demain matin, confirma-t-il. Alors ne vous gênez pas.

Il alla droit au bureau, ramassa la pile de journaux et la lui tendit. Incapable de se retenir, il glissa ensuite un doigt sous le menton de Giana et le lui souleva légèrement.

— N'ayez pas l'air si affligé, Georges. J'ai reçu une lettre de ma sœur qui vit à Londres...
— Votre sœur ? répéta-t-elle.
— Eh oui, j'ai une sœur, s'esclaffa-t-il. En fait, j'en ai même quatre. Et une mère.

Il lui tapota gentiment le bout du nez.

— J'ai une mère et trois sœurs en Amérique, et une autre à Londres. Vous pensiez donc que j'étais né dans un chou ?
— Et votre père ?
— Je suppose qu'il est à Londres, lui aussi, répondit-il en haussant les épaules.
— Avec votre sœur ?
— Non. Avec sa femme et ses enfants.

Perplexe, Giana plissa le front. Adam l'effleura d'une caresse.

— Je ne l'ai jamais connu, avoua-t-il. Il a rencontré ma mère en Amérique, l'a épousée alors qu'elle était veuve et mère de quatre filles, mais il est rentré en Angleterre avant ma naissance. En apprenant mon existence, il a voulu que nous le rejoignions, mais ma mère a refusé de renoncer à sa ferme et à son indépendance. Quelques années plus tard, il a obtenu l'annulation du mariage afin de se remarier.

— Vous ne l'avez jamais vu ?
— Non.
— Et il ne vous connaît pas non plus ? Vous, son fils, son héritier ?
— Pas que je sache.
— Que c'est triste ! s'écria Giana. Pour lui comme pour vous. Je n'imagine pas ne pas avoir connu mon père. C'était... c'est un homme de grande valeur.
— Que mon sort ne vous attriste pas, Georges, lui dit-il avec un sourire. J'ai vécu très heureux entouré de ma mère et de mes sœurs. Et c'est justement chez l'une d'entre elles que je me rends.

Il s'inclina, l'embrassa tendrement sur le front, respirant son parfum au passage.

— Je ne serai pas longtemps absent, murmura-t-il.

Sur ces mots, il la fit pivoter, et la poussa doucement vers la porte.

— Georges... fit-il alors qu'elle s'apprêtait à sortir.
— Oui ?
— Veillez à ce que le monstre ne dorme pas sur mon lit. Ce matin, il a dévoré l'une de mes pantoufles.

19

Le Baron Vengeur sait ce qu'il veut. Il est aussi à l'aise à pousser un wagonnet au fond d'une mine que dans un élégant salon, entouré de gens fortunés.

Premier volume des aventures du Baron Vengeur, défenseur des beautés blondes en détresse, par John J. Bookman, 1874.

Le trajet en train de Glasgow jusqu'à la capitale dura près de dix heures. Les deux hommes avaient déjà mis presque quatre heures rien que pour gagner Édimbourg. Ils avaient ensuite voyagé dans un wagon de première classe relativement confortable. Par chance, le train était doté d'une locomotive à vapeur flambant neuve.

À Londres, Adam et Murphy prirent un fiacre jusqu'à l'hôtel particulier de Lord Marshfield, situé dans le quartier huppé de Mayfair. Kirstin avait imploré son frère de venir le plus vite possible, mais cette visite surprise n'avait manifestement pas bouleversé son calendrier mondain. L'arrivée des deux hommes coïncidait en effet avec une soirée musicale à laquelle était convié le gratin de la société londonienne. Ils eurent juste le temps de se préparer pour la réception.

— Ah, le voici ! s'exclama Kirstin quand son frère pénétra dans le salon. Chers amis, je vous présente mon frère cadet, le célèbre Baron Vengeur d'Amérique !

Ravie de son effet, elle lui adressa un sourire radieux. Les invités groupés autour d'elle applaudirent poliment.

— Seigneur ! marmonna Adam. Voilà que cette frénésie a atteint Londres.

Amusé par l'espièglerie de la marquise, Murphy s'esclaffa.

Adam salua Kirstin d'un baiser sur la joue.

— Je vois que tu m'as de nouveau joué un de tes sales tours, déclara-t-il en contemplant son visage poudré avec soin. Sa Seigneurie aurait-elle encore fait des siennes ?

Kirstin jeta un coup d'œil en direction de son mari, qui s'était éloigné à l'entrée d'Adam.

— Depuis mon retour d'Amérique, il me traite comme une reine. Surtout depuis la publication des aventures du Baron Vengeur. Tu es en passe de devenir la coqueluche des salons londoniens. Tu es presque aussi célèbre que les héros de Sir Walter Scott. Quand mes amies ont commencé à me parler des aventures du Baron Vengeur, défenseur des blondes en détresse, je n'en ai pas cru mes oreilles ! En fait, j'ai organisé cette petite soirée parce que j'étais la seule à pouvoir t'avoir en exclusivité. Merci, Adam ! Grâce à toi, ma réception va être un véritable succès !

Rayonnante, Kirstin se tourna vers O'Brien.

— À l'exception de la famille royale, je suis désormais l'hôtesse la plus en vue de la capitale !

La jeune femme semblait étinceler presque autant que ses diamants.

— Tu devrais être fier de moi, reprit-elle à l'intention de son frère. J'ai trouvé un moyen de m'élever encore davantage dans la société.

O'Brien tressaillit, se préparant à une explosion de rage de la part de son ami.

— Fier de toi ? répéta Adam.

Bien qu'il se forçât à afficher un sourire poli, il fulminait visiblement.

Il prit deux coupes de champagne sur un plateau et en tendit une à sa sœur. Il garda l'autre pour lui, laissant à O'Brien le soin de se servir lui-même.

— Tu veux que je sois fier de toi pour m'avoir fait venir à Londres sous de faux prétextes ? Je me suis fait un sang d'encre, alors que tu ne cherchais qu'à briller en société !

Kirstin parvint à faire monter des larmes dans ses yeux et battit des paupières.

— Si j'ai fait tant d'efforts pour devenir l'hôtesse la plus en vue du moment, ce n'est pas seulement pour moi, mais aussi pour Marshfield et pour toi.

Adam but une longue gorgée de champagne.

— Puis-je savoir comment tu en es arrivée à cette conclusion ?

— Marshfield voudrait évoluer dans des sphères plus élevées de la société. Plusieurs membres de son club lui ont demandé de se joindre à eux pour monter une société d'exploitation de forêts et de mines de fer à l'étranger. Je suis sa femme. Je me dois de l'aider par tous les moyens qui sont à ma disposition.

— Vraiment ? Et qu'est-ce qu'il te donne, en échange ? murmura Adam. Sa promesse qu'il ne te battra plus ?

— Il ne m'a battue qu'une seule fois.

— Il ne t'a pas seulement battue, Kirstin. Il a carrément failli te tuer.

— Certes, mais il était un peu énervé.

— Et alors ? fit Adam. Moi aussi, il m'arrive de m'énerver. Murphy également. Nous ne frappons pas les femmes pour autant.

— Vous n'êtes pas mariés.

— Tu ne devrais pas l'être, toi non plus, si tu considères que le mariage autorise un mari à battre sa femme.

— C'est pourtant la vérité, Adam. Que tu le veuilles ou non, je lui appartiens.

— Tu n'appartiens qu'à toi-même ! Quant à lui, sa place est en enfer, et c'est là qu'il se retrouvera s'il lève une fois encore la main sur toi.

— Il n'en fera rien, assura Kirstin. Il a changé, tu sais. Il m'a promis de ne plus jamais me frapper.

Elle lui disait ce qu'il avait envie d'entendre mais ne parvenait pas à le regarder dans les yeux.

— Depuis que le prince s'intéresse à moi, il se montre même très gentil, ajouta-t-elle.

— Quel prince ?

— Le prince Victor de Karolya, répondit Kirstin. Marshfield et lui sont en affaires, figure-toi.

— Seigneur ! Tu es une femme mariée. Ne te lance pas dans une aventure avec un prince, prévint son frère. Ce type est certainement encore pire qu'un Lord anglais. Et ne crois pas qu'il t'accordera la moindre considération.

Kirstin haussa les épaules.

— Le prince Victor est quelqu'un de charmant, un vrai gentilhomme.

Elle redressa le menton, sourit, et changea de sujet.

— Mes amies sont folles de joie à l'idée de te rencontrer. Est-il vrai que tu envisages de faire visiter un pavillon de chasse écossais durant la semaine de festivités de Cowes ?

— D'où tiens-tu cela ? s'enquit Adam.

Elle ignora sa question et revint à la charge :

— C'est vrai ? Si oui, j'ai hâte de le voir.

— Pas question ! C'est un club réservé aux messieurs.

— Adam ! s'exclama-t-elle, si exaspérée qu'elle faillit trépigner.

— D'accord. Je ferai une exception pour toi parce que tu es ma sœur. Mais je te préviens : j'espère que Marshfield a vraiment changé, même si j'en doute. S'il ne te frappe plus, c'est parce qu'il a plus de raisons de me craindre que de porter la main sur toi. Mais ne te fais pas d'illusions. Si un jour il n'a plus peur de moi, tu redeviendras sa cible.

Kirstin le foudroya du regard.

— Malgré ce que tu penses de moi, petit frère, je ne suis pas une imbécile. Tu as besoin de te mettre ces gens dans la poche, même si tu ne t'en rends pas compte.

Adam balaya le salon du regard.

— J'ai besoin de ces gens ? répéta-t-il, perplexe. Contrairement à Lord Marshfield, je ne serai jamais obligé de me marier pour conserver le style de vie auquel je suis habitué.

— Peut-être, répliqua Kirstin, mais tu es en train de rénover un pavillon de chasse en Écosse. Si tu tiens à le remplir, tu vas devoir te faire des relations. Et dès ce soir. Tes futurs clients sont présents.

— Un point pour elle, mon vieux, commenta O'Brien.

— Ne t'en mêle pas, gronda Adam.

— Encore une chose, reprit-elle en souriant à Lady Carstairs. Tu n'as pas à me rappeler sans cesse que mon mari m'a épousée pour mon argent. J'ignorais peut-être à quel genre d'homme j'avais affaire en me mariant, mais je le sais, maintenant.

Adam glissa un doigt sous le menton de sa sœur et l'obligea à le regarder dans les yeux.

— Tu l'aimes ? demanda-t-il gravement.

— Je l'ai aimé, avoua-t-elle. Mais je ne l'aime plus.

— Alors pourquoi restes-tu avec lui ?

— Parce qu'il est mon mari et que j'ai promis devant Dieu de rester à ses côtés pour le meilleur et pour le pire, jusqu'à ce que la mort nous sépare.

Adam sourit de tant de candeur.

— Dieu ne voudrait certainement pas que tu mettes ta vie en péril uniquement pour tenir une promesse envers un homme qui s'était engagé à t'aimer et à te chérir.

Kirstin parut étonnée. Cette idée ne l'avait jamais effleurée.

— Tu crois?

— J'en suis persuadé, affirma Adam.

— Si ce n'était le mauvais caractère de Marshfield, j'aime la vie que je mène ici, déclara sa sœur. J'ai toujours rêvé de vivre dans le luxe. Je ne me laisserai plus jamais frapper. Toutefois, j'entends remplir mes obligations en tant que Lady Marshfield. Y compris en invitant le célèbre Baron Vengeur à une soirée.

— D'accord, fit Adam, je jouerai le jeu pour ce soir. Mais méfie-toi: chasse le naturel et il revient au galop. Ne fais pas comme l'enfant qui criait au loup.

Sa sœur écarquilla les yeux.

— Il a crié au loup tant de fois pour attirer l'attention que le jour où le loup s'est vraiment montré, les villageois ne l'ont pas cru.

— Je n'ai pas d'inquiétudes à avoir, riposta-t-elle d'un ton hautain. Le Baron Vengeur vient toujours en aide aux blondes en détresse.

— Où as-tu entendu de telles sottises?

— Je l'ai lu dans le premier volume des aventures du Baron Vengeur, voyons, répondit-elle d'un ton narquois.

— Ne crois pas tout ce que tu lis. Même le Baron Vengeur se lasse d'être exploité.

— Je suis ta sœur, lui rappela Kirstin. Et tu m'aimes.

— Tu es ma sœur, en effet, mais j'en ai trois autres qui te ressemblent. Celle qui me pose le plus de problèmes ne me manquerait guère.

Adam tint parole. Durant le reste de la soirée, il joua à la perfection son rôle d'invité d'honneur. Il écouta Mlle Johnston chanter des airs d'opéra et escorta Mlle Caldwell à la table du souper. Ensuite, Murphy et lui tombèrent la veste, et rejoignirent Marshfield et ses amis dans le fumoir, où les conversations tournèrent autour de la politique, des affaires, de la chasse au renard sans oublier les derniers ragots.

À son grand dam, Kirstin avait raison. Il avait besoin de ces gens pour faire de Larchmont Lodge un succès. Ces hommes incarnaient le pouvoir. Ils dirigeaient le gouvernement, tenaient les rênes de l'industrie. Adam espérait que, en quelques mois, ils transformeraient Larchmont Lodge en une étape incontournable de la saison.

— McKendrick !

Lord Bascombe vint s'asseoir près d'Adam.

— Bascombe.

— Quel plaisir de vous revoir, fit ce dernier. J'ai entendu dire que vous vous étiez installé dans le pavillon.

— En effet.

Bascombe réprima un frisson.

— Je suppose que vous avez reçu mon petit mot et les clés, et que vous avez tout trouvé en ordre ?

— Les clés sont parvenues avec la lettre. Tout était exactement tel que vous me l'aviez décrit. À part le personnel... qui m'a un peu étonné, avoua Adam avec un sourire. J'avais télégraphié à Ross pour lui demander d'engager des domestiques.

— Il l'a fait ?

— Il a embauché sa sœur, Isobel, en tant que gouvernante, et son mari Albert comme majordome.

— Ainsi, Isobel est rentrée de Karolya, commenta Bascombe. Je suis ravi de l'apprendre. Elle a toujours adoré le pavillon. Elle s'en occupera à merveille.

— C'est déjà le cas. Dites-moi, depuis combien de temps cette propriété appartient-elle à votre famille ?

— Depuis le règne de la reine Anne. Mais ce n'était pas un pavillon de chasse, à l'époque. C'était le fief du clan Moray. Le comte de Moray était mon grand-père.

— Votre mère était écossaise ?

— Oui. Elle était originaire des Highlands.

— Et elle a épousé un Anglais ?

— Non. Elle a épousé un Écossais d'Édimbourg dont les terres familiales bordaient notre propriété. Et vous ? McKendrick est un nom écossais, il me semble.

— Peut-être, mais mon père était anglais.

— Et votre mère ?

— Elle est née en Suède. Jeune mariée, elle a immigré en Amérique, dans le Kansas pour être précis. Trois ans plus tard, elle s'est retrouvée veuve avec quatre filles en bas âge.

— Quatre ?

— Oui, fit Adam en riant. J'ai quatre sœurs. Ma mère est une femme extraordinaire. Elle a mis au monde deux fois des jumelles.

— Ainsi, la délicieuse Lady Marshfield a une sœur jumelle ?

— En effet. Astrid et Erika sont les aînées, viennent ensuite Greta et Kirstin. La jumelle de Lady Marshfield vit dans le Kansas, dans une ferme, à deux pas de chez ma mère.

Lord Bascombe se livra à un rapide calcul.

— Votre père est sans doute mort avant votre naissance ?

— Non. Le père de mes sœurs a péri lors d'un accident. Mon père a rencontré ma mère durant un voyage en Amérique.

— Et il s'est installé avec elle là-bas ?

Adam secoua la tête.

— Il est retourné en Angleterre avant ma venue au monde. Il a annulé son mariage avec ma mère un peu plus tard, pour épouser une autre femme.

Bascombe se racla la gorge.

— Je suis désolé.

Adam fronça les sourcils. En deux jours, Bascombe était la deuxième personne à lui exprimer sa compassion parce qu'il avait grandi sans père.

— Ne le soyez pas. Comme vous pouvez le constater, je m'en suis plutôt bien sorti.

— Vous faites honneur au nom de votre père.

Adam croisa son regard.

— Je n'ai pas travaillé dur pour en arriver là où j'en suis dans le dessein de faire honneur à mon père. En ce qui me concerne, je le considère comme un moins que rien. Je me moque de son nom. Je ne veux faire honneur qu'à moi-même.

Lord Bascombe parut un instant déconcerté, puis il hocha la tête en signe d'acquiescement.

— Vous avez raison, déclara-t-il en coupant l'extrémité d'un cigare avant de l'allumer. Votre sœur m'a appris que vous aviez fait de nombreux travaux à Larchmont Lodge.

Adam fut ravi de changer de sujet.

— Rien de très important. La structure était saine. Il y avait une fuite dans la toiture, au-dessus de chez les domestiques. Nous avons aussi réaménagé le quartier des femmes, et installé l'eau courante et des cabinets de toilette dans toute la maison.

Bascombe émit un sifflement d'admiration.

— C'est un progrès. Dites-moi, Adam – vous permettez que je vous appelle Adam ?

Ce dernier opina du chef.

— Avez-vous l'intention de vous installer définitivement en Écosse ou comptez-vous retourner en Amérique ?

— J'imagine que je finirai par retourner dans le Nevada pour me rapprocher de ma mère. Elle n'a plus vingt ans, et même si elle est très entourée, je n'aime pas l'idée qu'un océan nous sépare.

— Elle pourrait quitter son Kansas pour vous rejoindre en Écosse, suggéra Bascombe.

— J'en doute, répondit Adam en riant. Malgré son âge, elle est plus indépendante que jamais. Elle n'abandonnera jamais sa maison. C'est la seule chose qui lui ait jamais appartenu en propre, et jamais je ne la forcerai à la quitter. S'il le faut, je retournerai là-bas pour m'occuper d'elle.

— Votre mère vous a bien éduqué. Vous êtes un fils dont les parents peuvent être fiers.

Il termina son cigare, puis se leva et tendit la main à Adam.

— Je suis enchanté d'avoir eu l'occasion de bavarder avec vous, monsieur McKendrick. Et que ce soit vous qui ayez gagné Larchmont Lodge.

— Moi de même, Lord Bascombe, assura Adam en lui serrant la main.

Enfin un Lord anglais qu'il trouvait sympathique, songea-t-il. Cela faisait peu, mais c'était un début. Si les amis de Bascombe lui ressemblaient, l'ouverture du pavillon promettait d'être un succès.

— Dites-moi, reprit-il, vous ne regrettez pas d'avoir perdu une demeure qui appartenait à votre famille depuis des générations ?

— Pas du tout ! répondit Bascombe en riant. Jamais je ne l'aurais mise en jeu si je n'avais été disposé à m'en séparer. Autrefois, nous y passions la saison de chasse et Noël. Mais je préférais notre maison de Londres. J'ai toujours détesté séjourner en Écosse. Pour moi, Larchmont Lodge était un lieu sombre, froid et terriblement ennuyeux.

— J'espère pouvoir y remédier, fit Adam. Que pensez-vous du golf?

— Je vis peut-être en Angleterre, mais je n'en suis pas moins écossais. Cela fait des années que je n'ai pas pratiqué le golf, mais, sans me vanter, je ne me défendais pas mal.

— Je suis en train de faire aménager un parcours sur les terres du domaine. J'aimerais beaucoup que vous veniez l'essayer, un jour.

Lord Bascombe lui donna une tape amicale dans le dos.

— Ce serait avec plaisir, Adam!

20

Le Baron Vengeur garde le contrôle de lui-même en toutes circonstances et ne trahit jamais ni colère, ni déception, ni embarras.

Deuxième volume des aventures du Baron Vengeur, défenseur des beautés blondes en détresse, par John J. Bookman, 1874.

— Je croyais que Lord Bascombe avait la réputation de ne pas être très bavard, observa O'Brien tandis qu'il prenait le petit-déjeuner avec Adam, le lendemain matin.

— C'est ce qu'on raconte, en effet, répondit Adam en étalant de la marmelade sur son pain grillé. Pourquoi ?

— Vous avez passé pas mal de temps à discuter dans un coin du fumoir, hier.

O'Brien s'attaqua à ses œufs brouillés au bacon.

— Tu es jaloux ? demanda Adam en levant les yeux.

— Et comment ! J'ai dû écouter Marshfield qui cherchait à impressionner les amis de Lord Carstairs et cet imbécile de vicomte Shepherdston pendant que Bascombe et toi sembliez vous entendre comme larrons en foire. Qu'est-ce qu'il te racontait donc ? Il cherchait à te racheter Larchmont Lodge ?

Adam secoua la tête.

— Pas du tout. Il avait simplement entendu dire que je faisais des travaux et voulait en savoir plus.

— Et tu lui as fourni un rapport détaillé.

— Disons que j'ai résumé. Nous avons parlé d'un tas de choses et...

— Et ?

Adam se mit à rire.

— Tout ce que j'ai appris sur Bascombe m'incite à penser qu'il est assez intelligent pour conserver ses propriétés quand il le souhaite.

— Oui, cela me laisse perplexe moi aussi.

— Aussi étrange que cela puisse paraître, je l'aime bien. Il te plaira, j'en suis sûr.

— Quand aurai-je l'occasion de faire sa connaissance ? demanda O'Brien.

— Plus vite que tu ne le penses. Je l'ai invité à essayer le parcours de golf dès qu'il sera terminé.

— Bon sang, Adam ! Comme si cela ne suffisait pas que tous ces domestiques étrangers nous regardent de haut parce que je suis irlandais et toi américain, voilà que tu invites des Anglais. Il n'y a pas plus arrogant au monde !

— Je n'ai pas du tout trouvé Lord Bascombe arrogant, objecta Adam en haussant les épaules.

— Eh bien, tant mieux pour toi. Mais je préfère en juger par moi-même, si cela ne te dérange pas. N'as-tu pas dit à ta sœur, pas plus tard qu'hier soir, que le naturel revenait toujours au galop ?

— Je plaide coupable, concéda Adam. Tu trouves que j'ai été trop dur avec elle ?

— Non, reconnut O'Brien. Tu as été un peu direct, peut-être, mais Kirstin est une femme de caractère. Elle a eu tort de te mentir pour t'attirer à sa soirée.

— Et de se servir de moi pour briller auprès de ses amis, ajouta Adam, qui ne décolérait pas.

Toutefois, la colère ne justifiait pas la cruauté. Et il craignait de s'être montré cruel envers sa sœur qui, si elle était égoïste, n'était pas méchante.

— J'aurais dû faire preuve de plus de compréhension, reprit-il. Ne pas m'emporter ainsi. Je connais Kirstin...

Il se servit une tasse de café.

— Nous connaissons tous deux Kirs... Lady Marshfield, intervint Murphy. Elle viendrait à bout de la patience d'un saint.

— Certes, mais j'ai grandi avec elle. Je n'ignore rien de ses points forts et de ses faiblesses. Elle est attirée par la haute société comme la phalène par la lumière. C'est ainsi, et cela ne me donne pas le droit de me montrer indélicat en lui rappelant que son mari l'a d'abord épousée pour son argent.

— Ce n'était peut-être pas une mauvaise chose, déclara Murphy. Marshfield est une brute sous son vernis de raffinement. Préfères-tu attendre ta sœur pour lui présenter tes excuses ou reprenons-nous le train dès ce matin ?

— Nous rentrons en Écosse, décréta Adam en se levant.

— Bien, fit O'Brien avec un soupir exagéré. L'ami va donc céder la place au valet.

— Je suis désolé d'interrompre tes vacances. Tu peux rester à Londres, si tu le souhaites. Pour ma part, je ne supporterai pas plus longtemps l'hospitalité de ma sœur. Elle a déjà invité une demi-douzaine de ses amies à prendre le thé cet après-midi avec le célèbre Baron Vengeur.

— Je t'accompagne, déclara O'Brien en se levant à son tour. Seigneur, soit Lady Marshfield est la femme la plus courageuse du monde, soit c'est la plus inconsciente !

— Pour l'instant, elle me semble plutôt inconsciente. Je ne suis pas d'humeur très indulgente, ce matin.

— Alors, mieux vaut partir avant qu'elle ne fasse son apparition, conclut Murphy.

— Je ne te le fais pas dire.

Il parcourut distraitement la première page du *Times*, puis il plia le journal qu'il fourra dans la poche de son manteau. Rien ne pressait. Il aurait tout le temps de prendre connaissance des dernières nouvelles dans le train.

Le trajet de retour fut aussi long et ennuyeux que l'aller. Adam aurait aimé rattraper quelques heures de sommeil, mais le compartiment était plein. Il était hors de question de s'assoupir en présence d'inconnus.

À la gare de Kinlochen, une voiture les attendait pour les conduire à Larchmont Lodge. Le bruit et la fumée de la locomotive avaient donné un épouvantable mal de tête à Adam, et après toutes ces heures passées sur un siège trop dur, il se sentait fourbu.

Il se sentait d'humeur massacrante tandis qu'il regardait le paysage défiler par la fenêtre. Au village, chacun s'affairait. Les chaumières venaient d'être fraîchement blanchies à la chaux. Des ouvriers étaient en train de dresser une palissade délimitant le parcours de golf. D'autres peignaient des enseignes destinées à la taverne locale, les boutiques, les artisans.

Le village était métamorphosé. Avec l'ouverture prochaine du golf, il y avait du travail pour tout le monde. Les affaires prospéraient. Le vieux McElreath vendait désormais des clubs de golf, des articles de chasse et de pêche. Sur des panneaux d'affichage, à la gare, les jeunes garçons de la région proposaient leurs services en tant que caddies.

Adam flanqua un coup de coude à O'Brien.

— Réveille-toi et regarde ça.

— C'est le village, marmonna son ami en se redressant.

— Ces hommes en train de repeindre les portes d'entrée des cottages me semblent familiers. Ne travaillent-ils pas chez nous ?

— Ce sont tous tes employés, confirma O'Brien. Tu ne le savais pas ? Des équipes viennent chaque jour travailler au village.

— Qui leur en a donné l'ordre ?

— Je pensais que c'était toi, répondit O'Brien, interloqué. Gordon Ross forme ses équipes chaque matin. Je croyais que tu étais au courant. C'est fou ce que le village a changé depuis ton arrivée.

— Le pavillon n'est pas encore ouvert, lui rappela Adam. Qui finance ces travaux ?

— Ce sont eux, expliqua O'Brien en désignant les villageois. Maintenant qu'ils ont du travail, ils ont de l'argent à dépenser. Ils ont compris qu'il y avait des affaires à faire grâce au pavillon de chasse. Mais qui voudrait passer des vacances dans un village misérable qui n'a rien à offrir ? Comme toi, ils ont fait le pari que ton établissement remporterait un vif succès.

— Si jamais il ouvre, grommela Adam. Pas étonnant que les travaux aient pris du retard si nos employés sont occupés sur d'autres chantiers.

— C'est vrai, reconnut Murphy. Mais cela en valait la peine. Du reste, tout t'appartient. Le village comme le pavillon.

Adam savait que son ami avait raison, mais il n'avait pas envie de l'entendre chanter les louanges des villageois ou admettre qu'il n'avait pas pris en compte le potentiel commercial du village voisin. Pour l'heure, il n'avait qu'un désir : retrouver sa chambre et dormir.

Hélas ! à peine eut-il franchi le seuil de sa maison qu'il eut l'impression de pénétrer dans un monde en folie.

En vingt-quatre heures, la maison avait subi une métamorphose équivalant à celle du village. Les ouvriers étaient impeccablement vêtus, leurs bottes de cuir étincelaient. En croisant une femme de chambre, ils soulevaient leur chapeau. Les couloirs résonnaient de remerciements, d'excuses, de formules de politesse. Ces hommes un peu rustres s'étaient transformés en enfants de chœur.

Ce n'était pas tout. Albert vint les accueillir en leur expliquant que les plâtriers travaillaient sur les plafonds des salons et que le thé était donc servi dans la bibliothèque. Du thé ? Pour qui ? se demanda Adam. À sa connaissance, la maison n'était pas encore ouverte au public. Il interrogea O'Brien du regard, mais ce dernier semblait aussi stupéfait que lui.

— Qui prend le thé à la bibliothèque ? s'enquit Adam.

— Les femmes, répondit Albert.

— Quelles femmes ? insista Adam.

— Toutes, dit Albert en tournant les talons. Veuillez me suivre, monsieur.

Il ne comptait se rendre à la bibliothèque qu'après avoir dormi, mais la curiosité l'emporta sur la fatigue. Il voulait en avoir le cœur net. Il ne fut pas déçu. La scène à laquelle il avait échappé à Londres battait son plein sous son toit : toutes les domestiques de la maison et toutes les femmes du village semblaient s'être donné rendez-vous. Il ne s'agissait pas d'une simple tasse de thé. Son sanctuaire avait été transformé en salon. Brenna était en train de coiffer une femme assise sur le canapé tandis qu'Isobel, Georges et huit autres femmes cousaient en papotant.

Les reliefs d'une collation jonchaient l'imposant bureau, couvert pour l'occasion d'une nappe blanche. Le cristal et la porcelaine se mêlaient aux fleurs coupées.

Adam ôta son chapeau et se frotta les yeux.

— Dis-moi que je rêve, lança-t-il à O'Brien, qui l'avait suivi.

Après ce voyage éprouvant, il était trop épuisé pour porter le moindre jugement.

— Je n'en suis pas certain, répondit Murphy.

— D'après toi, à qui cela ressemble-t-il ?

— Au fantasme de tout homme. Ou à son pire cauchemar, déclara O'Brien. C'est un thé entre femmes.

— Je le vois bien, grommela Adam. Mais pourquoi a-t-il lieu ici ?

— Bonsoir, monsieur! lança Isobel en apercevant les deux hommes sur le seuil. Vous venez d'arriver de la gare ?

— Oui, répondit Adam.

— Avez-vous pris votre thé ?

— Non.

— Désirez-vous vous joindre à nous ? Il reste quantité de bonnes choses.

Adam jeta un regard au bureau. Il était en effet garni de petits sandwiches, de pâtisseries diverses, de tartelettes plus alléchantes les unes que les autres.

— Non merci.

Son ventre se mit à gargouiller, trahissant sa faim.

— Je vais tout de même vous préparer une assiette, déclara Isobel en se levant.

— Je monte dans ma chambre, rétorqua-t-il en secouant la tête. Je vais dormir un peu jusqu'au souper. Mais avant cela, j'aimerais connaître la raison de cette réunion et savoir pourquoi vous avez décidé d'envahir... enfin, d'occuper la bibliothèque.

— Les ouvriers sont en train de terminer le plafond des pièces de réception, répondit la gouvernante.
— Et l'office ? N'est-ce pas à l'office que les domestiques se réunissent, en général ?
— Si, monsieur, mais les ouvriers sont en train d'y poser du papier peint.
— Qui leur en a donné l'ordre ?
— Vous, monsieur.
— Moi ? fit Adam, sincèrement étonné.
— Oui, confirma Isobel avec un sourire. Vous m'avez ordonné de faire le nécessaire pour aménager l'office. J'ai choisi du papier peint.
— Je vous en ai parlé il y a des semaines.
— C'est vrai. Et je me suis enfin décidée pour du papier peint.
— Quand ? Hier ?

Adam luttait pour ne pas céder à la colère.

— Cela m'a paru la solution la plus raisonnable. Après tout, ce n'était pas ce qui allait empêcher les plâtriers de travailler.

Adam ne comprenait rien à sa logique. Que venaient faire les plâtriers dans cette histoire de papier peint ? Il revint à l'assaut.

— En quel honneur avez-vous organisé cette petite réunion ?

Balayant la pièce du regard, il découvrit deux nouveaux visages.

— Il n'y a aucune raison particulière, répondit Isobel.
— Je ne comprends pas, fit-il en cherchant un peu de soutien auprès d'O'Brien.

Mais celui-ci se contenta de hausser les épaules, comme s'il était dépassé par les événements.

— Nous prenons le thé chaque jour, monsieur.

Adam parut déconcerté par cette réponse, et O'Brien eut toutes les peines du monde à ne pas pouffer de rire, ce qui lui valut un coup de coude dans les côtes.

— Certes. C'est juste que je ne m'étais pas rendu compte que c'était le cas pour tout le monde.

Il désigna les deux inconnues.

— Je ne me rappelle pas avoir rencontré ces deux dames, reprit-il.

— Vous êtes physionomiste, monsieur, commenta Isobel, impressionnée. Il s'agit de Martha, à gauche et de Sally, à droite.

Les deux intéressées se levèrent et firent une révérence.

— Et qui sont-elles ?

— Je les ai engagées pour aider Giana.

Adam posa immédiatement les yeux sur Georges, qui lui accorda un regard furtif avant de se concentrer à nouveau sur sa broderie.

— Je vois.

— Il y a beaucoup de travail, lui rappela Isobel. Giana n'y arrivait pas toute seule et... j'ai pensé qu'il serait peut-être préférable que quelqu'un d'autre époussette les bibelots fragiles et s'occupe de la vaisselle.

— Ce qui laisse à Georges les tâches les plus pénibles...

Adam refusait de l'admettre, mais cette perspective le mettait en colère. Il ne supportait pas de voir la jeune fille s'affairer à nettoyer sa maison, astiquer le sol et racler les cheminées.

— Je vous assure que Giana s'en sort très bien, fit Isobel avec empressement. Elle est tout à fait capable.

— Et Brenna ? fit Adam.

— Tu refuses de lâcher le morceau, hein ? souffla O'Brien.

Isobel parut étonnée.

— Brenna est une femme de chambre.

— Qui coiffe et habille ses collègues domestiques ?
— Elle doit s'exercer pour ne pas perdre la main, expliqua la gouvernante.

Adam scruta l'intéressée. Il ne comprenait pas pourquoi il lui préférait Georges. Au moins, avec Brenna, il n'aurait aucun problème. Les jours se suivraient, tous semblables. Tous terriblement ennuyeux. Il soupira. Brenna était la partenaire tout indiquée s'il voulait une vie paisible. Elle était timide, réservée. Jamais elle ne mettrait son autorité en question.

Elle réunissait ce qu'il avait toujours considéré comme les qualités de l'épouse idéale, et cependant, elle ne l'attirait pas le moins du monde. Elle était plutôt jolie, quoique un peu terne, quand Georges était lumineuse, en dépit de ses robes noires. Que se passait-il avec Georges ? Pourquoi l'attirait-elle autant ? Elle était censée représenter tout ce qu'il fuyait chez une femme. Pourtant, il ne pouvait s'empêcher de l'admirer. Seigneur, il était épuisé ! Trop épuisé pour réfléchir. Il se passa une main fébrile dans les cheveux.

— Il ne faudrait pas que Brenna perde son savoir-faire, murmura-t-il. Même s'il n'y a pas de maîtresse de maison.

Il ne s'était pas rendu compte qu'il avait parlé assez fort pour que la gouvernante l'entende.

— Il y en aura une, un jour, déclara-t-elle. Et je suis sûre qu'elle sera enchantée des services de Brenna.

— Bien sûr, marmonna Adam. Comment Brenna pourrait-elle déplaire à qui que ce soit ? À part *moi*. À présent, veuillez m'excuser, mesdames, je préfère monter avant d'en dire davantage.

Son estomac se mit à gargouiller de plus belle.

— Et votre thé ? fit Isobel. Voulez-vous qu'O'Brien vous apporte un plateau quand il aura monté vos bagages ?

Adam se tourna vers son ami qui portait déjà leurs deux valises et semblait encore plus éreinté que lui-même.

— O'Brien a voyagé aussi longtemps que moi. Vous ferez monter un plateau pour chacun de nous.

— Je vous envoie Martha et Sally immédiatement.

Adam faillit lui demander d'envoyer Georges, mais il se ravisa. Inutile de risquer de mettre la jeune fille dans l'embarras si elle cassait encore une assiette ou une tasse. Et puis, pourquoi tenter le diable ? Il était fatigué. Ses défenses étaient amoindries. S'il se retrouvait seul avec Georges dans sa chambre, il ne pourrait peut-être pas résister à l'envie de l'embrasser.

Il sortit de la bibliothèque et se dirigea vers le grand escalier, Murphy sur les talons. Max les rattrapa dans le vestibule.

Adam étouffa un grognement agacé.

— Bonsoir, monsieur, dit Max, ignorant délibérément O'Brien.

— Je vous en prie, pas maintenant, Max. Je n'ai dormi que deux heures depuis mon départ, je monte me coucher.

— Je comprends, monsieur. Je tenais simplement à vous informer que vous n'aviez rien d'urgent sur votre bureau. J'ai pris la liberté de m'occuper de votre courrier...

— Vous quoi ?

— J'ai pris la liberté de m'occuper de votre courrier, à l'exception de la lettre personnelle de Lady Marshfield, bien entendu, puisque vous vous en êtes chargé vous-même.

— Vous avez lu mon courrier ? s'exclama Adam, visiblement choqué.

— Bien sûr, monsieur. Et j'ai posté les lettres que vous aviez laissées. Cela fait partie du travail d'un secrétaire particulier. J'ai fait le tri entre les questions urgentes et celles qui peuvent attendre. J'ai aussi pris la liberté de réorganiser votre calendrier de rendez-vous et d'en écarter les demandes de fonds de diverses organisations charitables. J'ai dressé la liste de celles que je connaissais et que je jugeais les plus méritantes. Nous allons devoir étudier les autres ensemble. Jusqu'à ce que vos activités et votre correspondance me soient plus familières.

Max énuméra les tâches qu'il avait accomplies en l'absence d'Adam, sans toutefois préciser qu'il avait omis de poster les annonces publicitaires que celui-ci avait rédigées à l'intention de tous les grands journaux anglais et américains.

— Avez-vous besoin d'autre chose avant de vous retirer pour votre sieste ?

Adam fronça les sourcils. Il n'avait rien demandé à Max, et surtout pas de le traiter comme un vieillard qui avait besoin de faire sa sieste chaque après-midi. En outre, il ne voulait pas que quelqu'un se charge de son courrier.

— Nous en reparlerons plus tard.

— Bien, monsieur, répondit Max en claquant des talons et en s'inclinant avant de s'éloigner.

— Que dis-tu de cela ? s'enquit O'Brien tandis qu'ils gravissaient les marches.

Adam lui prit sa valise des mains.

— J'ai du mal à suivre. Soit c'est un cauchemar, soit tout est sens dessus dessous dans cette maison.

21

Une princesse de sang royal se doit d'être une invitée irréprochable. Elle ne cherche jamais à mettre ses hôtes dans l'embarras, ne formule pas de demandes impossibles à satisfaire pas plus qu'elle ne le permet à ses gens.

Article 483 du protocole et de l'étiquette en vigueur à la cour de Saxe-Wallerstein-Karolya, par décret de Son Altesse Sérénissime le prince Karol V, 1641.

Dans la bibliothèque, Giana continua à broder patiemment, comptant les secondes. Elle entendit Max s'entretenir avec McKendrick et O'Brien dans le vestibule. Puis Max regagna l'ancien bureau du régisseur, qu'il s'était approprié.

— Mille treize, mille quatorze, mille quin...
— Mademoiselle Langstrom !

Le rugissement résonna dans toute la maison. Giana s'attendait presque à voir les vitres trembler et des débris de plâtre tomber du plafond.

Giana croisa le regard de Brenna et lui fit un signe discret de la tête. Aussitôt, Brenna lâcha sa brosse et se précipita hors de la pièce. Elles avaient élaboré un plan. À moins que McKendrick n'appelle nommément Giana, c'était Brenna qui devait répondre à ses appels. Adam avait ordonné à Giana de rester à l'écart et telle était bien son intention.

— Pas vous! hurla Adam quand la jeune fille eut atteint le pied de l'escalier. C'est l'autre demoiselle Langstrom que je veux. Georges!

Ne pouvant faire autrement, Giana posa son ouvrage et se leva à son tour.

— Prenez ceci, lui conseilla Isobel en lui tendant une assiette de sandwiches et de biscuits. Cela apaisera peut-être la colère du monstre.

Giana regarda l'assiette. Elle appréciait le geste d'Isobel, mais se doutait qu'il faudrait plus que quelques sandwiches pour calmer Adam.

Elle croisa Brenna sur le seuil de la bibliothèque et la remercia d'un sourire. Se redressant fièrement, elle traversa le vestibule puis gravit lentement les marches.

Sur le palier, Adam lui prit l'assiette des mains et désigna sa porte ouverte.

— Qu'est-ce que cela signifie?

Giana retint son souffle et jeta un coup d'œil à l'intérieur. Wagner avait à nouveau dormi sur le lit d'Adam. L'empreinte de son corps massif était encore visible. Elle aperçut aussi des lambeaux de journaux jonchant le sol, mais point de chien.

— À quoi faites-vous allusion? demanda-t-elle.

Adam pénétra dans la pièce, posa l'assiette sur sa table de chevet et saisit un sandwich. Plutôt que de parler la bouche pleine, il adressa à Giana un regard d'avertissement lui indiquant qu'elle n'avait pas intérêt à le prendre pour un imbécile. Il lui fit signe d'entrer.

— Réfléchissez, dit-il.

— C'est Wagner?

— Je croyais vous avoir demandé de le tenir à l'écart de mon lit.

Son ton était si chargé de menaces que Giana décida de le défier.

— Vous avez l'intention de nous renvoyer ?
— Qu'est-ce que vous racontez ?
— Si vous n'êtes pas satisfait de notre travail, vous n'avez qu'à nous renvoyer.
— Je n'ai rien contre votre travail, assura-t-il. Et je n'ai nulle intention de vous renvoyer. Je veux simplement que vous maîtrisiez cette bête et que vous l'empêchiez de grimper systématiquement sur mon lit !

Rassurée sur l'avenir des siens, Giana préféra ne pas faire remarquer à Adam qu'il avait insulté Wagner.

— Wagner n'est pas sur votre lit.
— Il l'était.

La jeune fille balaya la chambre du regard.

— Où est-il passé ?
— Il dormait paisiblement, la tête sur mon oreiller, les pattes en l'air, quand je me suis mis à crier. Il a filé sans demander son reste.
— Il déteste le bruit, expliqua la jeune fille en s'agenouillant pour regarder sous le lit.
— Ce n'est pas le bruit, qu'il déteste. C'est *moi*.
— Oh, non, il vous apprécie ! protesta-t-elle en poursuivant ses recherches.
— Cela reste à démontrer, ricana Adam. Quoi qu'il en soit, je refuse qu'il monte sur mon lit. Dites-moi, Georges, avez-vous dormi ici durant mon absence ?
— Bien sûr que non !
— Je voulais simplement m'en assurer, fit-il avec un sourire. Je me suis dit que je vous avais peut-être manqué.
— Ce qui m'a man...

Giana se mordit la lèvre, puis décida qu'il ne servait à rien de mentir.

— Il se peut que vous m'ayez manqué, admit-elle, mais pas suffisamment pour dormir dans votre lit en votre absence.

— Juste assez pour permettre à Wagner de s'y installer, l'accusa-t-il.

En entendant son nom, le chien se mit soudain à gémir. Giana se dirigea vers l'armoire, dont la porte était entrouverte. Wagner était couché au fond, penaud.

— Wagner?

Il s'assit. Sa truffe noire apparut entre les costumes. Attendrie, Giana ne put s'empêcher de sourire. Elle crut même déceler l'esquisse d'un sourire sur le beau visage d'Adam.

— Ce n'est pas moi qui l'ai fait entrer dans votre chambre, déclara-t-elle en caressant la tête de son chien.

En réalité, elle avait ordonné à Isobel de le laisser entrer.

— Tout va bien, Wagner, murmura-t-elle d'une voix apaisante. Adam ne voulait pas te faire peur.

— Erreur, Adam voulait vraiment lui faire peur, rectifia-t-il. Ne serait-ce que pour qu'il descende de mon lit. Adam tombe de fatigue et n'a aucune envie de dormir avec un chien de soixante-quinze kilos. Avec sa maîtresse, c'est une autre histoire, si vous voyez ce que je veux dire, ajouta-t-il avec un clin d'œil.

Visiblement, Giana ne voyait pas.

— Peu importe, reprit-il. Faites en sorte que cela ne se reproduise pas.

— Je ne l'ai pas laissé entrer, s'entêta-t-elle.

— Comment expliquez-vous que ces journaux soient en charpie? Je me rappelle vous les avoir donnés parce que vous souhaitiez les lire.

— Après les avoir lus, je les ai rapportés ici.

Adam l'observa avec attention. Elle était si transparente qu'il était facile de deviner quand elle mentait. En l'occurrence, elle disait la vérité.

— Pourquoi ici, et pas dans la bibliothèque ?

— Je n'ai terminé ma lecture que tard ce matin, répondit-elle, luttant pour se concentrer à la fois sur les questions d'Adam et sur ses propres réponses.

Elle redoutait de commettre un impair tant elle était fascinée par sa bouche dont elle ne pouvait détacher les yeux. Elle se surprit à se demander ce qu'elle ressentirait s'il l'embrassait à nouveau. Et s'il avait autant envie qu'elle de ce baiser.

— Je les ai apportés ici parce que... ma mère était en train de préparer la bibliothèque pour le thé de cet après-midi. Le chien n'était pas là, mais n'importe qui a pu le laisser entrer. Il est plus facile de l'éloigner de votre chambre que de la table garnie de sandwiches.

— Vraiment ? Je n'avais pas remarqué.

Elle avait beau les mériter, ces sarcasmes la blessèrent. Elle baissa les yeux et fixa ses pieds.

— J'ai eu tort, reconnut-elle. Je suis désolée.

Et c'était vrai. Elle était désolée de devoir le tromper. Désolée d'être contrainte de laisser Wagner dévorer les journaux pour ne pas compromettre son avenir.

— Je ne suis pas la seule à entrer dans cette pièce au cours de la journée.

— Désormais, ce sera le cas.

Giana n'eut aucune réaction. Elle continua à fixer le sol.

— Allons, fit Adam l'obligeant à relever la tête. Je suis navré, moi aussi.

Elle croisa son regard et il vit des larmes briller dans ses yeux.

— Ne pleurez pas, murmura-t-il.

— Ne dites pas de bêtises, protesta-t-elle. Chacun sait qu'une prin... qu'une personne de ma condition ne pleure jamais.
— Ah bon ? Et pourquoi ?
Il essuya délicatement une larme de son pouce.
— Parce que nous ne pouvons pas nous le permettre. Du reste, pleurer ne sert à rien.
— Cela soulage, parfois.
— Non. Cela ne fait que gonfler les yeux, rougir le nez, et vous donne la migraine.
— N'empêche qu'après, il arrive qu'on se sente mieux. Mais dites-moi, comment savez-vous tout cela si les gens comme vous ne pleurent jamais ?
Elle lui adressa un regard hautain.
— Je n'ai pas dit que je n'avais jamais pleuré. J'ai pleuré étant enfant, comme tout le monde. Et je me souviens que c'était très pénible et que cela ne servait à rien. C'est pourquoi j'ai arrêté.
Adam chassa une autre larme et hocha la tête.
— Bien sûr. Moi non plus, je ne pleure plus.
Il lui fit une grimace qui la dérida.
— Voilà, c'est beaucoup mieux.
— Vous trouvez ? fit-elle en se penchant vers lui.
Il effleura ses lèvres du bout des doigts. Il avait terriblement envie de l'embrasser, mais il n'ignorait pas que ces débordements mettaient en péril sa tranquillité d'esprit. Il fallait que cette folie cesse avant que cela n'aille trop loin.
— Oui. Écoutez, j'aimerais bien mais... pour l'heure, je n'ai rien d'un compagnon agréable. Encore moins d'un amant...
Giana arrondit la bouche de surprise.
— Rassurez-vous, reprit-il, je ne vous demande rien. Et je n'ai pas l'intention de faire quoi que ce soit. À présent, emmenez Wagner.
Elle fit de son mieux. Mais au bout d'un quart d'heure de supplétiques, de cajoleries, d'injonctions –

elle tenta même de l'appâter avec un sandwich –, elle dut admettre son échec. Wagner, d'ordinaire si obéissant et loyal, se montrait rien moins que récalcitrant. Giana en était fort déçue. En désespoir de cause, elle tenta de le soulever.

— Oh que non ! s'écria Adam en enroulant le bras autour de sa taille pour la tirer en arrière. Il est trop lourd. Vous risquez de vous faire mal.

Il ne cherchait qu'à la protéger, mais n'en apprécia pas moins ces quelques délicieuses secondes où le corps de la jeune fille vint se presser contre le sien, l'épousant à la perfection.

— Alors essayez vous-même.
— Sûrement pas.

Il la relâcha à contrecœur et recula en secouant la tête.

— Au risque de passer pour un lâche, je refuse. Je ne veux pas me briser le dos ou quoi que ce soit d'autre.

Il plongea le regard dans les grands yeux bruns du chien. Avec sa grosse tête et son collier en velours, Wagner ne semblait guère dangereux, mais Adam n'oubliait pas que c'était un chien utilisé pour la chasse au loup. À ce titre, il était impressionnant.

— Qu'allons-nous faire ? interrogea Giana.

Adam avait une petite idée de ce qu'ils pourraient faire, mais cela n'avait rien à voir avec sa question, aussi se garda-t-il de le lui dire. Malheureusement, aucune réponse appropriée ne lui venait à l'esprit. Il fallait avouer que c'était la première fois qu'il se trouvait aux prises avec un chien retranché dans une armoire.

— Laissons-le là où il est.
— Pardon ?
— Vous avez bien entendu. Je suggère de le laisser passer la nuit dans l'armoire.
— Vous êtes sûr ?

— Non. Mais tant qu'il n'en bouge pas, il ne me dérange pas.

Il étouffa un bâillement et guida Giana jusqu'à la porte.

— Bonne nuit, Georges.

Adam la vit couler un regard vers la fenêtre. Il faisait encore jour.

— J'ai l'intention de dormir jusqu'au souper et, je l'espère, toute la nuit.

Il ouvrit la porte et fit sortir la jeune fille.

— Quand vous viendrez récupérer le chien, vous m'apporterez le petit-déjeuner, du café et le journal du matin.

— Il est plutôt matinal, le prévint-elle.

— Du moment qu'il sort, c'est le principal. Et s'il fait le moindre dégât...

Refusant d'écouter les menaces réelles ou fictives d'Adam, elle lui coupa la parole :

— Je sais. Ne vous inquiétez pas. Je vous rembourserai.

22

Une princesse de sang royal se doit de faire honneur à son nom et à sa maison. Jamais elle ne doit provoquer le moindre scandale.

Article 10 du protocole et de l'étiquette en vigueur à la cour de Saxe-Wallerstein-Karolya, par décret de Son Altesse Sérénissime le prince Karol Ier, 1432.

Le lendemain matin, Giana se présenta dans la chambre d'Adam à 5 h 30 avec un plateau. Le café était fumant et le journal partiellement brûlé. Par chance, la disparition de la princesse héritière de Karolya ne faisait plus la une. Elle était désormais reléguée en page trois. Giana avait repassé elle-même le journal. Son apprentissage des tâches domestiques remontait à plusieurs années, mais elle n'avait eu qu'un seul journal à repasser et un petit article à brûler. Elle s'était levée la première. Seuls Mme Dunham et Henri se trouvaient déjà aux cuisines. S'ils furent étonnés lorsqu'elle leur réclama un plateau de petit-déjeuner, ils n'en laissèrent rien paraître. La cafetière parlait d'elle-même. À Larchmont Lodge, seules trois personnes buvaient du café : McKendrick, O'Brien et Henri Latour, le chef. Ce plateau ne pouvait donc être destiné qu'à Adam ou à Murphy. Or toute la maisonnée avait entendu les cris du maître de maison, la veille.

Giana cala le plateau contre sa hanche et frappa à la porte d'Adam. Elle attendit, frappa de nouveau. N'obtenant pas de réponse, elle actionna la poignée.

Adam dormait encore. Et il ne portait strictement rien sur lui.

Son large dos bronzé tranchait sur la blancheur des draps. Giana fut prise d'une irrésistible envie de le toucher, de poser sa paume sur son épaule pour vérifier si sa peau était aussi douce et chaude qu'elle le semblait.

Elle jeta un regard circulaire dans la pièce : les vêtements d'Adam se trouvaient sur une chaise, près du secrétaire. Elle s'approcha du lit sans bruit et déposa le plateau sur la table de chevet.

Une botte de cuir noir gisait près du lit, la seconde était à l'autre extrémité de la pièce. Giana remarqua que le cuir paraissait un peu terne et portait d'étranges marques qui correspondaient à n'en pas douter aux canines de Wagner. Ce dernier était couché de tout son long sur le couvre-lit, à côté d'Adam.

Giana ramassa la botte. Pas moyen de camoufler les traces de morsures. Toutefois, elle pouvait retarder la découverte du méfait. Elle entreprit d'astiquer l'extrémité de la botte à l'aide de son tablier, dans l'espoir de lui redonner un peu de lustre. Une odeur d'huile de vison lui envahit les narines. Elle posa la botte près de l'autre. Le contraste était si saisissant qu'elle préféra remettre l'objet endommagé là où elle l'avait trouvé. Il ne lui restait plus qu'à rembourser les dégâts. Elle déboutonna le haut de sa robe et se retourna pour récupérer un bijou dissimulé dans son corset. Elle crut attraper une paire de boucles d'oreilles en diamant, mais saisit une énorme bague en or ornée d'une perle noire entourée d'éclats de diamant. Elle soupira. Elle avait toujours admiré cette bague. Enfant, elle se tenait devant le portrait de son ancêtre, la princesse Rosemonde, et apprenait à compter en dénombrant les diamants. Il y en avait seize.

De peur de changer d'avis, elle se hâta de redresser la botte d'Adam et y laissa tomber le bijou. Les yeux embués de larmes, elle ravala un sanglot. Voilà, c'était fait. Elle avait effacé le méfait de Wagner au prix d'une partie de son héritage. C'était l'une de ses pièces favorites, mais elle tenait davantage à Wagner qu'à une bague.

Ce n'était qu'un chien. Il ne pouvait pas plus résister à l'attrait de l'huile de vison qu'une abeille à celui d'une fleur ou qu'elle-même à l'homme séduisant étendu dans ce lit. Giana soupira de nouveau. Elle s'en voulait de le dévorer ainsi des yeux, mais elle n'y pouvait rien.

Adam était allongé au milieu du lit, à plat ventre, le visage tourné vers elle. Le drap couvrait tout juste ses fesses fermes. Endormi, les cheveux en bataille, il semblait plus jeune. Pourtant, il n'avait rien d'un enfant. Les fines rides au coin de ses yeux, sa puissante musculature, la cicatrice qui courait sur son épaule, tout en lui dénotait l'homme dans la force de l'âge. Loin de sembler innocent dans son sommeil, il paraissait encore plus dangereux. Dangereux pour sa tranquillité d'esprit – plus qu'elle ne l'aurait imaginé.

Elle se mordilla la lèvre et serra les poings, luttant pour ne pas arracher ses vêtements et le rejoindre entre les draps. Elle tremblait de tous ses membres. Ses joues étaient en feu, ses lèvres réclamaient des baisers, son corps appelait les caresses.

Elle voulait qu'il ouvre les yeux pour voir ses prunelles s'assombrir sous l'effet du désir. Elle voulait sentir ses mains sur ses seins nus, qu'il caresse ses cuisses comme il l'avait fait dans la bibliothèque.

Jamais elle n'aurait imaginé que le désir pût être aussi puissant. Ayant toujours vécu dans un univers protégé, elle ignorait l'existence de telles sensations. À présent, elle savait qu'une femme pouvait avoir besoin de la présence d'un homme. Mais pas n'importe quel homme. Adam McKendrick. Celui qui éveillait en elle une telle passion. Celui qu'elle aimait.

Giana secoua la tête, cherchant à chasser ces pensées interdites. Ce ne pouvait être de l'amour. Une princesse ne se marie pas par amour. Elle se marie dans l'intérêt de sa famille et de son pays. Elle le savait mieux que quiconque, car l'homme qui la pourchassait la voulait dans son lit, ou morte. Peu lui importait, du moment qu'il récupérait le sceau royal.

Adam McKendrick avait réussi dans la vie à force de travail et de volonté. C'était un Américain. Elle n'était pas stupide au point de tomber amoureuse de lui. Elle ressentait du désir, rien de plus. Un pur désir charnel. Dans ce cas, songea-t-elle, pourquoi n'avait-elle jamais rien éprouvé de semblable pour un autre homme ? Elle en avait pourtant rencontré de plus beaux, de plus gentils, de plus convenables. Elle recommença à trembler de plus belle. À quel moment était-elle tombée amoureuse d'Adam McKendrick ?

— Wagner ! appela-t-elle aussi doucement que possible.

Elle contourna le lit et le saisit par le collier.

— Il est temps de sortir.

Le chien ouvrit un œil, s'étira en bâillant et sauta du lit. Il trotta vers la botte, la renifla avec intérêt.

— Non ! souffla Giana.

— Georges ? murmura Adam.

Le cœur de la jeune fille manqua un battement, avant de se mettre à tambouriner à grands coups dans sa poitrine.

— Oui ?

— C'est bien une odeur de café que je sens ?

— Oui, répondit-elle avec un sourire. Je vous ai apporté votre petit-déjeuner, du café et le journal, comme vous me l'aviez demandé.

— Où allez-vous ?

— Je dois sortir Wagner avant qu'il ne baptise une colonne de votre lit.

Adam roula sur le dos.

— Vous reviendrez me voir ensuite ?

À la fois fascinée et déçue, Giana vit le drap s'enrouler autour de ses hanches, dissimulant la partie de son anatomie qui pointait mystérieusement.

— C'est ce que vous souhaitez ?

Il ouvrit enfin les paupières et lui sourit.

— Il me semble que cela ne fait aucun doute, non ?

Il baissa les yeux vers le drap qui saillait au-dessous de sa ceinture.

Giana rougit tandis qu'elle suivait son regard.

— Je n'en suis pas sûre.

Adam fronça les sourcils.

— Vous n'êtes pas sûre de comprendre ce que je veux ou de vouloir la même chose que moi ?

— Je ne comprends pas ce que vous voulez au juste, avoua-t-elle en toute sincérité. Mais je sais que cela me serait agréable.

— Et comment le savez-vous ? la taquina-t-il.

Elle répondit d'une voix rauque, à peine audible :

— Parce que j'aime vos baisers.

Sous le drap, l'érection d'Adam s'intensifia et il eut toutes les peines du monde à se contrôler.

— Alors, allez promener le chien et revenez vite. Nous échangerons quelques baisers et nous verrons bien où ils nous mènent...

Les yeux rivés sur le bas-ventre d'Adam, Giana se mordit la lèvre.

— N'ayez crainte, la rassura-t-il. Nous commencerons par des baisers. Ensuite, je suis ouvert à toutes les suggestions.

— Je viendrai.

D'un claquement de doigts, elle appela Wagner. Elle vérifia la présence de la botte dans laquelle elle avait glissé la bague.

— Revenez vite, répéta Adam en s'étirant. Et nous discuterons d'un accord à propos de la bête.

Il se passa la main dans les cheveux. Pas étonnant qu'il se soit réveillé dans un état d'excitation lubrique. Il avait passé la nuit à rêver de Georges plus ou moins dévêtue. Et le mélange de musc, de fleurs d'oranger et de café qui flottait autour de lui ne faisait qu'attiser son désir.

— Vous pourriez commencer par ne pas l'appeler ainsi.

— Ce n'est qu'un chien, répliqua-t-il. Il ne fait pas la différence entre deux mots.

— Mais moi, je la fais, rétorqua-t-elle en le gratifiant de son mystérieux sourire, avant de gagner la porte. De plus, il comprend le ton de votre voix.

— Hé! vous n'oubliez pas quelque chose?

— Votre petit-déjeuner est sur la table de chevet.

— Et mon journal?

— À côté de votre assiette.

— Vous avez porté tout cela vous-même?

— Bien sûr, répondit-elle fièrement. Et je n'ai rien cassé.

— Merci.

— Je vous en prie, répondit Giana en ouvrant la porte.

— Je suppose que le chien a passé la nuit dans l'armoire et qu'il n'a pas fait de bêtises.

Voyant qu'elle ne répondait pas tout de suite, Adam comprit qu'il en demandait trop.

— Georges?

— Viens, Wagner! ordonna-t-elle avant de sortir en hâte.

Adam guetta le bruit de ses pas sur le marbre, mais seule sa voix lui parvint.

— Nous regrettons que votre botte soit abîmée, fit-elle doucement. Wagner adore l'odeur de l'huile de vison. Nous espérons que vous accepterez nos excuses et notre dédommagement.

— Qu'est-il arrivé à ma botte? cria-t-il en bondissant hors du lit pour se précipiter vers la porte. Georges!

Wagner et elle avaient déjà parcouru la moitié du couloir quand Giana risqua un regard par-dessus son épaule. Adam McKendrick se tenait sur le seuil de sa chambre, dans toute sa splendeur virile.

Elle avala sa salive, le souffle coupé par ce spectacle. Elle le trouvait magnifique, aussi beau que les statues que les cardinaux du Vatican avaient cachées lors de la dernière visite officielle de sa famille.

Elle descendit les marches quatre à quatre pour ne pas céder à la tentation de se jeter à son cou.

— Georges!

Elle n'osait pas regarder en arrière. Elle entendit la porte claquer puis se rouvrir presque aussitôt.

— Wagner! Sale cabot! Ce sont des bottes sur mesure! Elles m'ont coûté la bagatelle de trois cents dollars!

Mais le chien avait déjà disparu par la porte de la cuisine. Il se précipita dans le jardin pour échapper à la colère du maître et se soulager contre la barrière.

23

Le Baron Vengeur est un homme fier, sûr de lui, audacieux et confiant en toutes circonstances.

Premier volume des aventures du Baron Vengeur, défenseur des beautés blondes en détresse, par John J. Bookman, 1874.

Giana ne revenait pas.
Il ne fallait tout de même pas aussi longtemps pour promener un chien.
Cela faisait en effet trois quarts d'heure qu'elle s'était enfuie comme si le diable était à ses trousses. En vérité, il avait dû l'effrayer, vociférant comme un fou dans le plus simple appareil à 6 heures du matin. Et au beau milieu du couloir qui plus est! Pas étonnant qu'elle ne revienne pas. À sa place, il se tiendrait à distance.
— Adam?
Levant les yeux, il découvrit Murphy O'Brien sur le pas de la porte.
— J'ai frappé mais tu n'as pas répondu.
— Désolé, marmonna-t-il, je ne t'ai pas entendu.
— J'avais remarqué, répondit Murphy en posant son plateau par terre, au pied du lit. Je suppose que tu as des soucis. Je t'ai apporté du café.
— Merci.

Adam lui tendit sa tasse vide que son ami remplit.

— Tu es dans le pétrin, mon vieux, annonça O'Brien sans tourner autour du pot. Et *elle* aussi.

— Je sais.

— L'autre te conviendrait mieux, reprit Murphy. Elle correspond davantage à ce que tu as toujours recherché.

Adam ferma les yeux puis les rouvrit comme s'il s'attendait à un miracle. Puis il laissa échapper un rire amer.

— Seigneur, tu crois que je ne l'ai pas compris? Il est évident que Brenna me conviendrait mieux. Elle est en tout point plus fréquentable que Georges. Moins bavarde, moins entêtée, moins compliquée... Je donnerais tout pour pouvoir trousser Brenna et me sentir soulagé ensuite. Je donnerais tout ce que j'ai pour chasser Georges de mon esprit...

Il se tut, se tourna vers la porte.

— Tu as entendu?

O'Brien secoua la tête.

— J'ai cru entendre un bruit.

O'Brien se dirigea vers la porte, qui était restée entrouverte, et la referma. Il s'y appuya, attendant que la serrure s'enclenche. Mais il ne perçut aucun cliquetis. Un morceau de satin noir était coincé entre le battant et le chambranle. Murphy s'en saisit et referma la porte.

— Brenna, la petite femme de chambre, est agréable à regarder.

— En effet, admit Adam.

— Elle est frêle, féminine, elle a des courbes harmonieuses. N'importe quel homme serait ravi de l'avoir à son bras.

— Je ne peux pas dire le contraire.

— Elle ferait une bien meilleure épouse que l'Amazone.

— Si je cherchais une épouse, déclara Adam, Brenna correspondrait tout à fait à mes attentes.

O'Brien émit un sifflement admiratif qui couvrit le son de pas précipités dans le couloir.

— Mais Brenna ne me fait pas rêver, reprit Adam. Ce n'est pas pour Brenna que je renonce à toute morale. Ce n'est pas elle que j'ai sans cesse envie de caresser.

Il posa sa tasse et se leva pour s'approcher de la fenêtre.

— Et ce n'est pas à cause de Brenna que je me ridiculise.

— C'est vrai, concéda O'Brien.

— M'as-tu déjà vu oublier que j'étais nu et me lancer à la poursuite d'une femme en criant à tue-tête ?

O'Brien secoua la tête.

En fait, il n'avait jamais vu son ami courir après une femme. Adam leur avait offert son aide ou les avait priées de s'en aller, mais jamais il n'avait couru après une femme. Encore moins tout nu.

— Non, fit-il. Mais je suis ravi de constater que ce n'est plus le cas.

Adam ricana. Il s'était rasé et habillé, il ne lui restait plus qu'à enfiler ses bottes.

— C'était la moindre des choses après mon éclat de ce matin. Seigneur ! Je devais avoir perdu la tête...

— Question de point de vue, commenta Murphy. Si cela peut te rassurer, Georgiana et moi sommes les seuls à avoir assisté à la scène. Enfin, les autres ont peut-être entendu des éclats de voix...

— Cela ne me rassure pas, mais merci quand même, grommela Adam en allant récupérer sa tasse.

— Et je dois dire que j'ai vu pire spectacle que toi dans le plus simple appareil, précisa O'Brien.

— Certes, mais elle ? s'inquiéta son ami sans chercher à dissimuler ses pensées.

— Disons qu'elle t'a vu sous un angle différent. Personnellement, j'ai admiré ton postérieur. Je suis certain que tu lui as fait forte impression.

— Ouais, railla Adam. J'étais assez fièrement dressé pour donner des cauchemars à une vierge innocente.

— Ou titiller sa curiosité…

Adam termina son café et posa sa tasse.

— En tout cas, elle n'est pas revenue.

— Elle est sans doute plus raisonnable que toi. Donc, si j'ai bien compris, le chien a dévoré tes bottes.

— Il a mordillé le bout de l'une d'elles, confirma Adam.

— C'est tout ? dit Murphy en s'approchant pour examiner l'objet du délit.

Adam afficha une expression penaude.

— Je crains de m'être un peu emporté.

— C'est le moins que l'on puisse dire, se moqua O'Brien. Un peu de cirage, une couche de paraffine et il n'y paraîtra plus.

— Avec quoi imperméabilises-tu mes bottes ?

— Rien. Je paie un garçon d'écurie qui astique tes bottes et les miennes.

— Et de quoi se sert-il ?

O'Brien prit la botte intacte et la renifla.

— On dirait de l'huile de vison.

— C'est bien ce que je pensais. Tu diras à ce garçon d'arrêter.

— Pourquoi ? C'est ce qu'il y a de mieux pour protéger le cuir de la pluie.

— Mais pas des chiens, répliqua Adam. Wagner est attiré par cette odeur.

— Normal, commenta O'Brien. Tu veux que je demande au garçon de s'en occuper maintenant ou tu préfères attendre que Wagner ait dévoré l'autre ?

— Attends, fit Adam avec un soupir. Au rythme où vont les choses, cela ne devrait pas tarder.

Il consulta la pendule posée sur la cheminée.

— J'ai bien fait de m'habiller. Georges ne viendra pas, maintenant.

— Elle préfère peut-être t'accorder le temps de prendre ton petit-déjeuner, boire ton café, te calmer, lire le journal.

O'Brien posa la cloche en argent sur l'assiette.

— Tu n'es pas obligé de faire ça, remarqua Adam. Tu l'as dit toi-même. Tu es détective chez Pinkerton, pas valet.

— Mon vieux, la première chose qu'on apprend chez Pinkerton, c'est à être crédible. J'ai choisi de jouer le rôle d'un valet. Tant que je serai à Larchmont Lodge, j'entends demeurer ton valet.

Il prit le journal plié avec soin et le lança à son ami.

— Si elle a pris la peine de repasser ton journal, tu devrais au moins l'ouvrir.

— Comment sais-tu qu'elle l'a repassé ? demanda Adam en décochant un regard mauvais à son ami. Peu importe, ajouta-t-il avant qu'il puisse répondre.

Il brandit le journal pour lui montrer la forme triangulaire du fer, puis secoua la tête. Deux colonnes de la page trois étaient illisibles.

— J'ignore à quoi pensaient ses parents quand ils ont fait d'elle une domestique. Je suis sûr qu'elle possède d'autres talents, mais pas celui-là.

Il replia le journal, le jeta sur le lit et éclata de rire.

— Qu'y a-t-il de drôle ?

— Ça ! fit Adam. Depuis mon arrivée, je n'ai pas eu l'occasion de lire un seul journal.

— Pas possible ! s'exclama O'Brien, feignant l'épouvante. Toi, Adam McKendrick, l'homme qui ne vit que pour les pages financières ?

— Je t'assure. J'essaie de trouver un journal mais ils ont tous disparu. Wagner a détruit le paquet que j'ai reçu la semaine dernière et Georges a abîmé celui-ci en le repassant.

Murphy ne semblait pas trouver cela amusant.

— Tu ne t'es jamais demandé si quelqu'un ne cherchait pas à t'empêcher de lire le journal ?

Adam cessa de rire et fixa son ami.

— Que veux-tu dire ?

— Que je ne crois guère aux coïncidences, mon vieux. Et toi, tu y crois ?

— Non. Passe-moi mes bottes, s'il te plaît.

Murphy s'exécuta.

Adam enfila d'abord la droite, mais alors qu'il glissait le pied dans la gauche...

— Qu'est-ce que...

Il sortit son pied et retourna la botte. Un objet roula sur le tapis.

— Nom de Dieu !

Il s'agissait d'une bague en or. Il la ramassa. Elle était lourde, ornée d'une énorme perle noire sertie de diamants. Il n'était pas bijoutier mais il avait passé assez d'années dans une mine d'agent pour savoir reconnaître un bijou de valeur. Celui-ci coûtait une fortune. Ce ne pouvait être qu'un bijou de famille, et une seule personne avait eu la possibilité de le placer dans sa botte.

Murphy émit un sifflement admiratif.

— Je n'ai jamais rien vu de tel !

— Moi non plus, avoua Adam. Sauf au doigt de reines et de princesses, dans les musées. Que ferait Georges en possession d'une telle bague ?

— Elle est femme de chambre, lui rappela O'Brien. La réponse qui vient aussitôt à l'esprit est qu'elle l'a volée.

— Ce n'est pas à moi qu'elle l'a volée, répondit Adam.

— À la comtesse de Brocavia, alors ?

— C'est possible, mais j'en doute. Pourquoi l'aurait-elle placée dans ma botte, sachant que je la trouverais à coup sûr ?

Pensif, il se gratta le menton.

— Du reste, je ne pense pas que la comtesse de Brocavia ait jamais existé. C'est un nom et une histoire qu'ils ont inventés pour obtenir un emploi ici.

— Comment en es-tu arrivé à cette conclusion ?

Adam lui relata l'incident survenu dans la bibliothèque, lorsque Georges s'était trompée de nom. O'Brien hocha la tête.

— Mais pourquoi, selon toi, auraient-ils menti à propos de cette comtesse ? Et d'où vient cette bague ?

— De Karolya, répondit Adam spontanément.

— De Karolya ? répéta O'Brien, perplexe. Est-ce là...

— Lord Bascombe m'a appris qu'Isobel et Albert ont vécu là-bas.

Adam tendit le bijou à son ami et se dirigea vers son armoire. Il fouilla dans la poche de son pardessus.

— Il reste un journal dans cette maison, annonça-t-il en brandissant triomphalement un quotidien. C'est celui que j'ai pris hier à Londres. Je l'avais glissé dans ma poche pour le lire dans le train, mais je n'en ai pas eu l'occasion.

Il le déplia, les sourcils froncés.

— J'ai parcouru la première page, la rubrique financière et quelques titres. Ensuite, j'ai commencé à avoir mal au crâne. Toutefois, je me rappelle avoir aperçu quelque chose... Voilà !

Adam lut un titre à voix haute :

— *La princesse disparue de Karolya. Le pire est à craindre.*

Il continua la lecture de l'article, puis étudia avec attention la petite photographie qui l'illustrait. La ressemblance avec Georges était frappante. Adam tendit le journal à O'Brien.

— Serait-ce possible ? s'enquit celui-ci, abasourdi.

— Oui, ça l'est, répondit Adam d'un air sombre. C'est peu probable, mais possible.

Il serra les mâchoires.

— Malheureusement, il n'y a qu'un moyen d'en avoir le cœur net, ajouta-t-il.

— Adam ? fit Murphy d'une voix inquiète. Tu vas l'interroger à propos de la bague ?

— De façon détournée.

— Qu'est-ce que cela signifie ?

Adam laissa échapper un soupir.

— Si elle est bien cette princesse disparue, elle n'a cessé de mentir. Elle a manifestement ses raisons de se cacher ici et de jouer les domestiques, mais va-t-elle me faire suffisamment confiance pour m'avouer la vérité ?

— Si elle est bien cette princesse, elle veut à tout prix le cacher. Sinon, elle ne se ferait pas passer pour une femme de chambre à Larchmont Lodge.

— Exact, admit Adam. Mais jusqu'à quel point le veut-elle ?

— Fais attention, l'avertit O'Brien. Limite les dégâts. Si c'est une princesse, c'est sans espoir. Et crois-moi, tu t'en sortiras mieux si tu n'as pas de souvenirs romantiques à traîner comme des boulets.

— Si seulement c'était aussi simple, murmura son ami avec un sourire triste.

24

Une princesse de sang royal ne trahit jamais son trouble ni ses émotions. Ses sujets doivent la voir épanouie et sereine en toutes circonstances.

Article 217 du protocole et de l'étiquette en vigueur à la cour de Saxe-Wallerstein-Karolya, par décret de Son Altesse Sérénissime le prince Karol Ier, 1432.

Georges était seule dans les appartements flambant neufs réservés aux femmes, allongée en chien de fusil sur son lit, Wagner à ses côtés.

Adam avait presque espéré ne pas la trouver. Dans le cas contraire, il s'était imaginé qu'elle lui sourirait ou qu'elle se précipiterait vers lui, et le couvrirait de baisers. Mais elle n'eut aucune réaction, comme si elle ne l'avait pas entendu entrer.

En s'approchant, il vit ses épaules tressauter et comprit pourquoi elle ne l'avait pas entendu : elle pleurait à chaudes larmes.

La gorge d'Adam se noua. Il s'immobilisa, puis revint en silence sur ses pas, ne sachant que faire. Ces larmes le mettaient mal à l'aise, l'angoissaient même. Peut-être parce qu'elles étaient inattendues et intimes. Ses sœurs fondaient en larmes à la moindre occasion. Elles usaient de leur chagrin pour se livrer à un chantage affectif et obtenir ce qu'elles souhaitaient, et il y était accoutumé. Tandis que là...

La veille, Georges avait tenu des propos étranges. « Ne dites pas de bêtises, avait-elle protesté. Chacun sait qu'une prin... qu'une personne de ma condition ne pleure jamais. »

Or elle sanglotait, et ce spectacle lui déchirait le cœur. Il avait envie de la prendre dans ses bras, de la consoler, de lui promettre que tout allait bien se passer, que son secret serait bien gardé. Il voulait... il voulait... la faire sienne. Il désirait plus que tout cette femme qu'il avait appris à connaître et qu'il admirait. Georges Langstrom, la domestique aux cheveux blonds et aux yeux bleus, si fière et si déterminée.

Adam s'approcha.

Wagner se mit à grogner mais il l'ignora. Il s'assit au bord du lit, près de la jeune fille.

— Georges?

— Allez-vous-en, gémit-elle, le visage enfoui dans l'oreiller.

Il fit une nouvelle tentative, l'appelant par son vrai prénom, cette fois.

— Giana? murmura-t-il en posant la main sur son épaule.

Elle le repoussa.

— Vous n'avez pas la permission de toucher à ma personne.

Il ôta sa main comme si elle l'avait mordu, surpris par la rancœur qui perçait dans sa voix. Était-ce parce qu'il avait crié ou pour une tout autre raison? Il ne savait. C'était décidément une jeune fille énigmatique. Au contact de ses sœurs, il avait appris à reconnaître les circonstances où il fallait insister et celles où une retraite était préférable. Cette fois, cependant, il ne savait comment réagir.

— Vous pleurez?

Giana essuya ses larmes du revers de la main. Puis elle roula sur le dos et s'assit.

— Ne soyez pas ridicule. Nous ne pleurons jamais en présence d'un étranger.

— C'était pourtant à s'y méprendre. De toute façon, je ne suis pas un étranger.

— Vous croyez cela ? répliqua-t-elle, venimeuse.

— Oui, répondit-il doucement. Comment pourrais-je être un étranger alors que je vous ai donné votre premier baiser ?

— Vous auriez mieux fait de vous abstenir, rétorqua-t-elle, puisque vous auriez préféré embrasser une autre femme.

— J'ignore où vous êtes allée chercher cette idée ridicule ou pour qui vous me prenez, mais sachez que je n'ai pas l'habitude d'embrasser une femme alors que c'est d'une autre dont j'ai envie.

Adam fut stupéfait par le regard meurtri qu'elle posa sur lui. Des larmes scintillaient dans ses yeux injectés de sang. Elle était visiblement folle de rage. Déstabilisé, il se leva et se mit à arpenter la chambre.

— C'est *vous* qui nous avez donné cette idée !

— Moi ?

L'étonnement d'Adam céda rapidement le pas à la colère.

Giana aurait voulu qu'il s'en aille pour rester seule avec sa honte, mais elle refusait de se montrer lâche.

— Nous vous avons entendu, murmura-t-elle. Nous vous avons entendu parler avec votre valet.

— Quand ? la défia Adam, curieux de voir comment elle réagirait. Et quand vous dites « nous », parlez-vous de Wagner et de vous, ou bien est-ce là une façon princière de s'exprimer ?

— Wagner et moi, répondit Giana en soutenant son regard, le mettant au défi de douter de sa parole. Nous... je suis revenue dans votre chambre. En arrivant à la porte, je vous ai entendu parler avec votre valet.

— Je vous attendais. Pourquoi n'avez-vous pas signalé votre présence ?

— À quoi bon ? Votre valet effectuait ses tâches quotidiennes. Ma présence n'était pas nécessaire.

Adam savait qu'il s'aventurait en terrain délicat, mais il était prêt à prendre le risque.

— Votre présence était nécessaire afin de continuer ce que nous avions commencé...

— C'est ce que vous dites maintenant, riposta-t-elle d'un ton accusateur.

Il haussa les sourcils.

— Par deux fois, vous avez suggéré que je vous trompais sur mes véritables intentions. Laissez-moi clarifier la situation : je ne dis pas toujours ce que je pense, mais je n'ai pas l'habitude de mentir aux femmes pour les attirer dans mon lit. Je ne pense pas que vous ayez mal interprété mes propos, car ils étaient on ne peut plus clairs.

— Pfff... fit-elle avec dédain.

— Attention, Georges !

Elle ignora son avertissement.

— Il était on ne peut plus clair que vous vouliez quelqu'un avec qui partager votre lit et vos baisers, mais ce n'était pas moi. J'ai entendu O'Brien affirmer que Brenna vous conviendrait mieux, et vous l'avez approuvé.

— Nom de D...

Adam se passa la main dans les cheveux, au comble de la frustration.

— Certes, je l'ai approuvé, reconnut-il. Et c'était vrai.

Le cœur de Giana vola en éclats, en même temps que ses rêves de bonheur, de baisers et d'étreintes passionnées. Les paroles d'Adam lui infligèrent une telle souffrance qu'elle fut incapable de prononcer le moindre mot. Elle respira profondément et lutta pour ne pas fondre à nouveau en larmes.

— Effectivement, reprit Adam, remuant le couteau dans la plaie, Brenna me conviendrait mieux.

— Alors allez la rejoindre ! cria Giana.

Cet éclat les surprit tous les deux. Ayant retrouvé l'usage de la parole, elle se rendit compte que crier la soulageait. Elle recommença :

— Allez-y ! Courez l'embrasser ! Je vous y autorise ! Mais allez-vous-en et laissez-moi tranquille !

— Nom de Dieu, Georges ! Je ne veux pas de Brenna !

— Mais vous avez dit...

— Je sais ce que j'ai dit, coupa-t-il. Et devinez pourquoi j'étais d'accord avec O'Brien ? Parce que je savais que ceci se produirait ! Parce que je savais que je ne risquais pas de tomber amoureux de votre sœur ! Certes, elle représente tout ce que je croyais rechercher chez une femme. Mais je ne ressens rien pour elle. *Rien.*

Il secoua la tête.

— Alors que vous, vous me rendez fou. Vous me faites perdre l'esprit, vous m'entendez ? Vous criez parce que vous croyez que je ne veux pas de vous. Et moi, je crie parce que je vous veux. Seigneur, Georges, Brenna ne hante pas mes rêves ! Pour elle, je ne suis pas prêt à renoncer à toute morale. Je n'ai aucune envie de la toucher. D'ailleurs, vous devriez le savoir. M'avez-vous vu l'embrasser ? Ou la poursuivre de mes assiduités ?

Giana secoua la tête.

— Vous n'avez rien vu. Et vous savez pourquoi ? Parce que je me fiche de mettre Brenna dans mon lit. C'est avec *vous* que je veux faire l'amour !

Il fit volte-face et se dirigea vers la porte.

— Vous pouvez faire ce que bon vous semblera – vous enfuir, pleurer, vous apitoyer sur votre sort –,

jamais je ne m'excuserai de vous avoir dit la vérité !
Et j'en ai assez de me justifier.
 Giana claqua les doigts et désigna la porte.
 — Wagner ! En garde !
 Le chien alla se poster sur le seuil en grondant. Adam se retrouva face à soixante-quinze kilos de muscles. La menace était réelle. Il suffisait que Georges lui donne l'ordre d'attaquer et le chien aurait son lit et ses bottes pour lui tout seul.
 — Rappelez-le ! ordonna Adam.
 — Non, répondit la jeune fille.
 Elle quitta le lit et vint se placer à côté de son chien.
 — Ce n'est pas drôle, Georges, siffla Adam, la mâchoire crispée.
 — Je sais. Mais je ne veux pas que vous partiez.
 — Vous venez pourtant de me demander de vous laisser tranquille.
 — J'avais tort. Ce n'est pas ce que je souhaitais vraiment.
 Il lui jeta un coup d'œil soupçonneux.
 — Alors, que voulez-vous ?
 — Je veux que vous m'embrassiez pour voir où cela nous mène.
 Adam en eut le souffle coupé. Il croisa son regard et y lut un désir brûlant.
 — Je sais où cela nous mènera. Le problème est de savoir si vous accepterez de me suivre.
 — Embrassez-moi, ordonna-t-elle en s'humectant les lèvres. Et je vous suivrai où vous le souhaiterez.
 — Y compris au lit ?
 Giana s'approcha de lui, noua les bras autour de son cou, plaqua son corps contre le sien.
 — Embrassez-moi et vous verrez.
 Joignant le geste à la parole, elle le prit par la nuque et lui inclina la tête jusqu'à ce que leurs lèvres se frôlent.

Adam se laissa faire, puis l'embrassa à perdre haleine.

— Ce n'est pas un jeu, Georges, la prévint-il, le souffle court. Je veux vraiment faire l'amour avec vous.

Sans attendre, il ôta sa veste et la laissa tomber à terre, puis il dénoua sa cravate, se débarrassa de son col, de sa montre à gousset, qui rejoignirent la veste.

— Je le veux aussi, chuchota-t-elle en posant ses lèvres sur les siennes pour l'encourager à recommencer.

— Alors faites sortir le chien.

— Ne craignez rien, il monte la garde devant la porte comme je le lui ai appris. Sa présence nous permettra de ne pas être dérangés.

— Mais il nous regarde, protesta Adam. Sa présence me dérange, *moi*.

— Ah bon?

— Faites-le sortir, insista-t-il. Il montera la garde derrière la porte.

Giana s'exécuta et referma bien vite la porte.

— Merci, murmura Adam en l'attirant contre lui avant de lui prouver sa gratitude de façon plus ardente.

Le désir flamba en eux.

Il souleva la jeune fille dans ses bras et la porta vers le lit. Elle frémit à son contact. Personne ne l'avait portée ainsi depuis sa chute de cheval, à l'âge de douze ans, lorsqu'elle s'était fracturé la jambe. Elle était grande et pourtant, dans les bras d'Adam, elle avait l'impression d'être une frêle créature.

Il la déposa sur le lit et s'allongea près d'elle. Elle était vierge, se rappela-t-il. Il devait se montrer doux et tendre. Il s'employa donc à lui donner ce qu'elle méritait. D'abord, il s'attarda sur ses lèvres, en traça les contours du bout de la langue, avant de s'insinuer entre elles. Il explora les recoins secrets de sa bouche comme s'il était en quête de quelque trésor.

Puis il vint sur elle, la couvrit de son corps, pressa son bas-ventre contre le sien. Spontanément, Giana écarta les jambes pour mieux l'accueillir. Reconnaissant, il glissa la main dans ses cheveux et ôta les épingles qui les retenaient, libérant les mèches parfumées. Son baiser se fit plus profond, plus voluptueux.

Leurs langues entamèrent une danse sensuelle qui arracha un délicieux frisson de plaisir à la jeune fille. Adam déposa une pluie de baisers sur ses paupières, ses joues, effleurant ses lèvres au passage puis continuant vers son cou gracile, son épaule...

Bien des fois Giana avait regretté d'être née princesse. À présent, elle s'en réjouissait. Son éducation lui avait appris à obéir et à commander tour à tour. Entre les bras d'Adam, elle découvrait qu'elle aimait les deux rôles. Elle avait beaucoup à apprendre et il était troublant de se laisser guider durant quelque temps. Elle appréciait de renoncer à son autorité, trouvait un incroyable plaisir à laisser son désir lui dicter sa loi.

Adam enfouit le visage au creux de son cou, inhalant son parfum de fleurs d'oranger, puis il lui titilla le lobe de l'oreille avec une délicatesse dont il ne se serait pas cru capable. Un flot de désir le submergea, si violent qu'il en trembla. Il brûlait d'explorer son corps, d'en goûter la saveur.

Se rappelant la forme de ses seins pointant sous sa chemise de nuit, le soir de leur première rencontre, il eut une envie irrépressible de les caresser.

Sans quitter Giana des yeux, il glissa la main sous elle et dénoua son tablier blanc avant de le lui ôter. Sa robe se fermait sur le devant et il entreprit de la déboutonner.

Quand ce fut fait, il en écarta les pans, prit ses seins dans ses paumes et les fit jaillir du corset de dentelle noire. Le fin tissu de sa camisole ainsi que sa chemise les cachaient encore à sa vue. Il remarqua avec étonnement que les dessous de la jeune fille étaient également noirs. Troublé par ce contraste avec sa peau laiteuse, il déglutit nerveusement.

Lui qui n'avait pourtant jamais beaucoup apprécié la lingerie noire sentit son sexe se gonfler de désir. Soudain, il serra les dents. Le choix de la lingerie de Georges n'avait rien à voir avec une quelconque coquetterie : si elle était toujours vêtue de noir, c'était parce qu'elle était en deuil.

Laissant sa main courir sur son ventre, il eut la confirmation de ses soupçons. Il sentit sous le corset une dizaine de petites bosses. La bague ornée d'une perle noire n'était pas l'unique bijou que la jeune fille dissimulait sur sa personne. Il y en avait pour une véritable fortune.

Il prit une profonde inspiration, cherchant à retrouver ses esprits. En dépit de l'intensité de son désir, de l'envie pressante qu'il avait de la dévêtir, de lui caresser les seins, il tenait à lui laisser certains secrets.

Il l'embrassa dans le cou, puis remonta vers son oreille.

— Voulez-vous enlever vous-même votre corset et votre camisole ou préférez-vous que je le fasse ? chuchota-t-il.

Giana gémit contre lui, cherchant ses lèvres, ses mains. Elle tressaillit lorsque Adam effleura du pouce la pointe de son sein jusqu'à ce qu'elle durcisse. Puis sa main glissa vers la droite, là où elle avait dissimulé une paire de boucles d'oreilles en diamant…

— Oh ! fit-elle en rouvrant vivement les yeux.

Adam sut qu'elle venait de comprendre. Il lui sourit et se pencha vers ses lèvres.

— Sois mon Amazone, souffla-t-il d'une voix rauque qui la fit frémir tandis qu'une onde de chaleur la parcourait tout entière. Déshabille-toi que je voie tes seins.

Sur ces mots, il s'empara avidement de sa bouche.

— Montre-moi tes charmes cachés, ajouta-t-il tout contre ses lèvres.

Elle hocha la tête et il l'aida à s'asseoir. Elle sortit les bras des manches de sa robe, puis fit passer sa camisole par-dessus sa tête avant de la jeter à terre. Au moment de se débarrasser de son corset, elle éprouva quelques difficultés et dut solliciter l'aide d'Adam.

— Les crochets, dit-elle.

Elle gémit en sentant les doigts d'Adam courir sur ses seins.

— Les crochets sont cachés dans le dos.

— Cachés ? s'étonna-t-il. À quoi bon les cacher ? Tu sais où ils se trouvent…

Mais, après tout, il n'avait pas à saisir les subtilités des dessous féminins pour la déshabiller. Il passa les mains dans son dos.

— Nom de Dieu ! grogna-t-il en découvrant une quantité impressionnante de minuscules crochets.

Il lui fallut du temps pour en venir à bout. Quand il dégrafa le dernier et libéra enfin la jeune fille, il poussa un soupir de soulagement. Giana s'agenouilla, saisit le bas du corset et le lança au loin. Il retomba avec un bruit sourd non loin de la camisole.

Le haut moulant de sa robe était toujours boutonné à la taille. Giana le déboutonna vivement. Puis elle tira le bas de sa chemise de ses jupons et l'ôta, s'offrant au regard admiratif d'Adam.

Elle lui sourit.

Il demeura pétrifié. Dût-il vivre mille ans, jamais il n'oublierait le spectacle des seins parfaits de la jeune fille ni son sourire émerveillé quand elle plongea son regard dans le sien.

Il tendit les bras vers elle, mais elle s'écarta, mutine. Devinant son petit jeu, Adam s'allongea sur le dos et attendit qu'elle vienne à lui. Il n'eut pas à patienter longtemps.

Lorsqu'elle se pencha sur lui, il n'eut qu'à lever légèrement la tête pour titiller la pointe rose d'un sein.

Ce fut comme si une langue de feu venait la lécher, lui procurant une ivresse unique, bien plus intense que celle de n'importe quel alcool fort. À lui seul, le souffle d'Adam suffisait à l'embraser. Une douce chaleur naquit au plus profond de son corps, se propagea le long de ses membres.

— Encore... ordonna-t-elle, pantelante.

Enchanté par tant d'ardeur, Adam s'exécuta.

— Encore? demanda-t-il ensuite.

Giana hocha la tête.

— Alors approche...

Elle obéit. Ses seins lui frôlèrent le visage tels deux adorables fruits défendus.

Adam les agaça tour à tour de la langue. Giana se cambra en gémissant de plaisir.

Il la saisit alors par la taille et l'attira sur lui de façon qu'elle le chevauche. Puis il reprit son sein entre ses lèvres, brûlant de la caresser, de la goûter intimement, de s'enfouir en elle. Il voulait se perdre dans les douces profondeurs de son être, recueillir sur ses lèvres ses cris de bonheur, faire voile avec elle vers ce paradis qu'on appelle l'extase jusqu'à n'être plus qu'un seul corps en fusion, alliage exquis d'amour, de confiance et de fidélité.

Inlassablement, il allait des seins de Giana à ses lèvres. Puis il glissa la main sous sa jupe, se fraya un chemin dans la dentelle, remonta sur une cuisse couverte de soie. Freiné dans sa progression par les jupons, il recommença plus bas. Sa deuxième tentative fut couronnée de succès. Il repéra la brèche dans le fin tissu, et, y glissant la main, atteignit enfin la toison soyeuse et les replis secrets de sa féminité où palpitait le désir.

— Adam! s'écria-t-elle en se cambrant pour mieux s'offrir à ses doigts habiles.

Il l'effleura, puis se fit plus précis.

Haletante, elle s'abandonna à ces sensations inconnues et délicieuses que ses doigts de magicien éveillaient en elle. Lorsqu'il s'insinua plus profondément, elle crut défaillir tandis que des ondes de plaisir se propageaient jusqu'au creux de son ventre. Des désirs insoupçonnés faisaient rage en elle, provoquant des réactions indignes d'une princesse.

Elle aurait dû être scandalisée par la familiarité d'Adam, elle le savait, mais il la caressait avec une telle sensualité et une telle tendresse qu'elle ne pouvait lui résister. Comment être choquée alors qu'il ne lui donnait que du plaisir? Un plaisir indicible...

— S'il vous plaît... murmura-t-elle d'une voix si sourde qu'il se demanda si elle souhaitait qu'il continue ou le suppliait de cesser.

Il approfondit ses caresses. Aussitôt, Giana serra les cuisses, puis les rouvrit pour lui laisser l'accès. Adam avait sa réponse.

Elle commença à trembler et se cambra davantage, gémissant sous l'assaut du plaisir, le souffle court, le corps en feu.

Adam l'embrassa, doucement d'abord, puis au rythme de ses caresses. Il la savait proche de la jouissance et mourait d'envie de la rejoindre.

Elle soupira contre ses lèvres, puis fut secouée de spasmes avant de s'écrouler sur son torse.

25

Une princesse de sang royal se doit de posséder une vertu sans pareille.

Article 15 du protocole et de l'étiquette en vigueur à la cour de Saxe-Wallerstein-Karolya, par décret de Son Altesse Sérénissime le prince Karol Ier, 1462.

En ouvrant les yeux, Giana posa sur Adam un regard si émerveillé, si radieux qu'il sentit sa gorge se nouer. Ce regard était la plus belle des récompenses pour avoir renoncé à son propre plaisir.

En proie à une vive émotion, la jeune fille prit le visage d'Adam entre ses mains.

— Merci, lui dit-elle simplement en déposant un baiser sur ses lèvres.

— Ce fut pour moi un honneur, murmura-t-il en couvrant sa bouche de la sienne.

Cette fois, il laissa libre cours à sa passion, qu'il n'avait que trop tenue en bride. Il l'embrassa avec fougue. Elle s'agrippa à ses épaules et lui rendit ses baisers avec une ferveur égale. Tremblant d'un désir renouvelé, il s'écarta soudain.

— Qu'est-ce qui ne va pas ? s'enquit-elle.
— Rien.
— Alors pourquoi vous arrêtez-vous ?
— Parce que j'ai envie de toi, avoua-t-il en posant son front contre le sien. Je te veux tout entière.

— Mais je suis à vous.

— Pas vraiment, répondit-il. D'un point de vue technique, tu es toujours vierge.

Elle écarquilla les yeux. Adam l'avait embrassée, caressée en des endroits dont elle ne soupçonnait pas l'existence. Comment pouvait-elle être encore pure ?

— Comprends-tu ce que j'essaie de t'expliquer ?

Giana secoua négativement la tête.

— Nous pourrions arrêter sur-le-champ. Nous rhabiller, partir chacun de notre côté, et il n'y aurait rien de changé pour toi.

Elle fronça les sourcils.

— Cette étreinte n'aurait aucune conséquence pour toi, reprit-il en l'embrassant. Même si j'ai l'espoir qu'elle demeure à jamais gravée dans ta mémoire. Ce que je veux dire, c'est que tu peux partir, te marier avec un autre, et que personne, excepté toi et moi, ne saura jamais ce que qui s'est passé dans cette pièce.

Giana ne voyait pas très bien ce que cela signifiait, mais elle comprenait qu'il lui laissait le choix. En tant que princesse, elle savait qu'elle n'avait qu'une chance infime de faire un mariage d'amour. La raison d'État commandait et se souciait bien peu des sentiments. Elle soupira. Il était de son devoir de rester vierge pour assurer la succession du trône. La princesse devait demeurer pure. Mais la femme désirait qu'Adam McKendrick la fasse sienne. Qu'importe si une union entre eux était impossible. Elle voulait être aimée pour elle-même. Juste une fois, avant de remplir son devoir.

Giana décida d'oublier qu'elle était princesse pour être, une journée durant, une femme libre de ses choix, libre d'aimer Adam et d'être aimée de lui.

— Je ne veux pas rester pure, lui dit-elle.

Il ne se fit pas prier. Il dénoua les cordons de ses jupons, déboutonna sa culotte en dentelle, fit glisser ses jarretières et ses bas de soie noire jusqu'à ses genoux.

— Qu'est-ce que c'est? s'enquit-il en découvrant une chaîne en or autour de sa taille de guêpe.

Une lourde bague pendait de la chaîne. Lors d'un voyage à Paris, il avait vu des danseuses orientales, mais jamais rien de tel. La chaîne était cadenassée. Il se demanda soudain qui l'avait placée là. De toute évidence, la chevalière appartenait à un homme. Elle portait des armes et une devise.

— Serait-ce un nouveau genre de ceinture de chasteté ou le souvenir de quelque chevalier servant?

Il l'aida à se débarrasser de ses encombrants jupons. Il ignorait la raison de la présence de ce mystérieux bijou, mais il devait avouer que cette fantaisie apportait une touche d'érotisme à leurs ébats.

Giana baissa les yeux. Elle avait complètement oublié le sceau royal! Outre le médaillon qu'elle portait autour du cou, elle était entièrement nue.

— C'est mon père qui m'a remis cette chaîne. Il s'agit d'un héritage familial.

Adam émit un grognement sceptique. Si son père la lui avait remise, ce devait être une sorte de ceinture de chasteté. Heureusement pour lui, le système ne semblait guère efficace.

Giana rougit violemment et ferma les yeux.

— Ouvre les yeux, Georges. Vois comme tu es belle.

Elle obéit et constata que l'expression d'Adam était aussi douce que sa voix.

— Tu es belle à couper le souffle.

Elle rougit encore.

— Que va-t-il se passer maintenant?

Il s'allongea, la prit par les hanches et la hissa haut sur son torse. Giana sentit le satin frais de son gilet et le lin de sa chemise contre ses cuisses.

— À présent, je vais goûter ta saveur, déclara-t-il.

Une lueur d'inquiétude passa dans le regard de la jeune fille.

— Fais-moi confiance.

Et c'est ce qu'elle fit. Son souffle chaud la surprit au point qu'elle serra les cuisses. Adam leva les yeux vers elle.

— Je ne te ferai aucun mal. Je veux simplement t'aimer, si tu l'acceptes.

Quand il la regardait ainsi, elle était incapable de lui résister. Elle n'en avait d'ailleurs aucune envie. Adam était son professeur et elle une élève attentive. Il était le sculpteur et elle l'argile. Tant qu'il tenait sa promesse de l'aimer, elle lui faisait don de son corps.

— Allez-y, ordonna-t-elle.

— Avec plaisir.

Giana croyait avoir atteint le sommet du plaisir grâce à ses doigts experts, mais lorsque la langue d'Adam emprunta le même chemin, elle sut qu'il lui restait mille délices à découvrir.

Il l'amena au bord de l'extase, et au-delà. Puis il la fit doucement basculer sur le côté et la tint serrée contre lui, étouffant ses gémissements de sa bouche. Il écarta de son visage ses cheveux humides, essuya ses larmes en lui murmurant des mots tendres.

En rouvrant les yeux, Giana croisa le regard d'Adam.

— M'avez-vous caressée... complètement ?

Il se mit à rire.

— Disons que tu es beaucoup moins pure, mais tu restes vierge.

— Existe-t-il un plaisir encore plus intense ?

— Et comment ! Au début, il y aura peut-être une légère douleur, mais elle laissera vite place au plaisir.

— Une douleur pour qui ? s'enquit-elle.

— Pour toi.

— Ah...

Adam lui mordilla la lèvre inférieure, puis l'embrassa pour soulager le pincement furtif.

— Tu vois, ce n'est pas grand-chose.
— Montrez-moi.
— Seigneur! s'exclama-t-il. Quel tyran!

Giana parut choquée par ce qualificatif, puis désemparée.

— Je ne suis pas un tyran! protesta-t-elle. Je représente une monarchie constitutionnelle.

Adam rit de plus belle.

— Et moi je suis un défenseur de la démocratie. Mais nous en débattrons plus tard.

Il prit une profonde inspiration, sentant son désir renaître.

— Pour l'heure, reprit-il, nous devons régler un problème bien plus urgent...
— Lequel?
— L'un de nous deux est trop habillé, déclara-t-il en se redressant.

Un sourire taquin se dessina sur les lèvres de la jeune femme. Ses yeux bleus se mirent à pétiller tandis qu'elle s'emparait du premier bouton de la chemise d'Adam.

— Vous permettez?
— C'est demandé si gentiment que je vous autorise à poser les mains sur ma personne, répondit-il en reprenant ses termes.
— Je n'ai jamais déshabillé un homme, avoua-t-elle en déboutonnant sa chemise avant d'en écarter les pans.
— Tu te débrouilles très bien pour une débutante, la félicita-t-il.

Elle fit glisser le fin tissu sur ses épaules musclées, puis le long de ses bras, exposant son torse à son regard admiratif. Elle laissa courir sa main sur sa poitrine, la remplaça ensuite par ses seins dénudés.

Le sang d'Adam se mit à bouillonner dans ses veines. Son sexe durci vibrait de désir. Il avait envie d'entrer en elle, de sentir sa douce chaleur, de mettre fin sur-le-champ à cette exquise torture.

Il l'enlaça et la fit basculer sur le lit. Les mains de Giana descendirent le long de sa colonne vertébrale, s'immobilisèrent sur ses fesses fermes, puis revinrent à la ceinture de son pantalon. Adam gémit sourdement.

Elle trouva les boutons, s'y attaqua sans attendre. À peine eut-elle fini qu'il se débarrassa vivement de son pantalon. Lorsqu'elle le prit entre ses mains tremblantes, il ne put retenir un gémissement de plaisir. Fascinée par la douceur soyeuse de sa peau, la jeune fille le caressa sans retenue. N'y tenant plus, Adam repoussa ses mains, lui écarta les cuisses pour se positionner entre ses jambes.

S'abandonnant à sa frénésie, Giana enroula les jambes autour de sa taille et l'attira contre elle.

Adam la pénétra. Lentement, il plongea dans la chaleur moite de son intimité. Les yeux clos, frissonnant, il luttait pour ne pas perdre le contrôle.

Giana étouffa un cri et tenta de s'écarter. Adam se rendit compte, trop tard, qu'elle n'était plus vierge. Il venait de lui ravir son innocence. Il la maintint contre lui pour l'empêcher de trop souffrir en s'agitant, et lui murmura des paroles apaisantes, déposant une pluie de baisers sur ses joues ruisselantes de larmes.

— Tout va bien, Giana. Le pire est passé. Ne bouge pas. Laisse-moi t'embrasser.

Elle retint son souffle, et lui mordit la lèvre sans le vouloir.

— Ce n'était pas une petite douleur, fit-elle d'une faible voix.

— Mon cœur, cela fait toujours un peu mal la première fois, mais je te promets que cela ne durera pas. Le plaisir effacera tout.

Il n'avait pas menti. Peu à peu, la douleur s'évanouit. Giana commença à bouger légèrement afin de vérifier qu'elle ne revenait pas. Adam perdit le contrôle de la situation et s'enfonça plus profondément en elle. Ses hanches se mirent en mouvement, doucement d'abord, puis de plus en plus vite. Cramponnée à lui, Giana épousa son rythme, savourant le poids de son corps sur le sien et le sentiment de plénitude que sa présence en elle lui procurait. Jamais elle n'aurait imaginé pouvoir s'abandonner ainsi.

Elle ferma les yeux. Des larmes de bonheur coulèrent le long de ses tempes et disparurent dans ses cheveux. Sentant monter en elle les premiers spasmes de l'extase, elle se laissa aller sans retenue. Des plaintes jaillirent de sa gorge tandis qu'Adam explosait en elle.

Ensuite, il enfouit le visage dans ses cheveux, goûtant le sel de ses larmes, puis releva la tête pour la regarder. Dieu qu'elle était belle ! Il en avait la gorge serrée. Il aurait dû lui parler d'amour plutôt que de passion. Il aurait dû la chérir au lieu de céder à ses pulsions. Il savait qu'elle était vierge... Elle méritait une vraie nuit de noces... Elle méritait...

Il soupira. Avec l'apaisement de ses sens vint un sentiment de culpabilité. Elle s'était laissé séduire, que diable ! Elle lui avait offert sa virginité alors qu'elle aurait pu se refuser à lui. Qu'avait-il fait ? Comment revenir en arrière ?

Il croisa son regard et se perdit dans le bleu pur de ses yeux où scintillait une indicible émotion. Il ne voulait pas penser à l'avenir, ni lui demander plus qu'elle ne pouvait lui donner. Il voulait juste l'aimer tant que cela durerait.

Il l'embrassa avec une telle tendresse qu'elle en eut à nouveau les larmes aux yeux.

— Merci, Adam.
— Je t'en prie, princesse.

26

Une princesse de sang royal ne doit pas aspirer à un bonheur conjugal auquel elle n'a pas droit. Si elle cherche cependant la joie en dehors des liens du mariage, elle devra s'attendre à en payer le prix.

Article 517 du protocole et de l'étiquette en vigueur à la cour de Saxe-Wallerstein-Karolya, par décret de Son Altesse Sérénissime la princesse Daria, 1782.

— Vous saviez ? demanda-t-elle.
— Je viens de le comprendre, avoua-t-il. J'avais des soupçons, mais aucune certitude. C'est en te regardant dans les yeux que j'ai su.

D'une certaine façon, il l'avait toujours su. Au fond de lui-même, il avait senti que Georges était différente. Mais il n'imaginait pas à quel point avant de découvrir la bague ornée d'une perle noire au fond de sa botte et de lire le journal. Depuis le départ, les indices ne manquaient pas : sa façon de s'exprimer, ses propos, le respect dont sa «famille» faisait preuve.

— Je peux vous expliquer.
— M'expliquer ce qui s'est passé ou pourquoi c'est arrivé ? Je sais ce qui s'est passé, mais j'en ignore les raisons.

Adam fourragea nerveusement dans ses cheveux.

— Pour l'amour du ciel, tu es une princesse ! Je t'ai laissé le choix ! Tu aurais dû m'arrêter ! Tu aurais dû me dire non !

Il se leva et traversa vivement la chambre.

— Bon sang ! Je suis américain. Chez nous, il n'y a pas de roi. Je ne sais même pas comment je suis censé t'appeler !

— Nous... enfin je suis Son Altesse Sérénissime la princesse Georgiana Victoria Elizabeth May de Saxe-Wallerstein-Karolya. En public, vous devez m'appeler Votre Altesse mais, en privé, vous pouvez me surnommer Georges.

Giana le regarda ramasser ses vêtements épars.

— Si je ne vous ai pas dit non, c'est parce que j'avais envie d'aller jusqu'au bout. Je ne voulais pas que vous cessiez. D'ailleurs, vous n'avez pas déployé beaucoup d'efforts pour arrêter non plus.

Adam plongea son regard dans le sien et vit qu'elle était sincère.

— Tu as raison. Je n'ai fait aucun effort.

— Pourquoi ? demanda-t-elle en se couvrant du drap.

— Je l'ignore. Peut-être que j'avais envie de vivre un conte de fées, d'être le prince charmant d'une superbe princesse. À moins que j'aie cru, l'espace d'un instant, aux miracles.

Une larme roula sur la joue de Giana.

— Vous ne pouvez me soustraire à mon devoir, Adam. Ni me protéger contre mon destin.

Elle voulut sourire mais n'y parvint pas.

— Mais vous m'avez offert le plus merveilleux des cadeaux, et j'en garderai le souvenir toute ma vie.

— Tu ne crois pas si bien dire, princesse, répliqua-t-il brutalement. Il est possible que je t'aie fait un enfant.

Giana blêmit.

— Un enfant non désiré, à l'évidence, ajouta-t-il cruellement.

Il s'en voulut aussitôt. Ce n'était pas la faute de Giana. Elle était vierge. Lui avait de l'expérience. Il était le seul coupable. Jamais il n'aurait dû faire l'amour à une princesse.

Elle avait suffisamment de soucis sans avoir à subir les conséquences d'une éventuelle grossesse. Il aurait pu éviter cela s'il avait pensé avec son cerveau et non avec une autre partie de son anatomie! Il n'avait aucune excuse. Si Giana se retrouvait enceinte, il lui faudrait trouver le moyen de prendre ses responsabilités.

— Comment osez-vous affirmer que je ne voudrais pas d'un enfant de vous? s'indigna-t-elle en lui jetant son oreiller au visage.

— Tu es aussi pâle que le drap, lui dit-il.

— J'avais oublié que telle chose était possible. Dans mon pays, les enfants naissent rarement en dehors des liens du mariage.

— Les enfants naissent en dehors des liens du mariage dans tous les pays, rétorqua-t-il. Les royautés ne font pas exception à la règle.

Il porta ses vêtements vers le lit.

— Tu as raison, reprit-il. Je me suis montré inutilement cruel. Mais j'étais en colère. Pas contre toi, contre moi-même. Pardonne-moi, conclut-il en l'embrassant sur le front.

— Vous n'êtes pas fâché contre moi?

— En tout cas, je ne t'en veux pas de n'avoir pas réfléchi aux conséquences de notre acte. C'était ma faute.

— Mais vous avez d'autres choses à me reprocher. Et pourtant, vous avez envie de m'embrasser.

— J'en aurais envie même si je te détestais, déclara-t-il. Le fait de t'embrasser ne signifie pas que je ne suis pas en colère. Cela signifie que j'ai besoin du plaisir que tu me donnes.

— Vous êtes toujours fâché à propos de Wagner et de la porcelaine cassée ?

Adam secoua la tête.

— Il me semble que tu m'as remboursé. Avec ceci, dit-il en sortant la bague de la poche de son gilet.

Il voulut la lui rendre mais elle refusa.

— Elle est à vous.

— Non. Soit elle t'appartient, soit elle appartient au peuple karolyen, auquel cas tu n'as pas le droit de t'en séparer.

Il plaça le bijou dans sa main de force.

Giana le tint contre sa poitrine.

— Je n'ai pas assez d'argent pour vous payer.

— Ce n'est pas grave. Je ne veux pas de ton argent. Et je refuse de recevoir un bijou de la couronne en règlement.

Giana leva les yeux vers lui. Il y lut de l'amour et de la gratitude.

— Cette bague ne fait pas partie des bijoux de la couronne, mais de la collection personnelle de la princesse Rosemonde. C'est l'une de mes pièces préférées.

Elle esquissa un sourire nostalgique.

— C'est avec elle que j'ai appris à compter.

Elle se mit à compter en six langues différentes.

— Il y en a...

— Seize, compléta Adam en l'embrassant. Je me débrouille en espagnol, allemand, suédois et mandarin.

Giana lui rendit son baiser.

— Mandarin ?

— La langue des Chinois, expliqua-t-il. J'ai fait fortune dans les chemins de fer et les mines d'argent. Plus de la moitié de mes employés étaient chinois. Les autres étaient irlandais. Et toi, princesse. Comment as-tu fait fortune ? la taquina-t-il.

— J'ai hérité d'une partie à ma naissance, et du reste après l'assassinat de mes parents.

— Je suis désolé, murmura-t-il sincèrement.

— Tous deux ont été tués dans leur chambre, au palais de Christianberg, la capitale de notre principauté. C'était après le dîner donné à l'occasion de la réouverture du Parlement.

Elle relata les faits d'un ton posé :

— Le palais a été pris d'assaut et les fidèles serviteurs de mon père ont été massacrés.

— Par des révolutionnaires ? fit Adam, répétant ce qu'il avait lu dans les journaux.

Georges secoua négativement la tête.

— Non, par mon cousin, le prince Victor.

— Ton cousin ? s'écria Adam, abasourdi. Cet homme qui recherche tes ravisseurs ? Et qui est monté sur le trône en ton absence ?

— Lui-même.

— L'ordure !

— Je ne vous le fais pas dire.

— Il n'y a donc jamais eu de révolutionnaires ? Et encore moins de ravisseurs ?

— Il existe sans doute des révolutionnaires en Karolya, répondit Giana, mais ils n'ont pas tué mes parents. Victor a embrigadé les jeunes gens de l'aristocratie. Il s'oppose à la déclaration des droits du peuple proposée par mon père. Il leur a promis des terres, des titres et autres subventions en échange de leur soutien. Il les a persuadés de trahir en prétendant que mon père entendait redistribuer les biens des riches aux pauvres. Mes parents ont reçu plusieurs coups de poignard. C'est Victor l'instigateur de l'attentat.

— Pourquoi ?

— L'avidité, répondit-elle simplement. Il veut s'accaparer les mines de fer et les bois de la principauté.

Adam mit un certain temps à comprendre le sens de ses propos.

— Ton cousin a tué tes parents pour avoir la mainmise sur le fer et le bois de la principauté ?

— Les ressources sont très importantes. Papa m'a expliqué tout cela lorsque divers gouvernements lui ont offert d'acheter les concessions des mines et les forêts, mais je n'ai compris le rôle de Victor que quand Max m'a expliqué que mon père avait refusé de vendre les droits d'exploitation. Il n'a même pas voulu considérer la question. Selon lui, ces ressources naturelles appartenaient au peuple. Son rôle était de les préserver pour les générations futures. La principauté est un pays riche. Il n'est pas nécessaire de dépouiller la nature pour l'enrichir.

— Victor a-t-il besoin d'argent ?

Giana secoua la tête.

— Non. Il a besoin de pouvoir. Il avait même conclu des accords avec des représentants étrangers pour leur fournir du fer et du bois contre la volonté de mon père.

— Quelles ont été les représailles de ton père envers Victor ?

— Je l'ignore. Mais Victor lui a demandé ma main et il a refusé.

Elle fit tomber la bague sur le drap et la fixa.

— Cela n'a plus d'importance, désormais, reprit-elle. Victor n'abandonnera pas tant qu'il ne m'aura pas retrouvée.

— Ne la laisse pas là, dit Adam.

Il ramassa le bijou qu'il posa sur la table de chevet. Puis il esquissa un sourire. Au moins il n'aurait pas à couvrir sa dulcinée de bijoux. Giana avait largement son compte et elle ne semblait guère s'y intéresser. Outre ceux qu'elle avait cousus dans ses dessous, elle arborait une paire de minuscules boucles d'oreilles et un médaillon. Non, Giana n'était pas une femme à bijoux. Elle préférait sans doute les enfants et les chiens.

Adam ne connaissait pas le prince Victor, mais il avait croisé pas mal de types de son espèce. Il imaginait sans peine sa furie lorsqu'il avait dû renoncer aux mines d'argent et aux forêts. Sans parler de Georges. Maintenant qu'il avait partagé son lit, Adam savait que la jeune fille était de loin la plus grosse perte du prince.

— Comment t'es-tu échappée ?

— Au moment du drame, je n'étais pas à la maison. Mon père avait peur pour ma sécurité. Il m'avait envoyée dans notre palais d'été, à Laken.

Elle s'exprimait d'une petite voix triste qui étonna Adam, puis l'inquiéta.

— J'aurais dû rester avec eux, reprit-elle. J'aurais dû être présente au moment de leur dernier soupir. J'aurais dû mourir avec eux. Mais il m'a envoyée à Laken. Il m'a mise en sécurité, et ma mère et lui ont affronté l'ennemi seuls...

Elle se mit à trembler, puis fondit en larmes. Adam la prit dans ses bras.

— Non, mon ange, tu ne devais pas mourir avec eux. Tes parents n'avaient pas le choix. Tu étais leur enfant, leur fille adorée, l'avenir de leur pays. Ils t'ont éloignée parce qu'ils t'aimaient. Parce qu'ils ne supportaient pas l'idée que tu sois en danger. Car tu serais morte, Georges. Ne te fais aucune illusion. Si tu avais été au palais, tu serais morte, et il ne resterait plus personne pour veiller sur le peuple de Karolya. Tu as fait exactement ce que tes parents attendaient de toi : tu as survécu.

Il lui lissa les cheveux en arrière.

— Si j'ai survécu, c'est parce que nul ne savait où j'étais, à part Max et les domestiques.

— Laisse-moi deviner : Max, Isobel, Albert, Brenna et Josef étaient avec toi.

— Non. Max se trouvait au palais de Christianberg avec mes parents.

Adam prit une profonde inspiration.

— L'article du *Times* suggérait que Lord Maximilian Gudrun, le secrétaire particulier de ton père, avait fomenté le complot visant à le renverser et organisé ton enlèvement.

— Max m'a sauvé la vie, déclara Giana avec fierté. Il a été blessé en portant secours à mes parents. Mon père lui a donné le sceau royal et l'a chargé de me mettre à l'abri hors de nos frontières.

Giana baissa les yeux vers sa taille.

— Je suppose qu'il s'agit du fameux sceau, fit Adam.

— Oui.

— Quand tu m'as dit que cette chaîne venait de ton père, j'ai cru à une sorte de ceinture de chasteté, avoua-t-il, les yeux pétillants de malice.

— Tant que je n'aurai pas été couronnée, ce sceau ne doit jamais me quitter. C'est pourquoi je le porte à la taille.

— Où est la clé du cadenas ?

— Je l'ai jetée à la mer. Je ne pouvais prendre le risque de me faire voler le sceau ou de le perdre. Et il ne fallait pas que quelqu'un le reconnaisse. C'est la cachette la plus sûre. Seuls Max et Brenna étaient au courant.

— Jusqu'à aujourd'hui, précisa Adam en lui tendant sa chemise.

Elle lui sourit et enfila le vêtement.

— Jusqu'à aujourd'hui.

— Maintenant que je suis au courant, je suppose que ma vie est en péril, plaisanta-t-il.

— Pas la vôtre. La mienne.

27

Le Baron Vengeur accorde une grande importance à la sécurité. Il n'apprécie guère les imprévus.

Premier volume des aventures du Baron Vengeur, défenseur des beautés blondes en détresse, par John J. Bookman, 1874.

— Quoi ? s'exclama Adam, saisi de terreur.
— Pour accéder au trône de Karolya, Victor doit présenter au Parlement le sceau royal ou ma dépouille mortelle, ou bien m'épouser dans l'année qui suit le décès de mon père, expliqua Giana. Même si j'acceptais d'épouser l'assassin de mes parents, Victor ne voudrait plus de moi, maintenant que je ne suis plus vierge.

Elle s'exprimait avec un calme qui mit Adam hors de lui.

— Il va te tuer, s'écria-t-il en se levant d'un bond pour enfiler son pantalon. Seigneur, Georges ! Cette maison fourmille peut-être d'espions à la solde de Victor ! S'il découvre que nous avons fait l'amour...

Sa voix s'éteignit tandis qu'il s'habillait.

— Nous n'avons pas été très discrets, reprit-il. Nous avons été absents toute la matinée. C'était un jeu d'enfant que de nous trouver. Wagner monte la garde devant la porte.

Il boutonna sa chemise.

— Bon sang, à quoi est-ce que j'ai pensé ?

Il adressa un regard courroucé à la jeune femme et lui lança ses vêtements.

— Et toi, à quoi as-tu pensé ?

Giana enfila ses sous-vêtements.

— J'ai pensé que je ne voulais pas mourir ou partager le lit d'un autre homme sans avoir d'abord partagé le vôtre.

Adam se laissa tomber au bord du lit, comme assommé.

— Tu savais ? souffla-t-il. Tu savais et tu as accepté de mettre ta vie en péril pour faire l'amour avec moi ?

— Je suis princesse, Adam. J'ignore ce que l'avenir me réserve. Mes parents furent les seuls à se marier par amour dans l'histoire de la principauté. Et ils sont morts assassinés par un membre de la famille. J'ignore si je pourrai éviter un mariage de raison. Je sais seulement que si j'avais le choix, je vous prendrais comme prince consort. Quoi qu'il arrive, sachez que c'est vous que j'ai choisi.

C'est vous que j'ai choisi. Le cœur d'Adam s'emballa. Le souffle court, il se sentit soudain submergé par une bouffée de tendresse. *Il l'aimait.* Cette découverte inattendue l'ébranla jusqu'au tréfonds. Il aimait tout en elle. Et pour l'heure, il devrait se contenter de cet amour.

— Ce choix risque de te coûter la vie.

— Cela en valait la peine.

— Giana, je...

La jeune femme posa un doigt sur ses lèvres pour le faire taire.

— Georges, corrigea-t-elle. Pour vous, je suis Georges.

— Ce n'est pas un nom très princier, répondit-il, penaud.

— Je possède de nombreux titres, mais vous êtes le seul, en dehors de mes parents, à m'avoir attribué un surnom.

— Vraiment ? fit-il, agréablement surpris.

— Oui.

— Comment t'appelaient-ils ?

— Ma mère m'appelait fleur, mais mon père m'avait trouvé un sobriquet plus tendre et moins flatteur.

— Lequel ?

— Son Altesse ouistiti.

— Ouistiti ?

— Parce que j'étais tout en bras et en jambes.

— Je pense que j'aurais aimé ton père, déclara Adam.

— Je le pense aussi, répondit Giana en tripotant son médaillon. Vous voulez les voir ?

Il hocha la tête.

Elle ôta la chaîne qu'elle portait autour du cou et ouvrit le médaillon.

Adam découvrit les portraits qu'il renfermait.

— Voici mes grands-parents maternels, le marquis et la marquise de Barracksford, précisa-t-elle. C'est une copie de leur portrait officiel. Et me voici en compagnie de mes parents, le jour de mon baptême.

— Son Altesse Sérénissime le prince Christian, son Altesse Sérénissime la princesse May et Son Altesse Sérénissime la princesse ouistiti, commenta Adam avec une grimace.

Giana gloussa.

— Joli portrait de famille, dit Adam.

— Nous formions une belle famille, admit-elle. J'ai toujours aimé leur expression sereine, leur façon de me regarder avec tendresse.

Les lèvres de la jeune femme se mirent à trembler. Elle essuya une larme et esquissa un sourire nostalgique.

— Tu étais une enfant très aimée, observa Adam. Et là, qui est-ce ?

Sous le portrait des grands-parents était dissimulé celui d'un homme élégant vêtu à la mode Régence.

— Vous venez de découvrir mon secret de famille. Il s'agit de Georges Ramsey, quinzième marquis de Templeston.

— Qui était-ce ?

— Le père de ma mère.

Surpris, Adam arqua les sourcils.

— Ma grand-mère était française. Elle s'est mariée avec son amour de jeunesse. Quand elle a eu vingt ans, son mari est parti à la guerre. Il est mort au combat, en Russie. Ma grand-mère est devenue actrice à Paris. Elle a rencontré Georges Ramsey à l'issue d'une représentation. Il est venu la voir dans sa loge et l'a invitée à dîner. Elle a toujours affirmé avoir eu le coup de foudre. Très vite, Templeston l'a installée dans une maison à Paris. Elle espérait qu'il l'épouserait, mais il avait promis à son épouse défunte de ne jamais se remarier, et il a tenu parole. Quand elle a compris qu'il aimait encore sa femme, ma grand-mère a mis fin à leur liaison. Le marquis est rentré à Londres et ma grand-mère a continué sa carrière d'actrice.

« Peu après, elle a rencontré un autre noble anglais, le marquis de Barracksford, qui était bien plus âgé qu'elle. Il était célibataire, mais c'était un très beau parti, un homme élégant qui plaisait beaucoup aux femmes. Il se rendait souvent à Paris pour affaires et fréquentait les salons. Il a courtisé ma grand-mère qui a tenté de le dissuader en lui expliquant qu'elle était encore amoureuse du marquis de Templeston, mais Barracksford a insisté jusqu'à ce qu'elle accepte de l'épouser.

Giana se tut, guettant la réaction d'Adam.

— Qu'est-il arrivé à Templeston ? s'enquit-il.

— Il est mort en mer, au large de l'Irlande, avant la naissance de ma mère. Il n'a jamais su que ma grand-mère était enceinte de lui.

— Et Barracksford, il le savait ?

Giana hocha la tête.

— Ma grand-mère le lui a révélé dès qu'elle s'en est rendu compte. Elle a cru qu'il renoncerait à l'épouser, mais non. Il était très amoureux d'elle. Il a accepté cet enfant qui n'était pas de lui. Ils se sont mariés et ont vécu à Paris. Après la naissance de ma mère, ils sont partis vivre à Londres. Georges Ramsey était mort et son fils aîné était devenu marquis de Templeston. Ma mère étant une fille, il n'était pas nécessaire que cette filiation soit révélée au grand jour. Lord Barracksford l'a élevée et aimée comme sa propre enfant.

— Comment l'as-tu appris ?

— Ma grand-mère a raconté toute l'histoire à ma mère en lui remettant le médaillon, et ma mère a fait de même. Voyez-vous, Lord Templeston avait prévu par testament un soutien financier pour ses maîtresses et ses enfants naturels. En cas de besoin, ces derniers devaient présenter ce médaillon à l'actuel marquis. Ma grand-mère et ma mère ont eu la chance de faire un mariage d'amour et n'ont jamais manqué de rien. Aussi ce médaillon n'a-t-il jamais servi.

Giana s'agenouilla près d'Adam sur le lit et le regarda remettre le portrait en place et refermer le boîtier avant de le lui rendre.

— Et toi, pourquoi n'as-tu jamais présenté ce médaillon à Lord Templeston ?

— J'en avais l'intention dès mon arrivée en Angleterre, répondit-elle en fixant la chaîne autour de son cou. Mais les journaux regorgeaient d'articles sur ma disparition et sur les accusations formulées par Victor à l'encontre de Max. J'ai lu que le gouvernement de la reine Victoria aidait Victor dans ses recherches pour me retrouver, et pour arrêter Max et ses complices. La reine a nommé le marquis de Templeston, son conseiller privé, comme intermédiaire entre les deux pays. Avant de lui présenter le médaillon, je préférais que Max soit en sécurité. Il fallait aussi que je sache si le gouvernement britannique visait les mines de fer et les forêts de Karolya plus qu'il ne voulait me voir accéder au trône. J'ignore si le marquis n'est pas de connivence avec mon cousin...

Adam effleura le médaillon.

— Il ne faudra pas recommencer ce que nous avons fait tant que tu ne seras pas en sécurité, dit-il en l'embrassant.

Giana enroula les bras autour de son cou et lui rendit son baiser.

— Mais quand je serai en sécurité, nous ne pourrons peut-être jamais recommencer.

— Je sais. Toutefois, rien ne vaut que tu mettes ta vie en péril. Ou celle que tu portes peut-être en toi. D'accord?

Adam enfila son gilet et sa veste.

— Oui, murmura Georges en posant la main sur son ventre.

Il lui sourit et leurs regards s'aimantèrent. Le désir flamba de nouveau entre eux. Adam regretta aussitôt ses paroles.

— Adam? fit-elle comme si elle lisait dans ses pensées. Vous regrettez, pour ce matin?

Il secoua négativement la tête.

Les yeux de Giana étincelaient de larmes contenues.

— Je suis désolée pour tous nos mensonges et nos manigances. Mais nous voulions rester à l'abri à Larchmont Lodge parce que nous n'avions nulle part où aller.

Elle l'accompagna à la porte.

— Vous pouvez tous rester ici. Nous vous protégerons.

Giana esquissa un sourire triste.

— Je ne peux rester que jusqu'à l'arrivée de la reine Victoria à Balmoral. C'est ma marraine. Je vais aller la voir pour lui expliquer la situation. Max sera en danger tant que je ne lui aurai pas parlé.

Adam hocha la tête.

— Je ne puis rien vous demander... reprit-elle.

— Mais si, la coupa-t-il. Tu peux tout me demander.

— Dans ce cas, j'ai deux requêtes.

— Je t'écoute.

— J'aimerais que nous restions tous ici jusqu'à l'arrivée de la reine en Écosse. Ici, ma suite a du travail. Cela leur permet de se changer les idées et de ne pas trop avoir le mal du pays.

— Accordé, répondit Adam en se grattant le menton. Mais autant que je te le dise : à bien des égards, ton personnel laisse franchement à désirer. Je t'ai vu travailler plus dur qu'eux tous.

Giana s'esclaffa.

— C'est parce qu'ils sont entravés par la loi karolyenne qui leur interdit d'effectuer certaines tâches risquant de nuire à leurs devoirs traditionnels envers leur souverain. Ils peuvent travailler mais doivent répondre en priorité à mes besoins.

Adam fit la grimace.

— Voilà qui explique pourquoi mes ordres ne sont jamais respectés.

— Quand le souverain est présent, le personnel doit concentrer ses efforts sur lui.

— La vie de princesse a du bon, plaisanta Adam.

— En échange de grands sacrifices, assura-t-elle. Tout a un prix.

— Quelle est ta seconde requête ?

— Voulez-vous réfléchir à ma proposition ? demanda-t-elle. Il se peut que je n'aie pas le choix, mais si je l'ai, c'est vous que je choisirais pour vivre à mes côtés.

— Georges, je ne cr...

— Chut ! Ne répondez pas tout de suite. Prenez le temps d'y réfléchir. Il y a beaucoup de choses à prendre en compte. Et d'énormes sacrifices à accepter...

— Tu me demandes de t'épouser ?

Elle sourit.

— Je vous demande d'accepter le rôle de prince consort de Karolya au cas où je serais en mesure de vous l'offrir.

— Mais je suis roturier, américain de surcroît. Une telle union serait-elle possible ?

Giana haussa les épaules.

— Cela ne devrait pas être impossible. Mais je suis une femme et vous faire accepter ne sera pas facile.

Bien après le départ d'Adam, Giana resta assise devant sa coiffeuse, face au miroir.

Elle ne cessait de se répéter qu'elle avait perdu la tête. Elle venait de demander Adam McKendrick en mariage. À quoi avait-elle donc pensé ? Elle fronça les sourcils. Inutile de se mentir. Elle le savait précisément. Elle s'était dit que ce serait merveilleux de se réveiller dans ses bras chaque matin jusqu'à la fin de ses jours.

C'était là une attitude égoïste. Elle n'avait pas pensé à Adam. Elle effleura ses lèvres de ses doigts tremblants. Comment avait-elle pu lui demander de renoncer à l'Amérique, à ce pavillon de chasse qu'il avait à cœur de rénover ? De renoncer à ses affaires florissantes pour endosser les problèmes de la principauté ? Comment pouvait-elle exiger qu'il sacrifie sa liberté pour vivre sous le joug d'obligations et de devoirs envers le peuple d'un pays qui n'était pas le sien ?

Giana soupira. Elle connaissait mieux que quiconque les sacrifices qu'impliquerait une vie avec elle. Suffirait-elle au bonheur d'Adam ? Pourrait-elle lui faire oublier tout ce à quoi il renoncerait s'il acceptait son offre ?

Ce serait un sacrifice pour elle aussi, mais Adam l'ignorait. Et elle ne voulait pas qu'il le sache. Elle aurait tout le temps de lui parler plus tard, s'il acceptait de l'épouser. Giana se mordit les lèvres. Elle aurait le cœur brisé s'il refusait, mais elle ne s'abaisserait jamais à l'acheter.

La charte karolyenne avait aboli la loi salique interdisant aux femmes de régner, mais le Parlement avait prévu des réserves limitant les pouvoirs d'une souveraine.

La tradition exigeait que l'héritière du trône soit mariée pour assurer la succession. Toutefois, en se mariant, une princesse karolyenne perdait une grande partie de son pouvoir, car son époux devenait automatiquement chef de famille. Le mari de Giana aurait donc davantage de droits qu'elle, outre le titre de prince consort.

Giana ne pourrait régner sur son peuple comme elle l'entendait. Elle n'avait pas osé parler à Adam de ces dispositions légales de peur qu'il n'accepte de l'épouser que pour avoir le contrôle sur son pays.

Elle ne pourrait vivre avec l'idée que l'homme qu'elle aimait convoitait davantage le rôle de prince consort qu'elle-même. Mais comment en avoir le cœur net ?

28

Une princesse de sang royal ne doute jamais du bien-fondé de ses décisions. Elle ne montre ni hésitation ni faiblesse.

Article 519 du protocole et de l'étiquette en vigueur à la cour de Saxe-Wallerstein-Karolya, par décret de Son Altesse Sérénissime la princesse Rosemonde, 1782.

— Écoute, mon vieux, il est temps qu'on ait une discussion ! lança O'Brien en entrant en trombe dans la bibliothèque, un journal à la main.

Adam était installé derrière son bureau jonché de documents.

— Pas maintenant, marmonna-t-il.

— Je commence à me demander si tu n'as pas trouvé un autre compagnon de voyage. J'ai la nette impression que tu m'évites.

— Je vois que tu as compris sans que j'aie besoin de te l'expliquer, riposta Adam. Écoute, je suis occupé.

O'Brien s'approcha et prit l'une des feuilles sur lesquelles son ami travaillait.

— Je croyais que tu avais envoyé ces invitations pour l'ouverture en avant-première il y a quinze jours.

— C'est le cas. Mais j'en envoie d'autres.

— Pour annoncer que l'ouverture est retardée ?

— Pas retardée, juste reportée, corrigea Adam. J'ai invité la reine Victoria. Il paraît qu'elle sera à Balmoral sous peu.

— Je croyais que tu avais décidé...

— Certes, coupa Adam, mais j'ai changé d'avis.

Il jeta un coup d'œil circulaire pour s'assurer qu'il n'y avait pas d'oreilles indiscrètes.

O'Brien l'imita. Un homme qui posait du papier dans le salon voisin traînait près de la porte de la bibliothèque.

— J'ai rencontré Josef en rentrant du village, monsieur, déclara O'Brien, réintégrant son rôle de valet. Il aimerait savoir si vous comptez monter à cheval, aujourd'hui.

Adam se leva et prit son chapeau.

— J'ai besoin d'un peu d'exercice, répondit-il. Je vais aller voir comment avancent les travaux du parcours de golf.

Une demi-heure plus tard, les deux hommes quittaient les écuries.

— Où allons-nous ? s'enquit Murphy.

— Voir le parcours de golf. Nous pourrons parler en toute tranquillité.

Ils chevauchèrent en silence jusqu'au dix-huitième trou. Puis ils mirent pied à terre près du petit pavillon et allèrent se promener sur le gazon.

— Alors, fit enfin Murphy, incapable de contenir plus longtemps sa curiosité, elle l'est ou pas ?

— Elle l'est.

— C'est aussi ce qui se dit à Kinlochen. La nouvelle de sa disparition ne signifie pas grand-chose pour un petit village écossais, mais les gens commencent à assembler les pièces du puzzle à mesure que les travaux avancent. Les gens que nous avons engagés restent bouche cousue, mais d'autres pensent que la princesse est retenue prisonnière dans le pavillon de chasse. Pour ne rien arranger, le prince Victor offre une généreuse récompense pour toute information permettant de la retrouver saine et sauve. Quelqu'un ne devrait pas tarder à la réclamer.

— Le prince Victor veut sa mort.

— Il est pourtant prêt à payer pour qu'elle revienne saine et sauve, objecta O'Brien.

— Il a commis un régicide. Il ne souhaite le retour de Georges que pour permettre à ses tueurs de finir ce qu'ils ont commencé. Si elle a échappé à la mort la nuit où ses parents ont été assassinés, c'est uniquement parce qu'elle n'était pas dans la capitale. Son père avait eu vent du complot qui se préparait contre lui et a préféré mettre son héritière à l'abri. Seul Max savait où elle se trouvait.

— Nom de Dieu! jura O'Brien en s'éventant à l'aide de son chapeau.

— Comme tu dis, acquiesça Adam.

— Les journaux désignent tous Max comme étant celui qui a organisé l'insurrection et enlevé la princesse.

— Il n'y a pas plus de révolutionnaires que d'enlèvement. Victor a tout inventé pour détourner l'attention de l'opinion sur ce qu'il avait à gagner du double meurtre.

— Et qu'a-t-il à gagner? interrogea Murphy. D'après ce que je sais, il est prince régent en attendant que la princesse Giana puisse accéder au trône.

— Il veut tout contrôler: Georges, les mines de fer, les forêts. Il cherche déjà à négocier avec des acheteurs étrangers. S'il tient tant à retrouver Max, c'est parce que celui-ci est le seul témoin des meurtres, et qu'il a reconnu un complice de Victor.

Adam lui rapporta les propos de Giana.

— Tout cela est sans doute vrai, et Max est totalement innocent, mais selon toi, combien de temps faudra-t-il avant que quelqu'un ne le dénonce? Le prince Victor s'est montré fort habile pour brouiller les pistes. Et la princesse Giana a raison: les journaux affirment que le gouvernement britannique l'aide dans ses recherches. Même si la reine Victoria refuse de reconnaître Victor en tant que souverain, mes sources affirment qu'il est en Écosse pour la rencontrer.

— Quoi? s'écria Adam en blêmissant.

— J'ai télégraphié au bureau new-yorkais de Pinkerton pour obtenir des informations. Selon la presse allemande, le gouvernement karolyen annonce que Son Altesse le prince Victor a quitté la principauté pour la Grande-Bretagne. On prétend que la reine Victoria a abandonné tout espoir de retrouver sa filleule vivante, et qu'elle profitera de cette visite pour proclamer Victor souverain de plein droit.

— Bon sang! jura Adam. Si Georges est venue se cacher ici, c'est en partie parce que la reine est sa marraine. Elle avait prévu d'aller la voir à Balmoral pour lui expliquer la situation.

O'Brien secoua la tête.

— Il ne faut pas qu'elle s'y rende. Pas si Victor compte y aller également. Tu as dit qu'il voulait vendre les mines de fer de Karolya? ajouta-t-il.

— Oui. Mais le prince Christian s'y était opposé.

O'Brien réfléchit quelques instants.

— À la réception donnée chez ta sœur, j'ai entendu plusieurs messieurs discuter d'un achat de mines de fer.

Adam sentit ses entrailles se nouer.

— Marshfield. Kirstin m'en a parlé, ainsi que du prince Victor, mais je n'avais pas fait le rapprochement.

— Marshfield n'est pas le seul. Ils sont plusieurs en train de monter une société dont le but est de procurer un marché aux importations de ressources naturelles.

— Le fumier! Tout est ma faute, se lamenta Adam. Georges et sa suite étaient à l'abri à Larchmont Lodge jusqu'à mon arrivée. Avec mes ambitions de transformer le pavillon en un établissement à la mode, je les ai mis en danger.

— Tu ne pouvais pas savoir qu'une princesse en fuite allait se réfugier dans un domaine que tu avais gagné au poker à un Anglais fortuné, souligna O'Brien. Tout comme eux ignoraient que les lieux avaient changé de propriétaire, et que tu aurais des projets d'aménagement. C'est le destin, mon vieux. Tu n'y peux rien.

Les paroles de Giana revinrent à la mémoire d'Adam : « Vous ne pouvez me soustraire à mon devoir. Ni me protéger contre mon destin. »

— Son destin n'était pas de mourir, Murphy. Sinon, Max n'aurait pu la sauver. Peu importe ce qui s'est passé, le fait est qu'elle ne risquait rien jusqu'à mon arrivée. À présent, je me dois de veiller sur elle.

— Cette histoire de Baron Vengeur te monte à la tête, mon vieux. Je sais qu'il s'agit d'une beauté blonde en détresse, mais elle est aussi princesse. Tu as perdu la raison, Adam. Tu ne peux les sauver toutes !

— Il faut que je sauve celle-ci, insista-t-il en soutenant le regard de son ami. Elle est mon avenir.

— Pas sûr, observa O'Brien. Tu l'as dit toi-même, et à juste titre, elle pourrait bien t'être fatale.

— Eh bien, qu'il en soit ainsi. Je suis prêt à mourir pour elle. Elle le mérite. Si cela se produisait, promets-moi de t'occuper d'elle.

Il regarda en direction du petit pavillon qui se trouvait à l'extrémité du parcours de golf.

— C'est l'endroit le plus sûr du domaine, reprit-il. La maison est en pierre, et elle possède une cave. Si jamais Victor retrouve la trace de Georges, amène-la ici. Et promets-moi que tu resteras avec elle le temps qu'il faudra.

— Il ne s'agit pas simplement de veiller sur une princesse, n'est-ce pas ?

— Non, en effet. Il s'agit de protéger la femme que j'aime.

Adam l'aimait. Il n'avait aucun mal à l'admettre. Mais cet amour suffirait-il ?

Elle lui avait demandé de réfléchir au rôle de prince consort, mais il n'était pas certain de pouvoir vivre ainsi, en dépit de ses sentiments pour Giana.

Une matinée d'amour ne suffisait pas à construire un couple. Épouser une princesse soulevait de nombreux problèmes, même pour un prince, ce qu'il n'était pas.

Le conjoint d'un souverain se devait de faire de multiples sacrifices. Dans son cas, cela signifiait renoncer à son pays natal ; renoncer à être ce qu'il avait toujours été pour endosser un nouveau rôle ; perdre sa liberté.

Était-il prêt à sacrifier sa liberté ? Il n'en était pas certain. Depuis un mois, il n'était plus le même homme. Il était amoureux d'une femme décidée, courageuse et dévouée à son peuple. Mais même le nouveau McKendrick frémissait à l'idée de ce qui l'attendait s'il épousait Georges.

Il se sentait responsable d'elle, tout comme elle-même était responsable de son pays. Il savait que s'il voulait la protéger, il devait l'épouser. Mais quel homme possédant suffisamment d'amour-propre et d'instinct de conservation ferait un tel choix ? Il lui faudrait abandonner la citoyenneté américaine, ainsi que ce pour quoi il s'était tant battu. Adam fronça les sourcils. Il vivrait dans une principauté perdue, loin de sa famille, de ses amis, à jouer les seconds rôles dans l'ombre de sa femme et de leurs enfants.

Était-il prêt à cela ? Le supporterait-il ?

— Vous aviez raison, Monseigneur.

Le marquis d'Everleigh se tenait devant son ami et mentor, Andrew Ramsey, seizième marquis de Templeston, dans le bureau privé de celui-ci, à

Londres. Il lui relatait les détails de son entrevue avec le prince Victor de Karolya.

Un pli soucieux barra le front de Templeston.

— J'en suis désolé. Parfois, je me dis que j'ai vécu trop longtemps, que je ne sers plus à rien. Le monde change et je ne vous envie pas quand je vois les défis que vous aurez à relever dans l'avenir. J'ai vu trop d'avidité, d'envie, de méchanceté au sein des familles et parmi mes amis, ajouta-t-il avec un soupir. Plus rien ne m'étonne.

Il semblait triste, nostalgique.

— Nous entamons le dernier quart de ce siècle, poursuivit-il. Nous l'avons commencé en luttant contre Napoléon et, à présent, nous devons vaincre ce jeune prétendant au trône de Karolya.

— Le prince Victor n'a rien d'un Napoléon, observa Everleigh.

— Certes. Les génies ambitieux de cette trempe, on n'en croise qu'un dans toute une vie.

Il poussa un long soupir.

— Dieu merci, commenta-t-il. Mais les tyrans minables tels que le prince Victor sont tout aussi dangereux que ceux qui veulent conquérir le monde. Peut-être plus.

— Comment cela ? s'enquit Everleigh en dévisageant son mentor.

Il connaissait Lord Templeston depuis toujours, car il était allé à l'école avec son fils Kit. C'était à ses yeux le plus honorable des hommes, et il était fier de travailler avec lui. Le vieil homme avait encore beaucoup à lui apprendre, et Everleigh était un élève enthousiaste.

— Les crapules de son espèce sont des êtres malins et tordus. Ils ont du charme aux yeux de leur entourage, mais leur visage d'ange cache de véritables démons. Ils montrent rarement leur véritable personnalité, de sorte que les gens ont peine à croire à leurs défauts. Napoléon, lui, était direct et ne s'embarrassait pas de subtilités. Il se fixait des objectifs et faisait tout pour les atteindre. C'était un tyran – plein de charme –, mais il n'essayait pas de se faire passer pour ce qu'il n'était pas. Il voulait conquérir le monde et le proclamait sans détour. C'était un loup solitaire. Le prince Victor est un loup déguisé en agneau. Mais, dites-moi, savez-vous si la princesse Giana est toujours en vie ?

— Non, monsieur, mais j'ai pris la liberté de me procurer une copie de la Charte karolyenne auprès de notre ambassadeur, Lord Sissingham. Le couronnement doit avoir lieu au plus tard un an après la mort du prince régent. Le prince Victor devra posséder le sceau royal et une preuve de la mort de la princesse Giana. En outre, il doit être marié. Selon nos sources, il a demandé la main de sa cousine, mais le prince Christian la lui a refusée.

Lord Templeston sourit.

— Alors, elle est encore en vie. Le prince Christian est mort depuis plus de cinq mois. L'organisation d'un couronnement, même modeste, prendra bien six ou sept mois. Si Victor était en possession du sceau, il l'aurait fait savoir. S'il se tait, c'est que le sceau est ailleurs. Avez-vous trouvé une trace des révolutionnaires ?

— Aucune.

— Pas même de déclaration critique contre le gouvernement du prince Christian ? Aucun manifeste ? Aucune revendication ? Ni de menaces formulées contre la famille princière ?

Everleigh secoua négativement la tête.

— Rien. Ils ont disparu comme par enchantement, à l'instar de la princesse.

— À cette différence près que nous sommes certains de l'existence de la princesse, lui rappela Templeston. On ne peut en dire autant de ces prétendus révolutionnaires. Je soupçonne le prince Victor d'avoir inventé cette histoire de toutes pièces. Il a simplement oublié que des révolutionnaires laissent toujours une trace.

— C'est parce qu'il a accusé Lord Gudrun.

— Qui a lui aussi disparu de la circulation, fit le vieil homme, pensif. Et les ravisseurs ? Pas de nouvelles ?

— Non.

— Nous ne possédons donc que la version du prince Victor.

— En effet, monsieur, confirma Everleigh. Je connais Maximilian Gudrun. Il n'a pas assassiné le couple princier, ni incité quelqu'un d'autre à le faire. Il était aussi loyal envers son prince que je le suis envers vous. Il n'a pas non plus enlevé la princesse. Rien ne saurait le pousser à trahir son pays, surtout pas des mines de fer ou des forêts.

— Ah, les mines ! Qui en détient les concessions et qui les réclame ? Elles devraient appartenir au peuple de Karolya sous la protection de la princesse Giana. En son absence, qui est en droit de négocier ces ressources naturelles et qui serait preneur ?

Il jeta un coup d'œil à Everleigh.

— En tant que régent, le prince Victor est en mesure de les vendre, à condition que la princesse ne revienne pas revendiquer son trône, répondit celui-ci.

Lord Templeston se frotta les mains.

— Très bien, fit-il. Occupons-nous donc du prince Victor. Quels sont ses projets ? Où est-il ?

— Il se trouve actuellement à Londres. Il a quitté la principauté peu de temps après moi.

Le marquis esquissa un sourire.

— J'ai lu dans les journaux d'hier qu'il envisageait de rendre visite à la reine en Écosse. Dites-moi, Everleigh, puisque le prince Victor n'a pas annoncé officiellement sa venue et qu'il n'a pas sollicité d'audience avec Sa Majesté la reine, qui est-il venu voir et pourquoi ?

— Il est en visite chez le vicomte et la vicomtesse de Marshfield, non loin d'ici. Selon nos sources, le nom du vicomte figure sur la liste des hommes d'affaires ayant fondé une société visant à acheter et à importer des matières premières pour la construction de chemins de fer, notamment du bois et...

— Du fer. Pourquoi l'Écosse ? s'enquit Templeston. Que, ou devrais-je dire, qui veut-il voir en Écosse ?

— À part la reine ?

Templeston opina du chef.

— Je n'en ai pas la moindre idée, avoua Everleigh.

— Il faut le découvrir, ordonna Templeston. Car je soupçonne la princesse Giana de nous faire le coup de Margo.

— Pardon ?

Il scruta Everleigh, s'attendant qu'il comprenne à quoi il faisait allusion, mais ce dernier semblait visiblement perplexe.

— Autrefois, ma femme avait un renard apprivoisé nommé Margo. Elle l'avait adopté tout petit et élevé comme un chien. Il était très docile. Aussi avions-nous parfois du mal à nous rappeler que c'était un renard. Chaque fois que Margo se sentait en danger, elle se comportait comme n'importe quel renard menacé : elle grimpait aux arbres ou s'enfonçait sous terre. Admettons que notre princesse disparue cherche à échapper à ses ennemis en grimpant à un arbre, elle se tournerait vers sa marraine, Notre Gracieuse Majesté. Mais si elle n'y arrivait pas, elle devrait se cacher et attendre son heure. À mon avis, la princesse Giana est terrée quelque part.

— Comment allons-nous l'aider à sortir de sa tanière ?

— Nous allons rentrer les chiens au chenil, expliqua Templeston. Rendons d'abord visite aux Marshfield pour leur transmettre une invitation à Balmoral, chez la reine. Son séjour commence dans une semaine. Victor ne résistera pas à la tentation de venir exposer son cas.

— Mais, monsieur ?

— Ne vous en faites pas, assura Templeston. J'arrangerai cela avec Sa Majesté. Rappelez-vous simplement que nous devrons agir sur le sol écossais plutôt qu'anglais.

— Pourtant, l'acte d'union fait de l'Angleterre et de l'Écosse une seule nation, la Grande-Bretagne, sous le règne de Sa Gracieuse Majesté, remarqua Everleigh en fronçant les sourcils.

— Certes, admit Templeston. Notre Gracieuse Majesté règne sur la Grande-Bretagne, mais elle est avant tout reine d'Angleterre. Elle ne doit pas être soupçonnée d'ingérence dans les affaires de Karolya ou de complicité dans un complot visant à renverser le prince Victor. C'est un meurtrier et une ordure de la pire espèce, mais le reste du monde l'ignore. L'Écosse possède une certaine autonomie et des lois spécifiques, ainsi que des usages qui peuvent être utilisés à notre avantage.

— C'est-à-dire ?

— Un usurpateur tel que le prince Victor aura la garantie d'une certaine protection en Angleterre, mais beaucoup moins en Écosse.

— Et la princesse Giana ?

— En tant que filleule de la reine, elle est protégée dans tout le royaume, expliqua Templeston. Sous réserve que nous la retrouvions avant Victor, ajouta-t-il avec un soupir.

29

Dans les années à venir, les femmes de l'Ouest chanteront les louanges du Baron Vengeur et raconteront ses aventures comme les Anglais chantent les louanges du roi Arthur et des chevaliers de la table ronde.

Deuxième volume des aventures du Baron Vengeur, défenseur des beautés blondes en détresse, par John J. Bookman, 1874.

Cela faisait trois jours qu'Adam n'avait pas tenu Giana dans ses bras. Il s'était accordé ces trois interminables jours pour réfléchir à la proposition de la jeune femme.

Il s'efforçait de garder ses distances, de prendre le temps de méditer, mais il ne pouvait poser les yeux sur elle sans que le désir l'embrase. Quand il la croisait au détour d'un couloir, il devait se retenir pour ne pas l'enlacer, l'embrasser, lui promettre que tout irait bien. Mais il n'avait pas le droit de lui faire des promesses tant qu'il n'était pas sûr de les tenir.

— Monsieur ?

Perdu dans ses pensées, Adam leva les yeux. Max se tenait devant lui.

— Oui ?

— Un télégramme urgent vient d'arriver, annonça le vieil homme en le lui tendant.

Adam fronça les sourcils. Depuis quelque temps, Max se montrait de plus en plus froid et distant. Il ne pouvait y avoir qu'une seule raison à ce changement d'attitude. Jugeant qu'il était temps d'aborder le sujet, il posa le télégramme.

— Je vous demande pardon, monsieur, mais le message porte la mention « urgent ».

— Il ne peut être plus urgent que ce dont je voudrais vous entretenir, rétorqua-t-il avec un sourire crispé. Fermez la porte.

Max obéit.

— Je voudrais d'abord vous remercier, commença Adam. Je vous suis très reconnaissant d'avoir sauvé la vie de la princesse Giana.

Max pâlit au point qu'Adam crut qu'il allait défaillir.

— M... monsieur, balbutia-t-il, se demandant si la jeune femme lui avait fait des confidences ou si son maître cherchait simplement à lui tirer les vers du nez.

— Georges m'a tout raconté, expliqua McKendrick, confirmant ses pires craintes.

— Raconté, monsieur ? fit Max d'une voix tremblante.

— Ce qui s'est passé à Christianberg.

Le vieil homme dut agripper le dossier d'un fauteuil pour ne pas s'effondrer.

Adam se leva d'un bond pour l'aider à s'asseoir.

— Ce que je vais vous dire ne doit pas sortir de cette pièce. Si, comme l'affirme Giana, les espions de Victor sont partout, je ne puis vous garantir qu'il n'y en a pas parmi nos employés. En tout cas, je n'en ai parlé à personne, à part O'Brien...

Max émit un grommellement de mécontentement. Quelle idée de divulguer des secrets de la plus haute importance à un valet ?

Adam voulait le rassurer, mais il n'avait apparemment fait que l'inquiéter davantage. Aussi s'empressa-t-il de préciser :

— O'Brien n'est pas mon valet. C'est mon meilleur ami. Il est détective dans une agence de renom, en Amérique. Il est d'une discrétion absolue.

Adam s'interrompit, le temps que Max se ressaisisse.

— Giana m'a tout raconté. Elle m'a expliqué que le prince Christian vous avait chargé de la protéger. Sachez aussi que j'ai vu le sceau royal au bout d'une chaîne ceignant la taille de la princesse.

— Quoi ! s'exclama Max. Vous avez vu... Comment est-ce possible ?

Adam leva les sourcils.

— Monsieur, vous n'êtes qu'une crapule ! s'insurgea-t-il, tremblant de fureur.

Il se leva, ôta l'un de ses gants blancs et en frappa Adam au visage.

— Vous avez délibérément cherché à séduire une jeune fille innocente !

Adam ne broncha pas sous l'insulte. À entendre Max, il n'était qu'un séducteur lubrique ayant eu une conduite scandaleuse. Et cependant il n'avait pas honte. Ce qui s'était passé entre Georges et lui n'avait rien à voir avec une tentative de séduction.

— Non, monsieur. Je n'ai rien fait de tel, déclara-t-il.

— Comment qualifier votre geste ?

« Je lui ai fait l'amour », songea Adam, qui se garda toutefois d'exprimer sa pensée à haute voix. Il se redressa fièrement et regarda Max droit dans les yeux.

— Quel que soit le terme pour le qualifier, cela ne regarde que la princesse Giana et moi. Je ne cherche ni à me défendre ni à me justifier. Ce qui est fait est fait, et je n'insulterai pas la princesse en vous exposant les détails intimes de notre relation. Je tiens cependant à vous dire que j'ignorais qu'elle était princesse avant de...

Adam s'interrompit, se racla la gorge et reprit :

— Si j'avais su, j'aurais pu éviter... mais ensuite, il était trop tard.

Max était blanc comme un linge et respirait avec difficulté.

— Elle vous a révélé son identité après vous avoir permis... ?

Adam hocha la tête.

— Maintenant que vous comprenez mieux la situation, tenez-vous toujours à m'affronter en duel ? Ou acceptez-vous de m'aider ?

Max se mit à faire les cent pas en se tordant nerveusement les mains.

— Vous ne vous rendez pas compte de ce que vous avez fait, déclara-t-il. Le prince Victor la tuera s'il l'apprend.

— C'est pourquoi je m'adresse à vous, dit Adam. Il faut absolument empêcher Victor de découvrir la vérité avant que Giana soit mariée et hors d'atteinte.

— Mariée ? répéta Max avec stupeur. La princesse Giana ne pourra jamais se marier.

— Pourquoi ?

— Le prince Victor refusera qu'elle épouse un autre homme que lui, et la princesse ne se mariera jamais avec l'assassin de ses parents.

— Pourquoi a-t-elle besoin de la permission de Victor pour se marier ?

— Parce que c'est une femme. La loi karolyenne stipule qu'une jeune fille ne peut se marier sans le consentement de son parent de sexe masculin le plus proche.

— Même une princesse ?

— Surtout une princesse. L'enjeu est très important.

Adam jura dans sa barbe.

— Que se passe-t-il si elle n'a plus de parents ? Qui donne son consentement ?

— Le tribunal ecclésiastique. Mais chacun sait que la princesse a un proche parent en la personne du prince Victor.

— Victor est son cousin, c'est bien cela ? demanda Adam pour en avoir la confirmation.

— Oui.

— Dites-moi, Lord Gudrun, reprit-il avec un sourire. Que savez-vous de Georges Ramsey, le marquis de Templeston ?

Max était abasourdi. Seuls la princesse May, sa mère, Lady Barracksford, le prince Christian, le marquis de Templeston et lui-même connaissaient le secret de la conception de la princesse May. Cette dernière avait tenu à révéler la vérité au moment de son mariage. En tant que secrétaire privé du prince Christian, Max avait noté par écrit cette confession et classé le dossier dans les archives privées du prince. S'il arrivait malheur au prince, la princesse May ou ses enfants devaient chercher secours auprès du marquis de Templeston. Le médaillon servirait de gage de sa bonne foi. Le peuple karolyen disposait ainsi d'une preuve que le prince Christian connaissait les origines de sa femme avant de l'épouser. La nuit du double meurtre, Max avait récupéré le précieux document qu'il gardait dissimulé dans le talon de sa botte en cas de nécessité.

Max n'avait jamais soufflé mot de ce secret à personne, et les autres témoins étaient tous morts, à part Giana. Et il ignorait qu'elle était dans la confidence.

— Il y a un portrait de Georges Ramsey, marquis de Templeston, dans le médaillon que la princesse porte au cou.

— Cela signifie que le quinzième marquis de Templeston était son grand-père maternel et que l'actuel marquis est son oncle.

— En effet.

— Un oncle susceptible de lui donner son consentement pour se marier ?

— Oui, admit Max.

— Où peut-on le trouver ?

— À Londres. Le marquis est le plus fidèle conseiller de la reine. Mais ce consentement n'est pas l'unique condition à remplir pour la princesse. Si elle choisit de convoler avec un membre de la royauté, elle devra subir un examen médical confirmant sa virginité.

Il défia Adam du regard.

— Puisqu'elle n'est plus vierge, qui voudra l'épouser ? Qui l'acceptera sachant qu'elle porte peut-être l'enfant d'un autre ? Quel homme renoncerait à son identité pour épouser une princesse qui le dominera de son pouvoir absolu ?

— Moi, répondit Adam.

— Vous ne possédez aucun titre, monsieur. Or la loi karolyenne interdit à Giana d'épouser un roturier dénué de titre.

— Un baron conviendra-t-il ?

Max fronça les sourcils.

— Le rang de baron est inférieur à celui de vicomte. Ensuite viennent le comte, le marquis, le duc et le prince.

— Je me moque de tout cela, répliqua Adam. Giana peut-elle épouser un baron ?

— Assurément. Le titre de baron est très ancien et honorable, déclara Max, la mine indéchiffrable. À quel baron pensez-vous ?

— Au baron Adam McKendrick.

— Je suis certain qu'il conviendra tout à fait.

— À vos yeux ou pour le peuple de Karolya ?

Max ébaucha un sourire.

— En mourant, le prince Christian m'a chargé d'une mission que je n'étais pas certain de pouvoir honorer. Mais la princesse est venue me trouver, avant-hier soir, et m'a assuré qu'elle était prête à remplir son devoir envers le peuple, mais que je devais l'aider à suivre son cœur au cas où sa proposition serait refusée. Quand je lui ai demandé ce qu'elle voulait dire, elle m'a répondu qu'elle vous avait choisi comme prince consort et que, si vous acceptiez, mon devoir serait de convaincre le gouvernement. En cas de refus de votre part, je suis chargé de l'aider à abdiquer pour qu'elle puisse vous suivre où vous iriez, parce qu'elle vous aime.

Des larmes scintillèrent dans les yeux du vieil homme.

— Les dernières paroles du prince Christian furent les suivantes : « Dites à Giana de ne pas craindre de suivre les élans de son cœur. Promettez-moi de l'y aider. » Ainsi, j'ai tenu ma promesse et rempli mon devoir, conclut-il.

Max reprit le télégramme et le tendit à Adam.

— Hier matin, j'ai pris la liberté d'envoyer en votre nom un télégramme au marquis de Templeston. Voici sa réponse.

Adam prit connaissance du message.

Dans deux jours, le marquis de Templeston arrivera à Balmoral en tant qu'invité de Sa Majesté la reine Victoria, souveraine d'Angleterre. Il vous prie de venir à Balmoral avec votre suite sous la protection de Sa Majesté où il vous sera accordé une audience. Il est impatient de voir le médaillon et les documents afférents, et de discuter de votre requête.

Ashford, marquis d'Everleigh.

Adam se tourna vers Max, qui claqua des talons tel un soldat.

— J'aimerais vous accompagner, monsieur.

— Je l'aimerais aussi, répondit Adam, mais je crains que ce ne soit pas possible.

— Je suis à la tête de votre personnel, monsieur, insista le vieil homme.

— C'est vrai, mais vous êtes aussi l'unique témoin du double meurtre. Nous ne pouvons mettre votre vie en péril. Vous devez rester à l'abri ici avec la princesse.

Max hocha la tête puis se rassit dans le fauteuil de cuir.

— Vous aurez besoin de ce document, monsieur.

Il se pencha pour dévisser le talon de sa botte gauche. Il renfermait un parchemin maculé de sang qu'il tendit à Adam.

— Puis-je suggérer que la princesse rédige une lettre d'introduction signée de sa main et qui portera l'empreinte du sceau royal ?

Il n'eut pas à préciser ses pensées.

— Ce sceau sera peut-être difficile à atteindre, dit Adam.

— Je suis certain que nous pouvons compter sur votre discrète assistance.

Plus tard dans la soirée, Giana rejoignit Adam dans sa chambre. Elle venait de prendre son bain, un parfum de fleurs d'oranger flottait dans son sillage.

Wagner entra à sa suite. Malheureusement, il dégageait une odeur bien moins agréable. Adam fit la grimace.

— Je l'ai baigné, mais il pleut. Cela ira mieux quand il sera sec.

Adam en doutait, mais il fit mine de la croire.

— J'ai essayé de garder mes distances, avoua-t-elle, mais je n'ai pas réussi.

— Je m'en réjouis.

— Je m'étais promis de ne pas chercher à vous convaincre d'accepter ma proposition, mais...

Incapable de terminer sa phrase, elle baissa les yeux vers ses pieds nus. Adam la prit par la main et l'attira à lui.

— Ce n'est pas grave, princesse, murmura-t-il en lui embrassant les paupières, les pommettes, le cou, avant de s'emparer de ses lèvres. Ma décision est prise.

Giana se raidit.

— Vraiment ?

Il hocha la tête.

— Et...

— Il en résulte que j'ai été invité à Balmoral à la fin de la semaine.

— Pourquoi ?

— Je dois rencontrer l'actuel marquis de Templeston.

Giana sursauta, puis attendit la suite sur des charbons ardents.

— J'ai décidé d'accepter ta proposition, Georges, et je vais avoir besoin de ton médaillon pour que Templeston l'authentifie.

Giana ne répondit pas. Elle le regarda fixement, jusqu'à ce qu'il prenne son visage entre ses mains et s'incline pour l'embrasser.

— Il me faudra aussi une lettre d'introduction signée de ta main et marquée du sceau royal. À l'issue de cette audience, le prince Victor ne pourra plus te faire de mal.

— Vous acceptez donc de devenir prince consort ?

— Si ta proposition tient toujours, répondit-il avec un sourire.

— Vous en êtes certain, Adam ? insista-t-elle, la mine soucieuse. Êtes-vous prêt à endosser une telle responsabilité ? Je dois encore assurer mon accession au trône. Si par malheur je n'y accédais pas, je serais dans l'impossibilité de vous offrir ce titre.

— Chercherais-tu à me décourager ? Je te préviens, tu n'y arriveras pas. Avant de te rencontrer, je n'avais aucune affinité avec les gens titrés.

Giana ouvrit la bouche pour parler mais se ravisa. Adam en profita pour lui voler un baiser.

— Je veux t'épouser. Les seules promesses qui comptent sont celles que l'on fait le jour de son mariage.

— Oh, Adam ! s'exclama la jeune femme en se défaisant du précieux médaillon pour le lui tendre avant d'éclater en sanglots.

— Cela veut dire oui ?

Il empocha le médaillon tandis qu'elle se jetait à son cou pour l'embrasser à perdre haleine.

Il chassa une larme sur la joue de la jeune femme.

— Il me semble avoir entendu dire qu'une princesse ne pleurait jamais.

— Qui pleure ? demanda-t-elle en l'entraînant vers le lit.

— Toi, princesse.

— Ce ne sont pas des larmes, assura-t-elle en secouant la tête. C'est l'expression de mon bonheur.

— Dans ce cas… chuchota-t-il à son oreille, vivons notre bonheur, et scellons notre accord.

Adam s'allongea près d'elle. En se retournant, il vit Wagner essayer de monter à son tour.

— Ah non ! s'écria-t-il. Descends !

Giana gloussa tandis que le chien se couchait au pied du lit, penaud.

— Je crois que vous l'avez vexé, risqua-t-elle.

— C'est possible, mais il ne dormira pas avec toi ce soir. Il va devoir s'y habituer.

— Mais je n'ai pas l'intention de dormir. Je préférerais m'entraîner.

— À quoi ? demanda-t-il, curieusement troublé par les inflexions caressantes de sa voix.

— À faire ces gestes que j'ai découverts la dernière fois que nous avons partagé un lit.

— Tu vas être très occupée. Il faut du temps pour se perfectionner en ce domaine.

— Wagner est à vos ordres, annonça-t-elle.

Adam claqua des doigts et désigna la porte de la chambre.

— Wagner ! En garde !

Docile, le chien trottina jusqu'à son poste et se coucha.

— Voilà qui est mieux, commenta Giana en ôtant lentement sa chemise de nuit.

La lumière dorée de la lampe fit scintiller la chaîne qui ceignait sa taille mince.

— Et moi, que dois-je faire ? demanda-t-elle d'un ton taquin.

Sans un mot, Adam la prit dans ses bras, brûlant déjà d'un désir irrépressible.

30

Le Baron Vengeur incarne l'idéal américain. Il a fait fortune dans l'Ouest et a réussi là où d'autres ont échoué. Il ne doit son succès qu'à lui-même. C'est un millionnaire, un gentleman, un héros.

Premier volume des aventures du Baron Vengeur, défenseur des beautés blondes en détresse, par John J. Bookman, 1874.

Quatre jours plus tard, Adam monta à bord du train reliant Kinlochen à Balmoral. Le voyage était aussi long que s'il se rendait à Londres. O'Brien aurait aimé l'accompagner, mais Adam avait préféré le laisser avec Georges, pour assurer sa protection.

Arrivé à destination, il fut escorté jusqu'au château où un gentilhomme un peu guindé l'accueillit.

— Enchanté, monsieur McKendrick ? Je suis Lord Everleigh, le collaborateur de Lord Templeston.

Everleigh le conduisit dans le bureau provisoire de Templeston.

— Si vous avez besoin de moi, je serai au bout du couloir, monsieur, déclara-t-il à un homme d'âge mûr, installé derrière un imposant bureau.

Puis il se retira discrètement, laissant Adam seul avec le marquis.

— Bonjour, monsieur McKendrick. Je suis ravi de vous rencontrer.

Andrew Ramsey, marquis de Templeston, était un homme corpulent, plus âgé qu'Adam ne s'y attendait, mais séduisant et énergique. Il se leva et vint serrer la main de son visiteur.

— Moi de même, monsieur, répondit celui-ci.

— Vous vouliez me parler de la princesse disparue, reprit Lord Templeston en se rasseyant.

— Oui, monsieur. Je viens en son nom.

— La princesse Giana affirme être la petite-fille de mon défunt père, fit le marquis.

— En effet.

— Vous m'en apportez sans doute la preuve ?

Adam sortit le médaillon de la poche de son gilet ainsi que le document que lui avait remis Max et la lettre rédigée par Georges et portant le sceau royal.

— Son Altesse m'a prié de vous remettre ceci, ainsi qu'un message destiné à sa marraine, la reine Victoria. Elle souhaite que vous lisiez d'abord la lettre.

Le marquis scruta attentivement le sceau qui fermait la lettre puis le brisa et commença sa lecture.

Lord Templeston, j'ai confié mes biens les plus précieux ainsi que ma vie à l'homme qui se tient aujourd'hui devant vous dans l'espoir que vous m'accordiez ce que mon cœur réclame. Je suis certaine que vous reconnaîtrez sans peine le médaillon. Ma grand-mère l'a offert à ma mère le jour de sa majorité, qui à son tour me l'a transmis. Elle m'a toujours affirmé que, en cas de besoin, je devais présenter ce médaillon au marquis de Templeston ou à son représentant. J'ai chargé M. Adam McKendrick de cette mission, car je me trouve dans une situation délicate et j'ai besoin d'aide pour accéder au trône qui me revient de droit. Vous savez sans doute que ma mère est née Lady Caroline Frances Alexandra May Barracksford, fille du marquis de Barracksford et de son épouse. Mais vous ignorez peut-être que ma grand-mère, la marquise de Barracksford, fut autrefois actrice à Paris...

Lord Templeston ferma les yeux. Il se rappelait parfaitement ce jour où, dans le bureau de sa maison londonienne, il avait écouté le notaire de son père lui expliquer les termes du codicille au testament du défunt. Les faits remontaient à de nombreuses années, avant même la naissance du jeune homme qu'il était alors, mais il en gardait un souvenir vivace.

— *Voici les termes du codicille au testament de votre père. Sachez qu'il y en a eu plusieurs.*

— *Plusieurs quoi ? avait demandé Andrew.*

— *Plusieurs... amies, avait balbutié le notaire en se raclant la gorge.*

— *Sur le bateau ?*

Son père et sa dernière maîtresse en date avaient péri en mer. Le jeune homme s'était demandé de combien de maîtresses son père était accompagné.

— *Oh non ! assura le notaire. À terre.*

Il avait poussé un soupir de soulagement.

— *Combien ?*

— *Le document en mentionne cinq. En plus de la jeune cantatrice, il y a une modiste de Brighton, une actrice parisienne, une couturière d'Édimbourg et une autre jeune femme du Northamptonshire.*

Cette dernière n'était autre que Kathryn Markinson Stafford, l'actuelle marquise de Templeston. L'actrice parisienne avait épousé un autre marquis, le marquis de Barracksford et avait eu une fille, la future épouse d'un prince. Ensemble, ils avaient eu une fille, la princesse Georgiana de Saxe-Wallerstein-Karolya.

La fille de sa demi-sœur. On lui avait d'ailleurs donné un prénom dérivé de celui de son père. Templeston rouvrit les yeux et reprit sa lecture.

Cela fait un certain temps que je sais que j'ai de la famille en Angleterre. Depuis trois générations, notre grande fierté est de ne jamais avoir eu besoin de votre assistance. Sans le meurtre de mes parents et ma situation actuelle, je n'aurais jamais fait appel à vous. J'aurais emporté ce secret dans ma tombe. Mais aujourd'hui, cher monsieur, j'ai une faveur exceptionnelle à vous demander. La loi karolyenne exige qu'une princesse de sang royal souhaitant se marier obtienne le consentement de son parent de sexe masculin le plus proche.

En tant qu'oncle, vous êtes désormais mon parent le plus proche, c'est pourquoi je vous demande la permission de suivre les élans de mon cœur et d'épouser l'homme que j'ai choisi, M. Adam McKendrick. Notre union remplirait ainsi les conditions fixées par la Charte karolyenne. Je pourrais remplir mon devoir envers mon pays et accéder au trône de Karolya qui me revient de droit.

Son Altesse Sérénissime Georgiana,
princesse de sang royal
de Saxe-Wallerstein-Karolya.

Sous la signature de la jeune femme figurait le sceau royal.

Lord Templeston replia la lettre avec soin et la posa sur son buvard, près du message destiné à la reine, pour s'intéresser au dernier document. C'était le seul qui soit signé de la main du prince et de la princesse décédés. Il était taché de sang.

Perplexe, Lord Templeston arqua les sourcils.

— Lord Gudrun m'a assuré que ce sang était le sien, expliqua Adam. Il a caché cette lettre dans la poche de son gilet, et sa blessure saignait abondamment. Il l'a ensuite dissimulée dans le talon de sa botte durant le trajet de Christianberg à Laken, où elle est restée jusqu'à ce jour.

Templeston prit connaissance du document tiré des archives personnelles du prince Christian. Il confirmait les faits exposés par la princesse Georgiana. Seul le médaillon pouvait les authentifier. Lord Templeston l'ouvrit et découvrit un portrait du marquis et de la marquise de Barracksford, et un autre représentant le prince Christian, la princesse May et la jeune princesse Georgiana. Il ne fut guère étonné de trouver une ressemblance frappante entre la marquise et sa propre mère. Toutes les maîtresses de Georges Ramsey se ressemblaient. Il fit glisser le premier portrait, révélant le visage séduisant de son père, Georges Ramsey. Il referma doucement le médaillon et le retourna, cherchant le poinçon du joaillier.

— Cela faisait longtemps que je n'avais pas vu un tel médaillon, déclara-t-il. Il est authentique.

Il le rendit à Adam, puis chercha un document dans un dossier posé sur son bureau.

— Voici un exemplaire du codicille figurant sur le testament de mon père. Vous le remettrez à ma nièce.

— Puis-je? demanda Adam en baissant les yeux sur la feuille.

— Je vous en prie.

Sa lecture terminée, Adam regarda le marquis.

— Votre père devait être un homme exceptionnel.

— En effet, admit Templeston. Comme vous l'avez lu, la princesse Georgiana se verra remettre une importante somme d'argent et...

— L'argent ne l'intéresse pas, monsieur. Elle ne sollicite que votre consentement.

— Je le lui accorde volontiers, répondit le marquis. Je vais rédiger une déclaration écrite au cas où elle devrait se justifier après son retour en Karolya. Bonne chance à vous, jeune homme. Même si Georgiana n'était pas ma nièce, je lui aurais volontiers apporté mon aide pour la protéger contre les agissements du prince Victor. Vous avez de la chance, vous savez. Vous êtes en Écosse. Vous pouvez vous marier sans tarder. Aujourd'hui, si vous le souhaitez.

— Merci, monsieur.
— Je vous en prie. Bienvenue dans la famille.

Templeston se leva, fit le tour de son bureau et vint poser la main sur l'épaule d'Adam.

— Si je puis faire quelque chose... commença Adam.

Templeston lui sourit de nouveau.

— Avant que vous ne partiez, il y a quelqu'un qui souhaite vous parler.

Il alla ouvrir la porte et s'effaça pour laisser entrer une petite silhouette tout de noir vêtue, hormis son col de dentelle et sa voilette de deuil.

Un robuste Écossais la suivait. Fasciné, Adam vit le garde se mettre en place quelques pas derrière elle.

Lord Templeston referma la porte puis s'inclina devant la reine avant de faire les présentations :

— Puis-je présenter à Votre Majesté M. Adam McKendrick ?

La reine tendit la main.

— Monsieur McKendrick.

Adam s'inclina avec respect, imitant le geste du marquis.

— Madame.

La reine prit place dans un fauteuil, puis fit signe aux hommes d'en faire autant. Elle s'exprima sans préambule.

— Vous êtes américain ?
— Oui, madame.
— Du Texas ?
— Du territoire du Nevada, madame.
— Nous avons appris que vous aviez acquis un pavillon de chasse dans nos chères Highlands.

— Oui, madame. Larchmont Lodge, près du village de Kinlochen.

— Je vois, fit la reine en l'étudiant avec attention. Nous croyons savoir que la princesse Giana a trouvé refuge chez vous avant que vous n'y élisiez domicile.

— En effet, madame, confirma Adam.

— En tant qu'Américain, vous ignoriez qu'elle était princesse ?

— Oui, madame. Elle se faisait passer pour une femme de chambre.

La reine Victoria s'esclaffa en imaginant sa filleule affublée d'un tel déguisement. Autrefois, avant d'être reine, elle-même adorait se travestir et se présenter aux dîners familiaux parée de costumes originaux.

— Vous êtes venu à Balmoral en tant que représentant de la princesse ?

— Oui, madame. Elle m'a chargé de vous remettre une lettre.

Il se tourna vers Lord Templeston qui alla chercher le message de Giana et le tendit à la reine.

Celle-ci le posa sur ses genoux sans l'ouvrir.

— Comment va notre filleule ? demanda-t-elle à Adam.

— C'est une femme extraordinaire, madame.

— Je n'en doute pas, fit la souveraine avec un sourire. Mais j'aimerais savoir comment elle se porte, monsieur McKendrick. Comment traverse-t-elle ces terribles épreuves ?

Adam dévisagea la petite femme qui portait toujours le deuil de son mari et comprit ce qui la préoccupait.

— Son Altesse fait preuve de beaucoup de courage. Elle est vêtue de noir et pleure les siens. Mais elle demeure digne en toutes circonstances et ne montre jamais ses larmes.

La reine hocha la tête puis brisa le sceau de cire pour déplier la lettre de Giana. Quand elle eut terminé sa lecture, elle posa sur Adam un regard aigu.

— Dites-moi, monsieur McKendrick, connaissez-vous le contenu de cette lettre ?

— Non, madame.

— Comment pouvons-nous avoir l'assurance que ce message provient bien de la princesse Giana ? Comment avoir la certitude que vous n'avez pas rédigé cette lettre et volé le sceau ? Peut-être êtes-vous complice de ses ravisseurs ?

— Vous n'avez que ma parole, votre majesté, répondit Adam. Et la parole de la princesse Giana.

Elle sourit, baissa les yeux sur la lettre et éclata de rire.

— Le message de la princesse Giana est aussi bien choisi que le messager. Elle seule savait que je comprendrais.

La reine montra la lettre à Adam et à Lord Templeston.

Adam ne cacha pas sa surprise. Il ne s'agissait pas d'une lettre mais d'un dessin, un croquis de Wagner endormi sur le lit d'Adam, la tête posée sur l'oreiller moelleux, les quatre pattes en l'air. Une bulle exprimait les pensées du chien : une table regorgeant de pâtisseries et de saumons. En bas figurait une légende : *Wagner rêve d'un bon festin, 1874. À V., notre bien-aimé professeur, de la part de G., son élève reconnaissante*.

— Nous lui avons enseigné le dessin et la peinture alors qu'elle n'avait que quatre ou cinq ans, expliqua la reine. Depuis, elle et moi échangeons souvent des croquis, surtout de chiens ou de chevaux. La princesse Giana est douée. Elle dessine très bien les chiens. Quand elle vient en visite, nous emportons toujours un panier garni en promenade. Assises dans l'herbe, nous mangeons du saumon et des gâteaux. Puis nous parcourons la lande et passons des heures à dessiner en silence, sous la protection de notre cher M. Brown.

Elle replia avec soin la feuille de papier et se leva – aussitôt imitée par le marquis et Adam – pour rejoindre l'Écossais. Il hocha brièvement la tête et tira sur un cordon. Une femme de chambre se présenta peu après. L'Écossais lui répéta l'ordre de la reine et attendit sur le seuil qu'elle revienne avec le carnet d'esquisses de la souveraine, une boîte de crayons et un petit portrait du défunt prince consort, dans un cadre en argent.

L'Écossais tendit à la reine le carnet et les crayons et garda le portrait avant de reprendre place derrière elle.

— Veuillez vous asseoir, monsieur McKendrick. Nous pourrons ainsi répondre au message de son altesse.

Sur ces mots, elle saisit un crayon et se mit à dessiner.

Quand elle eut terminé, elle remit à Adam un croquis de Wagner portant un haut-de-forme et une queue-de-pie accompagné d'une chienne parée d'un voile et d'une couronne de fleurs d'oranger. Au-dessus du couple canin figuraient les armoiries de Karolya. Des bouledogues arborant l'emblème des Coldstream Guards de la reine montaient la garde.

Adam fut impressionné par le talent de la reine et le symbolisme du dessin. La légende disait : *Longue vie et félicitations à G. de la part de V.* Il leva les yeux et croisa le regard de la souveraine.

— Ces dessins sont un secret que nous partageons, expliqua-t-elle. C'est une sorte de code connu de nous seules, un moyen de communication entre une royale marraine et sa filleule.

Elle tendit un autre dessin à Adam. Il s'agissait d'un croquis de lui étonnamment ressemblant, signé de sa main. Elle lui sourit. L'espace d'un instant furtif, il entrevit la jeune fille qu'elle avait été.

— Pour vous remercier d'avoir apporté refuge et réconfort à notre filleule, déclara-t-elle.

— Ce fut un honneur, madame.

La reine se tourna vers Lord Templeston.

— Nous aimerions envoyer des gardes royaux à Larchmont Lodge. Ils escorteront Son Altesse Sérénissime et M. McKendrick jusqu'ici. Si vous n'y voyez pas d'inconvénient.

Elle s'adressa ensuite à Adam.

— Nous aimerions assister à votre mariage. Nous allons organiser une cérémonie à Balmoral, dans deux jours. Vous passerez votre lune de miel ici. Vous serez mes invités.

— Mais, Votre Majesté, intervint Lord Templeston, Lady Templeston et moi-même espérions que la princesse Giana et M. McKendrick passeraient quelque temps avec nous, à Swanslea Park.

La reine reporta son attention sur son conseiller.

— Lady Templeston et vous-même vous joindrez à nous. Cela fait bien longtemps que nous n'avons vu notre chère Wren, et nous aimons tellement nos leçons de dessin.

Templeston opina du chef.

— Deux jours, votre majesté ? fit Adam d'une voix hésitante. Et le prince Victor ?

La reine fronça les sourcils.

— Nous nous chargeons du prince Victor. Nous prendrons grand plaisir à voir cet usurpateur écrasé comme un moustique.

Elle fit un signe à son serviteur.

— Et nous prendrons grand plaisir à organiser le mariage de la princesse en attendant son arrivée. Vous remettrez ceci à notre filleule avec toute notre affection, et vous lui direz que nous serions heureuse qu'elle porte le camée que nous avait offert notre cher Albert.

La reine Victoria dégrafa un camée en onyx et en nacre de son col en dentelle et le lui tendit.

— Merci, madame, fit Adam.

— Je vous en prie, conclut-elle en se levant.

Adam et Lord Templeston s'inclinèrent à son passage. Un instant plus tard, la reine et son fidèle serviteur avaient disparu derrière la porte massive.

Adam demeura figé tandis que Templeston lui tapait amicalement dans le dos.

— Félicitations, jeune homme ! La reine ne présente pas le portrait du prince Albert à n'importe qui. Ce geste signifie qu'elle approuve votre mariage avec la princesse.

— L'approbation de la reine m'importe peu, rétorqua Adam. Nous n'en avons pas besoin. C'est votre consentement qu'il nous faut.

— Son approbation fera pourtant beaucoup pour dissuader le prince Victor de poursuivre la princesse.

— Tant qu'elle est en sécurité, commenta Adam en haussant les épaules.

— Elle le sera, désormais, assura Templeston. Le prince Victor ne serait pas assez fou pour défier l'empire britannique.

— Il faut l'être pour commettre un régicide, lui rappela Adam.

— Vous avez raison, reconnut Templeston. Mais à présent, le prince Victor a plus à perdre.

— Quoi de plus ?

— Sa vie, si vous décidiez d'y mettre fin, répondit posément Lord Templeston.

— Vous accordez à la princesse la permission de m'épouser et vous m'autorisez à tuer son royal cousin ?

— S'il faut en arriver là. Ni la reine ni moi-même ne préconisons le meurtre. Nous vous rappelons seulement que vous êtes citoyen américain. Tout soldat ou citoyen britannique usant d'une arme contre un membre d'une famille royale en visite dans notre pays contrarierait la reine. Mais il serait fort compréhensible qu'un citoyen américain séjournant en Écosse juge nécessaire de se protéger ainsi que sa jeune épouse, la filleule de la reine, de surcroît, contre la colère de Victor.

— Je vois, dit Adam.

— Je m'en doutais.

— Vous ne pouvez le toucher, même pour protéger la princesse.

— Les gardes royaux peuvent protéger la princesse, mais ils ne peuvent aller jusqu'à tuer le prince Victor, alors que vous...

— Je peux tout faire pour empêcher qu'il arrive malheur à Son Altesse, termina Adam.

— Je vois que vous avez compris.

— L'idée de devoir attendre deux jours pour me marier me met mal à l'aise.

— Alors n'attendez pas.

— Mais la reine a dit...

— Certes, admit Templeston. Mais aucune loi n'interdit de multiplier les cérémonies. Vous pouvez épouser la princesse dès votre retour chez vous, et renouveler vos vœux à Balmoral.

— Comment vous remercier... commença Adam.

— Nous serons présents pour vous accueillir à votre arrivée à Balmoral, l'interrompit Templeston avec un sourire. Entre-temps, je vais télégraphier au pasteur de Kinlochen afin qu'il vous attende à Larchmont Lodge.

Le trajet de retour se déroula sans encombre, mais Adam arriva dans un Larchmont Lodge en pleine effervescence. Lord et Lady Marshfield avaient décidé d'effectuer une visite surprise quatre jours avant la date officielle d'ouverture du pavillon. Toute la maisonnée était en émoi.

Adam comprit qu'il se passait quelque chose quand Henri, déguisé en majordome, lui ouvrit la porte.

— Bonsoir, monsieur. Nous sommes heureux de vous revoir.

— Où est Albert? s'enquit Adam, éberlué.

— Il est parti, répondit Henri. Ils sont tous partis.

— Comment cela? Partis où?

Henri haussa les épaules.

— Ils sont partis, c'est tout. Y compris M. O'Brien qui était très déçu de ne pouvoir jouer au golf. Il m'a affirmé apprécier tout particulièrement le dix-huitième trou.

Adam lança un regard interrogateur à Henri. Murphy ne jouait pas au golf. Mais il connaissait le petit pavillon doté d'une cave.

— Et Ma...

Henri secoua la tête et plaça un doigt devant sa bouche pour le faire taire.

— Lord et Lady Marshfield sont arrivés de Londres en compagnie d'un monsieur, le prince régent de Karolya.

— Nom de Dieu! jura Adam.

— Coucou, Adam!

Il fit volte-face pour découvrir sa sœur qui descendait le grand escalier.

— Qu'est-ce que tu fais là?

— Nous avons décidé de te faire une petite surprise, babilla Kirstin, au comble de l'excitation. Nous sommes invités à Balmoral et nous avons fait un détour pour venir te voir.

— Nous?

— Marshfield, ton père, le prince Victor et moi.

Chaque mot lui fit l'effet d'un coup de poignard.

— Marshfield, le prince Victor et mon *père* ? répéta-t-il.

— Oui. C'est palpitant, n'est-ce pas ? J'ai retrouvé ton père !

— Mais, bon sang, qui t'a demandé de te mêler de mes affaires ? Qui t'a demandé de retrouver mon père ?

— Moi.

Adam pivota.

— Lord Bascombe, vous ici ?

Bascombe sourit.

— Je suis venu jouer au golf avec mon fils.

Tout se mit soudain à tourner autour de lui, et Adam dut s'asseoir sur la chaise la plus proche pour ne pas tomber à la renverse.

— Vous ? dit-il en dévisageant Bascombe.

Celui-ci acquiesça.

— Pourquoi ?

— C'était l'occasion pour moi de connaître mon fils.

— Espèce d'ordure ! hurla Adam en se relevant d'un bond.

Il se passa nerveusement la main dans les cheveux, puis crispa le poing et assena une bonne droite à Lord Bascombe.

— Vous avez eu vingt-huit ans pour faire la connaissance de votre fils ! Où diable étiez-vous quand j'étais enfant ? Où étiez-vous quand je me faisais traiter de bâtard et que je devais me battre pour défendre l'honneur de ma mère ?

Adam criait sa rage, penché sur Bascombe, le dominant de toute sa hauteur.

— À l'époque, j'avais besoin d'un père ! Maintenant, c'est trop tard ! Je n'ai plus besoin de vous !

Bascombe se releva avec peine et essuya d'un mouchoir en lin blanc le filet de sang qui coulait de sa narine. Puis il vérifia qu'il n'avait pas le nez fracturé.

— Vous, peut-être pas, mais votre sœur a besoin de moi.

— Comment cela ? demanda Adam en se tournant vers Kirstin.

— Le prince Victor, Adam. Tu m'avais mise en garde contre lui, mais j'ai... j'ai...

Elle fondit en larmes.

— Que se passe-t-il, Kirstin ? Qu'a-t-il donc fait ?

— Son Altesse Royale le prince Victor de Saxe-Wallerstein-Karolya a des vues sur votre sœur, expliqua Bascombe. Elle est venue à moi parce qu'elle redoutait de ne pas être crue si elle vous appelait au secours, et parce que Marshfield l'encourage à se montrer... aimable avec le prince.

— M... Marshfield veut que je suive le prince en Karolya et que je me fasse passer pour la princesse disparue, sanglota Kirstin. Mais quelque chose de fâcheux est certainement arrivé à cette jeune femme, et j'ai peur d'y aller, peur de subir le même sort...

Adam blêmit.

— Mon Dieu !

Il poussa Kirstin dans les bras de Bascombe.

— Où est Victor ?

— À notre arrivée, votre chien était dans le jardin, expliqua Bascombe. Le prince a déclaré qu'il lui rappelait son pays. Il a dit qu'il était resté trop longtemps enfermé et qu'il avait besoin de faire une petite promenade. Il a emprunté un cheval et est parti en compagnie de Marshfield.

— Où est le chien ?

— Le prince Victor l'a suivi en direction du parcours de golf.

— Seigneur ! s'exclama Adam au bord de la panique. S'il arrive malheur au chien, Georges me tuera ! Il faut que j'y aille !

— Adam ! s'écria Kirstin. Qui est Georges ?

Sans prendre le temps de répondre, Adam s'éloigna en direction du parcours de golf. Bascombe et Kirstin échangèrent un regard interloqué avant de lui emboîter le pas.

Adam eut tôt fait de parcourir la distance qui séparait la maison du terrain. Il n'y avait personne au dix-huitième trou. Il se tourna vers le pavillon, et aperçut un éclair de lumière à l'intérieur.

Murphy O'Brien tourna la clé dans la serrure pour laisser entrer Adam, mais claqua la porte au nez de Kirstin.

Celle-ci se mit à marteler le battant de ses poings en signe de protestation. À contrecœur, Adam fit signe à son ami d'ouvrir.

— Vous pouvez rester, lança sèchement Adam à sa sœur et à son père. Mais ne me dérangez pas.

Il reporta son attention sur Murphy.

— Que s'est-il passé ?

O'Brien adressa un sourire lumineux à Kirstin.

— L'arrivée de Lady Marshfield et de ses invités nous a pris par surprise. Mais Josef a reconnu le prince Victor lorsqu'il s'est rendu aux écuries pour demander qu'on lui selle un cheval. Il a aussitôt donné l'alerte au manoir. Gordon est allé chercher de l'aide.

Isobel, Albert, Brenna, Josef et Max se tenaient devant lui. Max était superbe en uniforme d'apparat. Mais Georges demeurait invisible.

— Où est Georges ? s'enquit Adam

— Elle va bien, affirma Murphy. Nous guettions ton retour. Pourquoi as-tu mis si longtemps ?

Il rangea sa montre. Adam comprit que la lumière qu'il avait aperçue n'était autre que le reflet du soleil sur la montre en argent.

— J'ai eu une audience avec la reine et Lord Templeston, expliqua-t-il. Où est Georges ?

— Elle va bien, répéta O'Brien. Tu es armé ?

Adam secoua négativement la tête.

O'Brien ouvrit sa veste. Il portait un holster à la hanche. Il sortit un petit revolver de sa poche et le tendit à Adam.

— Nous sommes allés chercher Georgiana et le reste de la famille, et nous les avons amenés ici en t'attendant. Comment diable Victor l'a-t-il retrouvée ?

— Il ne l'a pas retrouvée, répondit Adam. Il se trouve qu'il est invité à Balmoral – c'est une ruse visant à le piéger –, mais Kirstin a décidé de profiter de son séjour en Écosse pour faire un détour par chez moi.

O'Brien fronça les sourcils.

— Tu lui avais pourtant précisé que le manoir était réservé aux gentilshommes, plaisanta-t-il.

— Tu connais Kirstin, fit Adam. Elle ne m'écoute jamais. Où est Georges ? demanda-t-il à nouveau.

Cette fois, personne ne répondit.

Wagner arriva en trottinant et fourra sa truffe dans la main d'Adam.

— Wagner est ici ? s'exclama ce dernier.

— Bien sûr. Il me suit partout.

Adam se retourna. Tout de noir vêtue, à part la couronne de fleurs d'oranger qui ceignait sa tête, Giana se tenait en haut de l'escalier qui menait à la cave. Adam oublia sa sœur, son père, il oublia Wagner et le prince Victor. Il oublia tout hormis Georges. Elle était si belle qu'il en resta quelques secondes pantois. Puis les mots jaillirent de son cœur :

— Je t'aime.

En larmes, la jeune femme se jeta dans ses bras.

— Moi aussi, je t'aime.

— Où étais-tu passée ? demanda-t-il.

— J'étais à la cave avec le pasteur.

Adam poussa un soupir de soulagement.

— Oh Adam, Victor est à Larchmont Lodge !

— Ne t'inquiète pas, princesse, murmura-t-il en resserrant son étreinte. Tout va bien se passer. Tu ne risques rien, je te le promets.

Le pasteur émergea à son tour.

— Je croyais être là pour célébrer un mariage.

Ignorant le nouveau venu, Adam garda les yeux rivés sur Giana.

— Tu es prête ?

Elle hocha la tête.

— Nous sommes prêts, déclara Adam en faisant face au pasteur.

Ils échangèrent leurs vœux dans la cave.

— Adam McKendrick, déclara le pasteur, acceptez-vous de prendre cette femme pour épouse, de la chérir jusqu'à ce que la mort vous sépare ?

— Oui.

— Georgiana Victoria Elizabeth May, acceptez-vous de prendre cet homme pour époux et de le respecter jusqu'à ce que la mort vous sépare ?

— Oui.

— Avez-vous des alliances ?

Adam lança un coup d'œil à O'Brien.

— Seigneur ! J'ai oublié les alliances !

— Attendez, intervint Giana en tournant le dos au pasteur.

Comprenant ses intentions, Adam la protégea des regards indiscrets tandis qu'elle extirpait la bague ornée d'une perle noire et le sceau royal de Karolya qu'elle avait cachés dans son corset le soir où Adam l'avait libérée de la chaîne qu'elle portait autour de la taille.

— Princesse, tes dessous ne sont plus le meilleur endroit où conserver tes bijoux, maintenant que j'ai accès à tes trésors cachés, murmura-t-il. Toutefois, je possède un coffre-fort dans la bibliothèque. Tu devrais songer à y placer soit tes bijoux, soit tes dessous.

— Je risque d'avoir besoin de mes bijoux pour rembourser les dégâts provoqués par Wagner, remarqua-t-elle à voix tout aussi basse.

— Alors ce sont tes dessous que tu rangeras dans le coffre, parce que tu n'en auras plus besoin.

Giana agrafa son corset et fit de nouveau face au pasteur.

Ils échangèrent leurs bagues. Adam glissa la perle noire au doigt de Giana et celle-ci passa la chevalière à l'annulaire d'Adam.

— Je vous déclare unis par les liens du mariage, proclama le pasteur.

Giana avait informé Max de sa décision de confier le sceau à Adam tandis qu'ils attendaient son retour à la cave. Cela n'empêcha pas le loyal conseiller de pâlir en voyant le précieux bijou au doigt de l'Américain.

— Tout va bien, Max, assura Adam. Je le lui rendrai dès qu'elle me le demandera. Et je préfère mourir plutôt que de laisser Victor s'en emparer. Si je meurs, ajouta-t-il avec un sourire, Georges sera veuve et la principauté de Karolya sera débarrassée d'un usurpateur américain.

— Cela se produira peut-être plus vite que vous ne le pensez.

Wagner se mit à grogner et se rapprocha de sa maîtresse. Adam et Giana firent volte-face. Le prince Victor et Marshfield se tenaient sur le seuil, arme au poing.

— Le prince Victor, je présume, lança Adam d'un ton insolent.

— Lui-même, rétorqua Victor. Et vous devez être Adam McKendrick.

Il posa un regard glacial sur Giana.

— Félicitations, chère cousine. Vous avez failli m'échapper.

— J'ai réussi, répliqua-t-elle. Adam et moi sommes officiellement mariés.

— Pas tout à fait.

Elle retint son souffle tandis que Victor braquait son pistolet sur elle. Adam voulut s'interposer mais le prince l'en empêcha.

— Je vais la tuer, prévint-il en s'approchant de la jeune femme pour montrer sa détermination.

— Vous ne pouvez pas, gronda Adam. Vous avez besoin d'elle.

— J'*avais* besoin d'elle, rectifia Victor. Avant de rencontrer votre sœur. À présent, il ne me manque plus que le sceau royal. Donnez-le-moi.

— Que vient faire ma sœur dans cette histoire? demanda Adam.

— Elle ressemble beaucoup à la princesse, vous ne trouvez pas? Une ressemblance suffisante pour tromper le peuple karolyen à une certaine distance. Par chance, l'autel de la cathédrale de Christianberg se trouve très loin des rangées de sièges. Avec un voile, on n'y verra que du feu.

— Moi, je verrai la différence, lança Giana.

— Moi aussi! renchérit Kirstin avant d'éclater en sanglots.

— Cela n'a aucune importance, riposta Victor. Parce que vous serez morte, chère princesse. Et vous serez à portée de main, ajouta-t-il à l'intention de Kirstin qui frémit.

Adam étudia le régent. Il était plus petit que Georges mais ils avaient indiscutablement un air de famille. Il n'était toutefois qu'une pâle copie de sa cousine. Son unique particularité était la balafre qui lui barrait la joue.

Lorsqu'il arma son Derringer, Adam se raidit, prêt à bondir.

Wagner réagit instantanément. Il sauta au poignet du prince. Adam se précipita à son tour.

Victor tira au moment où le chien l'atteignait. Blessé au flanc, ce dernier laissa échapper un jappement aigu. La seconde balle traça un sillon douloureux dans le bras d'Adam.

— Adam! cria Giana en se ruant vers eux. Wagner!

Victor repoussa la jeune femme et sortit son épée.

— Allez, venez, McKendrick! persifla-t-il. Que je vous découpe en morceaux.

— Je ne suis pas armé, répliqua Adam. Cela nous place-t-il à égalité, à vos yeux?

— Donnez-lui votre épée! ordonna Victor à Max.

Max lança un regard interrogateur à Adam puis lui tendit son épée.

Adam regarda O'Brien.

— Quoi qu'il arrive, n'oublie pas ta promesse.

Puis il se tourna vers Victor.

— Nous y allons?

Le duel était interdit par la loi anglaise, mais il existait encore en Écosse.

— Si vous êtes prêt à mourir, rétorqua Victor.

Les deux hommes sortirent du pavillon, et prirent place sur la pelouse.

— Mets Giana à l'abri! ordonna Adam à O'Brien.

— Non! protesta-t-elle.

— Venez, madame. Il a besoin de vous savoir en sécurité pour se défendre.

Giana résista, mais Murphy la prit fermement par la taille et l'emmena à l'intérieur. Il revint chercher Kirstin, qui pleurait à chaudes larmes, et le chien. Les autres suivirent, à part Max.

— Wagner? souffla Giana lorsque O'Brien déposa le lévrier sur le sol.

Il enleva sa veste et la plaça sous la tête de l'animal pendant qu'Isobel examinait sa blessure.

— Ce n'est pas grave, Votre Altesse, annonça-t-elle. La balle n'a fait que lui érafler le flanc.

Rassurée sur le sort de Wagner, Giana se précipita vers la fenêtre, cherchant désespérément Adam des yeux.

— Donnez-moi le sceau, McKendrick! ordonna Victor. Et je vous tuerai rapidement ma cousine et vous.

— Vous ne nous tuerez pas!

— Bien sûr que si, fanfaronna Victor. Je suis excellent à l'épée.

— Heureusement pour vous, car vous êtes un piètre tireur, railla Adam, conscient qu'il prenait un risque en le provoquant ainsi.

Il n'était pas stupide. Il devinait sans peine l'origine de la balafre du prince. Cependant, lui-même n'était pas un débutant. Il avait étudié le maniement de l'épée lors de ses voyages en Europe. Seulement, cette fois, il allait se battre vraiment, jusqu'à la mort. Son adversaire ne ferait pas de quartier.

— Choisissez votre témoin.

— Marshfield! lança Victor.

Le beau-frère d'Adam s'avança.

— Vous devriez soigner vos fréquentations, Marshfield, conseilla Adam. Qui sème le vent récolte la tempête.

— Je serai le témoin de McKendrick, annonça le comte de Bascombe.

— En garde! cria Victor avant de passer à l'offensive.

Adam réagit promptement, mais la lame effilée du prince lacéra sa veste et faillit lui transpercer les côtes. Au bout de quelques minutes, il avait déjà plusieurs plaies. Seigneur! Il aurait eu de meilleures chances de s'en tirer avec un pistolet. Mieux valait être transpercé d'une balle que taillé en morceaux par Victor.

— Adam! cria Lord Bascombe. Ne cherchez pas à avoir le dessus. Dansez avec lui. Écoutez-moi, nom de Dieu! Feinte! Parade! Allez!

Bascombe cherchait à anticiper les mouvements de Victor pour éviter à son fils unique de mourir.

— O'Brien ! Faites quelque chose ! Victor est en train de le tuer !

Giana sentit Murphy lutter intérieurement. Il voulait tenir sa promesse de protéger la princesse, mais il se rongeait visiblement d'inquiétude quant au sort de son ami. Il n'était pas question qu'elle reste une seconde de plus sans rien faire. Avant que Murphy puisse réagir, elle écarta les pans de sa veste et s'empara de son pistolet. La seconde d'après elle ouvrait la fenêtre et tirait sur les duellistes.

— Nom de Dieu ! jura Adam, touché à la cuisse.

Blessé à l'épaule, Victor hurla de douleur. Giana tressaillit quand elle constata qu'elle avait accidentellement atteint son mari, mais poussa un cri de triomphe en touchant Victor. Elle pointa ensuite son arme sur O'Brien.

— Laissez-moi sortir d'ici.

— C'est impossible, répondit-il. Adam me tuera.

— C'est moi qui vous tuerai si vous ne m'obéissez pas. Parce que si nous n'agissons pas, Adam va mourir.

Les mains poisseuses de sang, Adam lâcha soudain prise. Son épée tomba à terre. C'était fini. Il n'avait pas été à la hauteur et allait le payer de sa vie. Dieu merci, O'Brien prendrait soin de Giana. Il l'aiderait à monter sur le trône de Karolya.

En réalité, Giana n'était pas en sécurité. Levant les yeux, Adam la vit courir sur le gazon en brandissant un colt.

— Roulez à terre ! ordonna Bascombe en récupérant l'épée d'Adam.

Il para le coup de Victor, puis un autre, tandis qu'Adam se mettait hors de portée. Mais au troisième coup, le prince blessa le comte à l'épaule.

— Écartez-vous ! cria Adam à son père.

Il sortit son revolver et fit feu à l'instant où Victor allait porter le coup de grâce au comte. Giana appuya sur la détente en même temps.

Jamais ils ne sauraient qui l'avait tué. Adam se redressa en chancelant, soutenu par Bascombe. Giana se précipita vers lui.

— Mon Dieu, Adam, tu es blessé !

— Oui, fit-il en grimaçant de douleur. Et tu ne m'as pas raté.

— Tu étais déjà blessé, protesta la jeune femme. Et puis, c'était la première fois que j'utilisais une arme à feu.

Adam parvint à esquisser un sourire.

— Eh bien, on peut dire que tu es sacrément meilleure au tir que ton cousin.

Il tomba à genoux, prit la main de la jeune femme et glissa le sceau royal à son pouce.

— Je t'aime, princesse, murmura-t-il. Je t'aimerai, demeurerai dans ton ombre et te protégerai jusqu'au jour de ma mort.

— Ce jour risque d'arriver très vite si nous ne te soignons pas sur-le-champ, déclara-t-elle en l'aidant à se relever.

— Comment va la bête ? s'enquit Adam, confortablement installé dans son lit tandis qu'Isobel pansait ses blessures.

— Il survivra, assura Giana.

— Dorénavant, il pourra dormir sur notre lit, annonça-t-il.

— Sûrement pas !

— Mais il nous a sauvé la vie, insista Adam.

O'Brien, Bascombe et Kirstin se tenaient au pied du lit.

— Murphy, merci d'avoir protégé ma femme, dit-il.

— Je ne l'ai fait que jusqu'à ce qu'elle se mette en tête de te sauver.

Adam s'adressa ensuite à sa sœur :

— Comment ça va, Kirstin ?

— J'ai l'intention de divorcer de Marshfield dès que possible.

— Je suis certain qu'il y a moyen d'arranger cela. N'est-ce pas, monsieur ? ajouta-t-il en regardant Lord Bascombe.

— Absolument.

— Merci d'avoir été mon témoin et de m'avoir sauvé la vie.

— Je vous ai donné la vie, il n'était pas question que Victor vous la reprenne.

Il haussa les épaules.

— Du reste, c'était le moins que je puisse faire pour le Baron Vengeur, mon fils qui plus est.

— Seigneur ! grommela Adam. Vous êtes au courant, vous aussi ?

— Bien sûr, répondit Bascombe. Ce sont ses aventures qui m'ont poussé vers le Nevada et m'ont donné envie de vous rechercher. J'ai lu le premier volume, et j'ai su qu'il fallait que je vous retrouve. Le Baron Vengeur n'est pas vraiment baron, d'ailleurs. Vous êtes mon fils. Vous êtes donc le vicomte de Kennisbrooke. Mais j'avoue que « Vicomte Vengeur » sonne nettement moins bien.

— Que pense votre famille de tout cela ? le défia Adam. Parce que si vous êtes bien celui que vous prétendez être, je suis votre fils illégitime. Le fruit d'un mariage annulé avec ma mère, souvenez-vous. À ce que je sache, les bâtards n'ont pas le droit de porter de titre.

— Ma famille m'approuve, répondit Bascombe. Ma femme est morte il y a deux ans et mes deux filles... Eh oui, vous avez deux autres sœurs, qui ont chacune des fils. Mes filles, donc, m'ont poussé à vous rechercher et à remettre les choses en ordre. À la mort de ma femme, j'ai rédigé des documents pour faire de vous mon héritier légitime. Que cela vous plaise ou non, vous êtes le vicomte de Kennisbrooke.

— J'ai su que tu étais l'un de ces foutus nobles anglais dès notre première rencontre, railla O'Brien. Le seul que j'ai jamais apprécié. Du moins jusqu'à présent.

— Je suis Adam McKendrick, fit Adam en fixant son soi-disant père. J'ignore qui vous êtes, mais mon père se nommait Benjamin McKendrick.

— Benjamin McKendrick, c'est moi, expliqua Bascombe. McKendrick est notre patronyme. Je ne suis devenu vicomte de Kennisbrooke que lorsque mon père a hérité du titre de comte de Bascombe. Et je ne suis Bascombe que depuis onze ans, depuis la mort de mon père.

— Quand je vous ai rencontré, personne n'avait jamais entendu parler du Baron Vengeur.

— À part moi, fit Bascombe en souriant. C'est une de mes sociétés américaines qui publie ces ouvrages.

— Vous êtes John J. Bookman ?

— Non. Il s'agit du nom de plume de l'un de mes correspondants, dit-il en jetant un coup d'œil à Kirstin. Je les paie pour inventer tous ces héros. Il s'est trouvé que l'un d'eux n'était autre que ce fils que je n'avais jamais connu.

Il se pencha vers Adam.

— Demandez donc à votre sœur, elle vous dira qui je suis. J'espère du fond du cœur que vous me permettrez de mieux vous connaître.

Adam hésita, au contraire de Giana.

— Cela prendra peut-être du temps, mais Adam apprendra à vous pardonner. Il a du cœur et nos enfants auront besoin d'un grand-père aimant.

Sur ces mots, elle se précipita vers Lord Bascombe et l'étreignit.

— Vous acceptez ? s'enquit-il en regardant son fils.

— Ce sera difficile, mais je ferai un effort, concéda-t-il.

— Merci.

— Je dois bien cela à l'homme qui a fait de moi le Baron Vengeur et m'a aidé à épouser une princesse.

Il tendit la main à son père qui la serra. Tous deux avaient les yeux embués de larmes.

— Assez, décréta Giana en chassant tout le monde de la chambre. Nous sommes en pleine lune de miel et Adam a besoin de repos.

— Il n'est pas question de repos, répondit Adam.

— Mais tu es blessé.

— C'est vrai, souffla-t-il en l'attirant à lui pour l'embrasser langoureusement. Si tu es très sage, si tu prends bien soin de moi, tu pourras m'embrasser jusqu'à ce que je sois guéri.

Adam et Giana célébrèrent deux autres cérémonies de mariage et eurent droit à deux autres nuits de noces avant de s'installer au palais de Christianberg.

Le deuxième mariage eut lieu à Balmoral, le surlendemain du duel. La cérémonie, simple et intime, se déroula dans la chapelle, sous le regard bienveillant de la reine d'Angleterre, et en présence du marquis et de la marquise de Templeston, du comte et de la comtesse de Ramsey, du marquis et de la marquise d'Everleigh, du comte de Bascombe et de Lady Marshfield, ainsi que de tout le personnel de Larchmont Lodge et des gardes royaux qui avaient escorté le couple jusqu'au château de la reine.

C'est également à Balmoral qu'eut lieu la deuxième lune de miel du jeune couple. Par chance, les invités se montrèrent très discrets et se gardèrent de tout commentaire.

On ne pouvait en dire autant de la troisième cérémonie. Celle-ci fut organisée à la cathédrale Saint-Vincent de Christianberg, quatre mois après la première union. Ce fut un mariage en grande pompe, selon les coutumes de la principauté.

Des milliers de Karolyens, divers rois et reines venus de l'étranger, princes et princesses, ducs et duchesses, chefs d'État de soixante-huit pays se joignirent à la mère du marié, à son père, ainsi que ses six sœurs et leurs familles respectives.

Murphy O'Brien fut témoin lors des trois cérémonies en compagnie de Brenna Mueller. Dans la somptueuse cathédrale, les gens du peuple côtoyèrent nobles et gens d'Église pour assister à l'échange des vœux entre Son Altesse Sérénissime la princesse Georgiana Victoria Elizabeth May et Adam McKendrick, vicomte de Kennisbrooke et Baron Vengeur à ses heures perdues. La cérémonie dura deux heures.

Ensuite, le couple princier regagna le palais de Laken où ils passèrent une bonne partie de leur lune de miel à se remettre du mariage.

Ils avaient grand besoin de repos, car les préparatifs du couronnement de Giana débutèrent aussitôt après. De plus, la naissance du premier héritier s'annonçait.

Adam vendit ses saloons et son hôtel à Murphy O'Brien mais conserva Larchmont Lodge. Après tout, le domaine appartenait à sa famille paternelle depuis des générations. Il devint un club de golf de renom, très fréquenté durant toute l'année sauf en août, époque à laquelle Adam, Giana et leurs proches s'y retrouvaient en villégiature.

Épilogue

Une princesse de sang royal de la maison de Saxe-Wallerstein-Karolya mérite le bonheur. Elle se doit de faire passer l'amour, le respect et la protection des siens avant ceux de son peuple. Elle est le meilleur atout de sa famille et de son pays, car elle représente l'avenir. Or l'avenir devrait toujours être plein de joie et d'amour.

Article 1 du protocole et de l'étiquette en vigueur à la cour de Saxe-Wallerstein-Karolya, par décret de son altesse sérénissime la princesse Giana, 1875.

Un an plus tard, palais de Christianberg, principauté de Karolya.

Adam nota ses dernières propositions pour la réforme de la Charte karolyenne, concernant notamment le statut des femmes, un document archaïque et digne d'un tyran. Il ouvrit ensuite l'épais volume à couverture bleue que Max lui avait remis et le feuilleta.

— Qu'est-ce que c'est que cela ? s'enquit-il.
— Quoi ?

Confortablement installée au milieu de leur imposant lit conjugal, Giana lui jeta un coup d'œil. Appuyée contre les oreillers moelleux, elle allaitait la petite Caroline Alexandrina Margaret, leur fille.

Adam lui montra l'ouvrage.

— Il s'agit du recueil des articles du protocole et de l'étiquette en vigueur à la cour de Saxe-Wallerstein-Karolya. Il recense les règles auxquelles une princesse de sang royal doit se plier.

— Seigneur, commenta-t-il. Je trouvais les articles relatifs aux femmes sévères, mais ceci...

Il feuilleta à nouveau l'ouvrage puis le repoussa.

— Pourquoi ne m'en as-tu pas parlé ?

— Parce que tu étais déjà tellement contrarié lorsque j'ai mentionné la loi de succession relative aux femmes, répondit-elle.

Adam devait admettre qu'il avait mal réagi en apprenant que son mariage limitait les pouvoirs de Giana uniquement parce qu'elle était une femme.

— Et quelles sont les règles concernant les princes ?

— Il n'y en a pas. Un prince de sang royal est par nature irréprochable.

— Au diable ces bêtises ! s'exclama Adam.

Il frémit en songeant au dernier prince de sang royal. Si Victor était le fruit d'une telle philosophie, des réformes sérieuses s'imposaient.

— Adam !

Il quitta son bureau et alla s'asseoir au bord du lit. Il embrassa Georges sur les lèvres et caressa la joue de sa fille.

— S'il y a des règles pour les princesses, il doit y en avoir également pour les princes, déclara-t-il. Nous ne pouvons tolérer cette inégalité des sexes face au pouvoir. Tous deux ont des possibilités et des aptitudes égales. Pour le moment, Alex est l'héritière du trône. Si elle reste fille unique ou si elle n'a que des sœurs, ce qui n'est pas rare dans ma famille, pas de problème. En tant qu'aînée, elle héritera du trône. Mais la loi karolyenne stipule que, en cas de naissance ultérieure d'un fils, c'est lui qui prévaudra.

Il se tut pour reprendre son souffle. La princesse Alex lui saisit le doigt. Attendri, il contempla la femme qu'il aimait plus que tout et l'enfant né de leur amour.

— Cette loi est injuste envers Alex. Qu'en dit sa mère ?

Giana réfléchit quelques instants.

— Je pense qu'elle devrait avoir le choix, répondit-elle finalement. Elle n'a pas demandé à naître et à se voir imposer une telle responsabilité. Pas plus qu'elle n'aura son mot à dire sur la naissance d'éventuels frères et sœurs. Selon moi, en tant qu'aînée, elle devrait avoir le droit de choisir si elle souhaite ou non régner sur la principauté. Toutefois, rappela-t-elle à son mari, nous n'avons pas le droit de modifier l'ordre de succession. Seul le Parlement détient ce pouvoir.

— Certes, admit Adam, mais en tant que souveraine, tu es en droit de réformer les dispositions de la Charte liées aux femmes.

— Toi aussi, tu en as le droit ! rétorqua-t-elle en riant.

— Exact, fit Adam en claquant des doigts. Et c'est ce que nous voulons changer. Tu es princesse héréditaire, tu devrais avoir davantage de droits dans ton propre pays que moi. Mais parce que tu es une femme, tu es privée de certaines prérogatives. Je veux que cela change, Georges. Et j'ai l'intention de déployer tous les efforts nécessaires pour cela.

— Je te préviens, le taquina-t-elle, quand tu auras limité les pouvoirs que tu as sur moi, ne viens pas te plaindre. Tu t'en mordras peut-être les doigts.

— Je n'ai aucune intention de limiter *tous* mes pouvoirs sur toi, répondit-il d'une voix rauque qui la fit frémir de désir. Seulement les pouvoirs constitutionnels.

Du bout des doigts, il effleura son sein dénudé.

— Et j'ai la ferme intention d'exercer tous mes autres pouvoirs dès que tu m'y autoriseras.

Il la gratifia d'un regard si suggestif qu'elle éclata de rire.

— Je tiens à ces réformes, continua-t-il, reprenant son sérieux. Alex n'aura pas à se soucier de perdre son héritage à cause de l'homme qu'elle aura choisi d'épouser. Je veux qu'elle soit libre.

— Moi aussi, mon amour.

Giana se redressa et déposa un tendre baiser sur ses lèvres. Parfois, elle se demandait si elle ne rêvait pas. Le souvenir de Victor et de ses actions lui était toujours douloureux, mais elle ne pouvait s'empêcher de penser que, sans son ambition dévorante et sa cruauté, elle n'aurait jamais croisé le chemin d'Adam McKendrick. Elle ne serait pas l'épouse et la mère comblée qu'elle était aujourd'hui. Peut-être parviendrait-elle un jour à trouver au fond de son cœur le courage de pardonner. En attendant, elle priait pour le salut de l'âme de son cousin et pensait souvent à ses parents. Chaque jour, elle remerciait le ciel de lui avoir envoyé Adam. Victor avait à répondre de nombreux crimes, mais elle-même avait trouvé le bonheur.

Son cousin avait pris la vie des deux personnes qu'elle aimait le plus au monde. Aujourd'hui, elle en aimait deux autres : son mari et sa fille.

— Georges ?

— Hmmm ?

— Je ne plaisante pas. C'est très important.

Son expression sérieuse la fit sourire.

— Je songeais à quelque chose de bien plus important, murmura-t-elle.

— Ah oui ? fit-il en haussant les sourcils.

— Je pensais à toi, à Alex, et à toutes ces raisons que j'ai d'être heureuse.

— Je sais. Et c'est pourquoi il faut soit réformer la Charte karolyenne pour la rendre plus équitable, soit rédiger un protocole de savoir-vivre à l'intention des princes.

— Ne peut-on faire les deux ? s'enquit-elle.

— Tu es la souveraine de ce pays, répondit Adam avec un sourire. À toi de prendre la décision.

— Alors va pour les deux !

Quatre jours plus tard eut lieu une cérémonie célébrant à la fois le couronnement de Son Altesse Sérénissime la princesse Georgiana Victoria Elizabeth May de Saxe-Wallerstein-Karolya et la naissance de son héritière, Son Altesse la princesse Caroline Alexandrina Margaret de Karolya-Kennisbrooke-McKendrick. Son Altesse Adam, prince consort, déclara devant sa famille et ses amis réunis que les dispositions de la Charte concernant les femmes seraient révisées afin de limiter les pouvoirs d'un mari sur la souveraine héréditaire.

La princesse héréditaire devrait régner seule sur la principauté, ses sujets et son mari, et ce avec courage, sagesse et amour. Surtout avec amour, car celui-ci est le salut de tous les princes et maris.

Découvrez les prochaines nouveautés
de la collection
Aventures et Passions

Le 4 avril
Plaisirs interdits de Eloisa James (n° 6535)
Angleterre, XIXᵉ siècle. Gabrielle Jerningham rejoint Londres depuis l'Inde pour épouser, comme convenu avec leurs parents, Peter Dewland. Dandy, il est horrifié par l'allure peu conventionnelle de sa future épouse, ses cheveux décoiffés et ses maladresses répétées. Alors que son frère aîné, Quentin, est immédiatement charmé par l'intelligence et la très grande beauté de la jeune fille... et entreprend de la séduire. Et tant pis pour son frère !

Le 11 avril
Dans les bras du shérif de Jill Gregory (n° 6536)
Emily Spoon vit dans le Colorado avec son frère et son oncle, qui a passé plusieurs années en prison pour avoir attaqué des diligences. Désormais, toute la famille veut vivre en paix et élever tranquillement du bétail. Mais le shérif de la bourgade voisine, Clint Barclay, voit d'un mauvais œil l'installation de ces nouveaux arrivants. La belle maîtresse de maison pourra-t-elle le faire changer d'avis ?

Le 18 avril
Un amant de rêve de Virginia Henley (n° 4848)
Quoi de plus atroce que d'être mariée à un homme qu'on méprise ? Cette situation est si odieuse à Esmeralda que, chaque jour, elle fuit au moment où son époux regagne le domicile conjugal ! Ce soir-là, elle vient à peine de s'engager dans Baker Street qu'un fiacre s'arrête à sa hauteur. La portière s'ouvre et Esmeralda découvre avec stupeur Sean, l'homme auquel elle rêve depuis cinq ans...

Le 28 avril
Un séduisant ravisseur de Lael St. James (n° 6537)
Angleterre, XIVᵉ siècle. Gabrielle Redclift doit quitter malgré elle sa mère et ses sœurs pour épouser Sir Avendall, qu'elle n'a vu qu'une fois. Au lieu de venir la chercher lui-même, il envoie ses hommes l'accompagner. En chemin, le rival d'Avendrall attaque la petite troupe et enlève la belle. Gabrielle est outrée, mais trouve ce Morgan Chalstrey diablement séduisant...

Ce mois-ci, retrouvez également les
titres de la collection

Amour et Destin

Des histoires d'amour riches en émotions déclinées en trois genres :

Intrigue   *Romance d'aujourd'hui*   *Comédie*

Le 3 mars   *Intrigue*
Celle qui en savait trop de Lisa Jackson (n° 6501)
Shelby Cole apprend dans une lettre anonyme que la petite fille à qui elle a donné le jour, neuf ans auparavant, n'est pas morte peu après sa naissance comme l'avait affirmé son père, le juge Cole. Décidée à retrouver la trace de son enfant, Shelby retourne dans la petite bourgade de Malchance pour mener son enquête, aidée de Nevada Smith, le père métis indien de l'enfant...

Le 10 mars   *Romance d'aujourd'hui*
Quand ressurgit le passé de Elizabeth Richards (n° 6502)
Leigh est mariée depuis plusieurs années avec Simon. Nègre pour un écrivain à succès, elle travaille chez elle tout en veillant sur ses trois enfants. Elle mène une vie paisible, même si la routine quotidienne pèse sur son amour pour Simon. Lorsqu'elle reçoit un beau jour une carte postale de Fowler, le jeune professeur qu'elle avait aimé lorsqu'elle n'avait que dix-huit ans, Leigh est émue comme une adolescente... Osera-t-elle affronter son premier amour ? Quelles en seront les conséquences pour son mariage ?

Le 24 mars   *Comédie*
Lily à la rescousse de Louise Harwood (n° 6451)
Après avoir fait les Beaux-Arts à Londres, Lily s'installe chez sa sœur Grace, propriétaire d'une maison au pays de Galles. Un soir, alors qu'elle est au pub avec son amie Kirsty, elle surprend la conversation de quatre jeunes gens : ils s'apprêtent à kidnapper leur copain Hal pour qu'il manque son mariage, le lendemain, avec une fille qu'ils n'aiment pas. Lily et sa copine, n'écoutant que leur bon cœur – et leur curiosité mal placée –, décident de les en empêcher...

6504

Composition Interligne B-Liège
Achevé d'imprimer en France (Manchecourt)
par Maury-Eurolivres
le 4 février 2003.
Dépôt légal février 2003. ISBN 2-290-32884-7

Éditions J'ai lu
84, rue de Grenelle, 75007 Paris
Diffusion France et étranger : Flammarion